Alfred Kreusel

AF176125

Vom Autor, der in einem Tag

ein berühmter Schriftsteller

werden wollte

Eine Erzählung zum Schmunzeln

Vom Autor, der in einem Tag ein berühmter Schriftsteller werden wollte

Das neue Werkes des Münchner Autors Alfred Kreusel wird
sicher die Lachmuskeln überanstrengen, ob es sich aber dazu
eignet, im Handumdrehen Schriftsteller/in und berühmt zu
werden. Kann sein, kann nicht sein. Zwar steckt in seinem
Buch hin und wieder ein kleines bisschen Wahrheit, doch die
meisten Szenen und Protagonisten sind frei erfunden.

Viel Spaß mit:

Vom Autor, der in einem Tag ein berühmter Schriftsteller
werden wollte

Bibliografische Information der Deutschen Nationalbibliothek.
Die Deutsche Nationalbibliothek verzeichnet diese Publikation in
der Deutschen Nationalbibliografie, detaillierte bibliografische
Daten sind im Internet über dnb.dnb.de abrufbar.

1. Auflage 2021

Herstellung und Verlag

BoD - Books on Demand, Norderstedt

ISBN: 9 783 755 738 374

1

So, der erste Teil des Tages wäre schon mal geschafft. Äh, Tag? Welcher Tag denn? Der blöder Wecker hat dich eben, wo andere Leute noch im Tiefschlaf liegen und was Schönes träumen, hartherzig aus dem warmen Bett geschmissen. Um drei Uhr! Des nachts wohlbemerkt. Ich denke, alle Wecker dieser Welt, und da ganz besonders der meine, werden extra so gebaut, dass sie in der Nacht zehn Mal lauter klingeln als morgens um sieben. Und mit was für einer Freude sie dieses dann tun. Zum an die Wand schmeißen schön! Aber, je mehr ich mich mit geschlossenen Augen und der eingeschlafenen linken Schulter, weil ich in der Nacht so blöde draufgelegen war, aufrege, umso schneller bin ich wach. Eher gesagt, weil ich weiß, dass die Thermoskanne mit meinem am Vorabend bereits gemachten Kaffee in der Küche steht. Und ehe ich mich versehe, stehe ich schon in jenem Raum der Wohnung, in dem ich mein Essensgeschirr am Abend nur in die Spüle gestellt habe, ohne den restlichen Senf vom Teller abzuspülen, der jetzt fest und zäh am Porzellan dranklebt, schlimmer als der Kaugummi in der Sohle meines rechten Turnschuhs. Und, juckt es mich? Nein, einen Scheiß interessiert es mich. Würde auch nichts bringen, abwaschen muss ich den ganzen Dreck eh selber. Aber ganz sicher nicht um drei Uhr nachts! Hihi, warum eigentlich nicht? Das würden meine Nachbarn sicher lustig finden, wenn ich um die Zeit heißes Spülwasser einlaufen lassen und achtzehnfach konzentriertes Spüli rein-tue, um dann mit Besteck auf Porzellan herum zu trommeln. Natürlich würde da auch die CD meiner Lieblings-Band rauf und runterlaufen. Ohne Kopfhörer, die ich sonst zum Bügeln auf habe. Aber selbst für solch verlockendes Experiment bin ich um diese Zeit viel zu faul. Wie bereits erwähnt, es ist drei Uhr. Sagt man dazu nachts oder morgens? Pupsegal, nerven würde es meine Nachbarn trotzdem.

Müsste ich mich nicht täglich rasieren, nass, also noch auf die ganz alte Methode, würde ich mir jetzt den Blick in den Badezimmerspiegel auch nicht freiwillig antun. Wohl eher dem armen Spiegel, der mein miesepetriges Aufstehgesicht ertragen muss. Ich sehe nämlich nicht gerade zum Anbeißen aus, wenn mich der dämliche Wecker kurz nach Mitternacht lautstark daran erinnert, dass ich ihn gestern Abend gestellt habe, damit er nicht vergisst, mich zu wecken. Um 3 Uhr!

So, auch das wäre schon mal geschafft! Das Geschirr steht natürlich noch immer unberührt in der Spüle. Ich schmeiße mich in frische Arbeitsklamotten, bestehend aus kurz geär-meltem Polohemd, blauer Blue-Jeans und leichten Sneakers. Bevor wir dann, das sind ich und die kleine Brotzeit für Zwi-schendurch, Sandkuchen und plattes Mineralwasser, packe, um in die Arbeit zu gehen, reiße ich jedoch noch das Fenster auf. Nachschauen, ob die Nacht jetzt noch immer so garstig dunkel ist. Bei der Gelegenheit kann ich noch eine rauchen, da ich mir aus genau diesem ungesunden Grund den Wecker um ganze fünf Minuten eher gestellt hatte. Mein Arbeitstag soll schließlich nicht mit Stress und Hektik anfangen. Mein

Wecker läuft übrigens mit Batterie, das ist sicherer, da er so nicht von einem plötzlichen Stromausfall überrascht werden kann. Ich muss nur regelmäßig daran denken, die Batterien auszutauschen. Das Denken übernimmt in diesem Fall mein untrügliches Bauchgefühl. Wenn an meinem Adventskranz die erste Kerze brennt, kriegt mein Wecker wieder frischen Saft, eher nicht, da muss er durch. Ich nicht, denn ich weiß ja, dass ich, wie die alten Batterien, wieder mal um ein Jahr gealtert bin. Interessiert mich aber ebenso wenig wie mein noch immer nicht abgespültes Geschirr in der Spüle.

So, die Zigarette ist gepafft. Und die Nacht noch genauso dunkel wie um drei Uhr. Jetzt ist es Viertel vor vier. Eigentlich ist sie mehr graublau, denn es ist Anfang Juni, habe also noch ein halbes Jahr Zeit bis zum nächsten Batteriewechsel. Lieber wäre es mir, ich hätte nun noch ein halbes Jahr Zeit, um tagtäglich in die Arbeit gehen zu müssen. Oh, mein Gott, erzähle das ja nicht deinen Kollegen*innen, die würden dich gleich hängen …hinhängen. Nicht wie ein Bild an die Wand, beim Chef. *Du, Chef, der Fred hat gesagt...*

Meine Arbeit, die ich um diese verwunschene Uhrzeit wie in Trance mache, ist erledigt. Mit viel Kraft und Stress, aber ohne einen einzigen Tropfen Kaffee, da wir am Arbeitsplatz keine Maschine haben, die so ein schwarzes Gebräu ausspucken würde. Nur gut, dass die Thermoskanne zu Hause noch fast ganz voll ist. Kaffee ist ja schließlich ein sehr gesundes Getränk, das einen Körper mit vielen guten Sachen versorgt und ihn beeinflusst, dass ich mich damit gleich viel wohler

7

fühle. Mache ich auch, das wohler fühlen. Aber nur, solang meine Tagesdosis, die Kanne erfasst etwa einen guten Liter, nicht übersteigt. Das merke ich, wenn ich nachmittags noch zusätzlich zwei doppelte Espressi schlürfe. Nicht etwa, dass ich dann einen Herzinfarkt bekäme oder auf Kirchturm hohe Tannen- und Zwetschenbäume steigen will. Nein, das nicht, aber kotzübel wird mir davon. Nach drei Litern Mineralwasser ohne Kohlen- oder Brikettsäure, also ohne diese Dinger, von denen ich stets so laut rülpsen muss wie ein Damhirsch auf Brautschau, beruhigen sich meine Magenwände wieder. Oder eben auch nicht. Da hilft mir dann bloß noch die gute alte Frischmilch mit nur eins Komma fünf Prozent Fett. Äh? Gute alte Frischmilch? Sie ist natürlich nagelneu, diese gute alte Frischmilch. Sie ist für den Magen wie … wie für mich drei Wochen Urlaub an der italienischen Adria.

2

Eigentlich wollte ich nach der Arbeit gleich noch mit zum Einkaufen gehen, doch irgendwie hatte ich auch dazu heute keinen Bock gehabt. Bei der Arbeit war alles normal, bei der Arbeit und bei mir. Aber danach, so ganz ohne Vorwarnung, drehte sich alles um hundertachtzig Grad. Nichts war mehr wie sonst. Doch das Geschirr vom Vorabend stand noch immer im Spülbecken, das war aber dann auch schon alles. Bei mir, in meinem Kopf, im Bauch und in meinen Gliedern hat sich ganz plötzlich eine Leere breitgemacht, ich komme mir vor wie ein großer Luftballon. Hauchdünne Haut mit nix als nur Luft darin. Und die Luft in mir ist sogar noch sauerstoffarm. Kommt ganz sicher davon, dass ich heute mehr rauche als sonst. Warum, das kann ich mir auch nicht erklären. Na, denke ich bei mir, jetzt machst du erst mal deinen gewohnten Mittagsschlaf, danach hast du ganz sicher wieder mehr Lebensgeister in dir. Fünf, sechs Stunden Schlaf pro Nacht, die sind einfach zu wenig. Noch dazu in meinem Alter, das mich aber wenig interessiert. Naja, meistens nicht.

Als ich nach nicht mal einer ganzen Stunde, sonst sind es anderthalb oder zwei dreiviertel, die ich immer nachschlafe, die Augen wieder öffne, merke ich sofort, es hat sich nichts getan. Weder in der Küche noch in meinem laschen Körper. Aber zumindest beschließe ich, ich müsse schleunigst etwas dagegen tun. Ich schaue von der großen Lümmelcouch, der Couch, auf der ich so herrlich drauf rumlümmeln kann, zum Wohzimmerfenster. Wie gesagt, es ist Anfang Juni.

9

Die Sonne gibt ihr Bestes und die Vögel im Park, ich habe zwei davon, nicht Vögel, sondern Parks, der andere liegt auf der Küchenseite. Dort zwitschern die Vöglein um die Wette. Das Astwerk der Bäume biegt sich weit nach unten, so viele Blätter trägt es dieses Jahr. Die grüne Wiese, die ich aber im Liegen nicht sehen kann, ist an mancher Stelle schon braun. Von der Sonne und weil es schon eine ganze Zeit nicht mehr geregnet hat. Das komische ist, es ist mir völlig schnuppe. Wie auch das heutige Fernsehprogramm. Ich hatte die Glotze angemacht, war schnell mal durch über vierzig Kanäle, nicht die Kanäle in Venedig, die heißen Canale! Ich war also durch die Kanäle hindurchgesprungen, habe aber den Flimmerkasten bald wieder auf Schwarz gestellt und die Infrarot-Fernbedienung mit achtundsechzig Tasten auf meinen Wohzimmertisch gepfeffert. Ich bin genervt! Nicht von der Natur und nicht vom Fernsehprogramm, nein, von mir selbst! Wie kann man bloß so lasch und mit nichts zufrieden sein, obwohl ich nicht den geringsten Grund habe. Wäre ich jetzt Psychologe oder Psychiater, dann könnte ich die Ursache in einem dreistündigen Selbstgespräch vor dem Spiegel analysieren. Aber erstens bin ich kein Psycho-Doc. Zweitens habe ich im Bad keine Couch stehen, auf die ich mich für meine Selbstdiagnose legen könnte.

Ich schaue zu meiner Sammlung an Musik-CDs, die zwar nicht sehr viele, dafür aber genau nach meinem Geschmack sind und sortiert in dem kleinen Schrank mit den Glastüren stehen. Rock! Deep Purple oder Nickelback zum Abspülen, überlege ich, oder tust du den Eros Ramazotti in den Player? Der würde gut zum Bügeln passen. Grönemeyer und Maffay höre ich immer beim Fensterputzen. Doch auch sie könnten mich heute nicht dazu bewegen, meinen trägen arg Arsch zu erheben. Sollte ich etwa zum Festnetz greifen, um eine gute Bekannte anzurufen? Vielleicht hätte die ja eine brauchbare Idee, wie ich mich wieder aufrappeln kann, da ich zu nichts, zu gar nix Lust habe.

Das verdammte Telefon steht draußen - im Flur! Sollte ich mich jetzt wirklich erheben, nur um einen Anruf zu tätigen, der mir wahrscheinlich nichts einbringen wird?

Wir schreiben übrigens noch immer dasselbe Datum. Derselbe Tag, im selben Juni. Und auch die Jahreszahl und sogar das Jahrtausend haben sich seit meinem Aufstehen mitten in der Nacht nicht geändert.

Ich könnte mir ja auch ein tiefes Erdloch graben, dort reinspringen und erst dann wieder rauskriechen, wenn es meiner dämlichen Birne besser geht. Murmeltiere machen das auch, um dem langen Winter zu entfliehen. Ich entfliehe eben meiner Unlust. Oder ist es bloß die pure Faulheit, die mich fest umklammert wie einen Catcher. Ich bin aber auch heute so etwas von faul. Wäre ich nicht so träge, ich würde mir glatt eine Goldmedaille verleihen. Erster Platz im Nichtstun! Das sollte ich auch mal woanders tun als daheim. Aber da würde mir mein Chef wohl sicher keine Edelmetall-Auszeichnung sondern eine fristlose Kündigung um den Hals hängen. Und die nicht am goldenen Band, an einem Stacheldraht wäre sie befestigt. Aber so hätte ich viel Zeit, um mir an der frischen Luft einen kräftigen … nein, nicht Schnupfen, einen starken Vitamin D Stoß zu holen. Wenn ich nicht zu faul wäre dazu.

11

Würde ich mich nicht so gut kennen, dann würde ich jetzt behaupten, ich habe gerade Börn-Aut erster Klasse, oder wie das neumodische Zeug auch immer heißen mag, das einen in die Knie zwingt. Vorausgesetzt man liegt nicht faul auf der Couch. Was aber, wenn es doch so ein Börndingens ist? Bin ich denn echt so fix und fertig, so gewaltig ausgepowert, dass ich zu nichts und niemandem mehr Lust habe? Ach, iwo. Ich habe doch gar keine Lust dazu, noch nicht mal Bock darauf, so derart fertig zu sein. Fertig ist der Käsekuchen, wenn ich ihn nach den sechzig Minuten Backzeit wieder aus der Röhre hole. Und dann ist er auch noch genießbar. Ob ich mich auch bei hundertachtzig Grad Celsius in die Backröhre … Idiot, das hattest du zuletzt in der Kindheit mit den Füßen gemacht. Sie in den Kohleofen reingesteckt, da dir im Winter ständig die Zehen abgefroren waren. Draußen an der frischen Luft, da die doch gerade im Winter so unglaublich gesund ist. So wahnsinnig gesund, dass all meine zehn Zehen dunkelblau waren - trotz drei Paar Wollsocken. Meine Nase knallrot und schneller davonlaufend als ein griechischer Marathonläufer der Antike, der vor einem hungrigen Löwen fliehen muss, um zu überleben. Überlebt hatte ich auch, aber nur dank dem Kohleofen in unserer Stube, den Mutter schon angeheizt hat, bevor ich überhaupt rausgegangen war.

Doch weder bin ich heute ein klirrender Eiszapfen noch ist es draußen Winter. Ich vermute dieses zumindest, da es beim Blick durch meine Fensterscheiben so aussieht, als würde es schneien. Dem ist aber nicht so, die Scheiben bräuchten nur mal wieder eine fleißige Hand, die sie …

Lassen wir das, bleiben wir, ich, lieber beim schönen Wetter, das mir ein paar hellere Sonnenstrahlen durch das dichte Laub der Bäume, trotz nicht geputzter Scheiben, bis in mein Wohnzimmer schickt und mir etwas zuflüstern. Das ist auch so ein komisches Phänomen. Nicht das Wetter, der Mensch. Erst nörgelt man ständig am Winter herum, weil es doch gar so hässlich ist, bei Schnee und Eis hinaus ins Freie zugehen. Und wenn dann der Sommer endlich einmal da ist, was hört man dann auf der Straße? »Zehn, nein zwanzig Grad könnte es ruhig kälter sein! Erdbeereis und Cappuccino schmecken auch bei sommerlichen zwölf Grad – minus. Es muss ja nicht gleich immer so eine Bullenhitze vorherrschen, dass jeder im Teer versinkt, der eine Straße überqueren will. Und die rote Fußgängerampel, die erkennt man auch nicht, weil die blöde Sonne einen so furchtbar hässlich blendet, dass man davon gleich schneeblind wird!« »Jaja, und ich darf mein Backrohr bloß auf dreißig Grad anheizen, sonst brennt mir bei dieser Affenhitze in fünf Minuten der Zwetschgendatschi an!«

Wenn ich sowas höre, da frage ich mich: Wie würden diese Leute heute einen Kuchen gebacken wollen, wenn ich meine Füße im Backrohr stecken habe? Und ich frage mich zudem: Was hab ich eigentlich immer gemacht, als meine erfrorenen Füße in der Bratröhre steckten, um wieder aufzutauen?

Ah, jetzt fällt es mir wieder ein!

Mein ungetrübter Schafsblick wandert gelassen, aber sehr zielsicher zu jenem Bücherbord, auf dem alle meine gesammelten Werke, nach Größe und Farben sortiert, in Reihe und Glied strammstehen. Krimis, Mittelalter und Ratgeber für

Computersoftware und -anwendungen. Ein Europaatlas, die Bibel und ein mit Fettspritzern und Pasta-Teig-Resten übersäter Wälzer, das Kochbuch mit Rezepten aus Großmutters Zeiten, bei dessen Anblick ich sofort ans Essen denken muss. Kein Wunder, habe ja auch seit vier Stunden keinen Bissen mehr zwischen den Schneidezähnen gehabt. Ob das etwa der Grund ist, warum ich so träge, so furchtbar lahmarschig bin? Richtig leer, wie ausgehöhlt komme ich mir gerade vor.

Essen, das ist für uns Menschen dasselbe wie für den Ofen Kohle oder Gas. Wenn man ihm keine Energielieferanten zuführt, dann brennt auch nichts. Bei mir brennt auch nix. Außer meiner Hirnhaut, weil ich so viel nachdenke, warum ich so lasch bin. Bloß gut, dass mein Kühlschrank randvoll ist. Nicht mit meinem Hirn, nö, mit Energiespendern. Das große Problem dabei, der Kühlschrank steht in der Küche!

Immerhin schaffte ich es dann bis rüber in die Küche, und sogar die Kühlschranktür zu öffnen, um mir einen *Pfirsich-Maracuja-Joghurt* mit sage, höre, staune und schreibe eins Komma fünf Prozent Fettgehalt rauszuholen und mit jenem Teelöffel, der in einer Schublade meines Buffets lag, wieder in mein Wohnzimmer zurückzukehren.

Nachdem ich das cremig-fruchtige Milchprodukt gegessen hab, bleiben Becher und Löffel neben der Fernbedienung für den Fernseher auf dem Wohnzimmertisch liegen. Warum ich die Sachen nicht wieder in die Küche zurückbringe? Soll ich die Energie, die ich mir eben gerade mühsam zugeführt hab, gleich wieder sinnlos verschwenden? Und außerdem dauert es eine ganze Zeit, bis diese Energie wirkt. Und auf meinem großen Wohnzimmertisch ist sehr viel Platz.

So, genug gestärkt! Na ja, zumindest für den Moment. Wo zum Teufel war ich doch gleich wieder stehengeblieben, als ich mich auf der Couch niedergelassen hatte? Aja, am Regal mit dem Kochbuch. Nein, bei Büchern im Allgemeinen. Und dass mit meinem Hirn heute irgendwas nicht in Ordnung ist, sonst hätte ich mir nämlich, als ich in der Küche den Joghurt geholt hab, gleich und im Vorbeigehen einen Schmöker mitgenommen. So bräuchte ich jetzt nicht noch einmal extra und gequält aufstehen, um mir jetzt ein Buch zu holen. Doppelte Arbeit wegen Faulheit. Stimmt doch gar nicht! Ich war nicht zu faul, ich hatte das Buch einfach nur vergessen.

Hm? Fängt das jetzt bei mir auch schon an? Ich bin doch noch *sooo* jung. Ich meine die Altersdemenz. Küche, zurück, Buch vergessen. Das ist doch nicht normal. Nein, es ist sogar Sorgenerregend. Toll, denk ich, mach dir noch mehr Sorgen, hast ja heute nicht schon genug Probleme. Da kommt es auf ein bisschen Alzheimer auch nicht mehr an, Fredy, oder?

Fredy oder auch Fred, so sagen die meisten Leute zu mir, die mich kennen oder mit mir verwandt sind, obwohl ich ja eigentlich in echt Alfred heiße. Mir persönlich ist es ja egal, obwohl ich selbst den Fredy bevorzuge. Der Name hat etwas jugendliches, klingt nicht so altbacken wie Alfred. »Alfred, hast du den Müll schon rausgebracht? Und geh nicht wieder in den nagelneuen Puschen raus, sonst wetzt sich die Sohle ab und hinterlässt auf dem Parkett Streifen, Alfred!«

Und wenn du heute so weiter machst, hast du spätestens in einer halben Stunde schwere Depressionen und liegst beim

Psychodingens auf der Couch. Und kommst dann mit einer anderen Krankheit, die man da in deinem Unterbewusstsein deiner frühesten Kindheit findet, wieder nach Hause. Puh, da hab ich ja richtig Glück, dass ich keinen Psychodingens oder Hirnoologisten in meiner Wohnortnähe weiß. Mir jetzt einen solchen im Branchenbuch rauszusuchen, bin ich viel zu faul. Wenn ich mir das vorstelle. Gehst zu einem Arzt, sind doch Ärzte, oder? Bloß ohne Skalpell halt. Gehst dort hin, weil du heute einen miesepetrigen Tag hast, und der stellt dann fest: »Tut mir wirklich sehr leid, aber Sie haben tatsächlich etwas an der Waffel!« Ich sehe dies direkt vor meinen Bildschirm erprobten 16:9 Fernsehaugen, und die genau dazu passende flötende Stimme höre ich auch glasklar sagen:

»Äh, Herr Alfred, haben Sie Waschzeug dabei? Wir hätten nämlich gerade ganz zufällig noch ein nettes Plätzchen frei in unserem wunderschönen Häuschen. Ohne Meerblick, aber mit vier Wänden, an denen Sie sich auch garantiert nicht verletzen können. Ach, wissen Sie was, vergessen Sie das mit dem Waschzeug. Bei uns brauchen Sie sich nicht mal selbst zu waschen. Jeden Morgen um drei kommt eine sehr liebe, freundlich lächelnde Schwester auf Ihr Zimmer, und bringt Sie auf Hochglanz. Sie hat auch gleich Ihre Tabletten dabei, ohne die Sie ab heute nicht mehr auskommen werden. Wir haben hier auch so eine Art Taxi, das Sie in das wunderschön gelegene Häuschen, in dem Sie noch nicht mal die Türklinke betätigen müssen, weil es ein robuster Pfleger, der für Sumo-Ringen Kämpfe zu alt geworden ist, bringen wird. Sämtliche Türen sind da nur mit der Magnetkarte zu öffnen. Schließen tun die Türen dann wieder ganz allein, wie von Zauberhand!

16

Na, klingt das nicht verlockend? Sie bräuchten uns nur noch ein klitzekleines Formular unterschreiben und schon sind Sie stolzer Besitzer einer Einzimmerwohnung mit drei Quadratmetern - ohne Küche, ohne Balkon, ohne Fenster. Doch das Beste kommt jetzt noch. Der Spaß kostet Sie keinen einzigen Cent. Null! Nix! Nada! Njente! Die ganzen Kosten trägt Ihre Krankenkasse oder Rentenversicherung. Und das Ihr ganzes restlichen Leben lang! Geil, oder?«

Bah! Das sind ja supertolle Aussichten. Mir hat man früher immer gesagt, wenn du mal älter bist, und das bin ich ja jetzt, dann kannst du tun und lassen, was du willst!

Ja, weil du nicht mehr weißt, was du tun und lassen willst. Leck mich doch einer fett!

War ich gerade nicht noch zu faul, um Depressionen oder Alzheimer zu kriegen? Na also, dann tu auch endlich etwas, du fauler Sack! Dir einen Joghurt zu holen, das hast du doch auch hingekriegt. Nicht einmal einen Muskelkater hattest du davon gekriegt, zumindest merke ich bislang noch nix. Dann wirst du es wohl jetzt auch schaffen, dein Hinterteil noch mal zu erheben, um dir ein Buch zu schnappen. Musst es ja nicht im Stehen lesen! Bei deinem Zustand heute, würdest du glatt einen Kreislaufkollaps kriegen, wenn du zuvor nicht über die eigenen Füße stolperst, weil du zu faul dazu bist, dieselbige beim Gehen anständig anzuheben.

Wer sagt es denn, der Oberkörper steht ja schon senkrecht. Jetzt nur noch meine Füße von der Couch oben hinunter auf den Fußboden bringen, dann kanns auch schon losgehen. Ha, wie passend – los gehen! So, wo ist nur der linke Fuß. Ah, er

17

konnte es wieder mal nicht erwarten, steht ja schon vor mir. Hattest ihn also doch nicht beim Joghurt holen in der Küche stehenlassen. Juchhe! Nix Alzheimer! Es liegt scheinbar nur an meinem Kurzzeitgedächtnis. Tja, manchmal dauert es halt etwas länger, bis etwas vom Kurz- in das Langzeitgedächtnis überwechselt. Sollte ich vielleicht, statt zum Psychodingens, zu einem Gedächtnistrainer gehen? Zu einem alten, graubärtigen Guru. Ja, der wäre nicht schlecht. Der kann mir sicher lehren, wie ich stundenlag sitze, ohne dass mir das morsche Kreuz wehtut. Wie wäre es mit dem Fakir? O Gott, bloß das nicht! Ich hasse Nadeln. Mir wird schon kotzübel, wenn ich nur an die nächste Blutabnehmen denke. Ich könnte mir aber auch die Hirnströme messen lassen. Wenn es bei mir daheim im Festnetzanschluss knistert und knackt, dann tut der Monteur, der noch nicht mal ins Haus kommen muss, die Leitung kurz durchpusten, schon sind alle lästigen Nebengeräusche wieder weg und alles funktioniert wieder.

Bitte einmal Hirn durchspülen!

So, jetzt hat es mein rechter Fuß geschafft, sich zum linken zu gesellen. Sind sie nicht ein schönes Paar, Fredy? Fast wie Zwillinge, nur dass ihre Zehen etwas anders angeordnet sind, aber sonst … Ah, sie sind zweieiige Zwillinge!

Ob ich mal zur Pediküre gehe?

Bah, das war jetzt echt gekonnt von mir. Ich stehe nämlich gerade vor dem Bücherbord. Meine beiden Füße auch. Wie ich meine Büchersammlung so ansehe, überlege ich, wer in der Überzahl ist. Meine Bücher oder die Staubkörner, die auf ihnen ruhen. Ich komme mir vor wie in uralten Katakomben einer Klosterbibliothek, in der man sichtlich vergessen hatte, dass man inzwischen nicht nur das Rad sondern auch schon den Staubwedel erfunden hat.

Hm, Krimi oder Mittelalter? Ich könnte mir aber auch den Straßenatlas von Deutschland und Südeuropa schnappen und eine lustige Reise planen. In ein Land, in dem man nichts tun muss. Es gäbe zwar einige davon, aber wenn man den Nachrichten Glauben schenken darf, haben die manchmal wenig mit Kultur zu tun. Obwohl sie doch in Europa liegen. Bei uns hier ist es schließlich nicht normal, dass man mal schnell ins Nachbarland rüberfährt, weil man einen Satz neuer Autoreifen braucht. Und dann gleich so viele davon mit nach Hause nimmt, dass man sie dann zum Spottpreis an die Landsleute verscherbeln muss. Es soll aber auch Länder geben, da gehen die Leute schon mit weit unter sechzig in Rente, während wir bis siebenundsechzig arbeiten, wenn wir nicht vorher wegen Depressionen in der Klapsmühle gelandet sind. Ah, das wird jetzt etwas zu politisch, davon habe ich eh kaum Ahnung. Da bleibe ich doch lieber daheim. Hier kann ich mich auch auf die faule Haut legen. Sie würde auch richtig schön knusprig braun werden, wäre ich nicht zu faul, mich in die Sonne, statt auf die Couch zu legen. Nein, nein, nichts tun und dann auch noch Geld kriegen dafür, das wäre nix für mich. Da nehme ich mir schon lieber ein Buch aus dem Regal und lese darin. Ist ja schließlich auch eine Art Beschäftigung. Ja, und wenn du hier noch länger so dumm herumstehst, dann klingelt dein Wecker und du musst in die Arbeit gehen. Das blöde ist bloß, man verdient fast nichts dabei, wenn man nicht den richtigen Job hat. Aber ich könnte es doch trotzdem mal ausprobieren.

Gleich morgen in der Arbeit. »Du, Chef, ich habe gestern ein Buch darüber gelesen, wie unsere Arbeit im Jahr 1873 funktioniert hat. Schreibst du mir die fünf Stunden, die ich hier gelesen hab, bitte als Überstunden auf. War schließlich kein Vergnügen, sondern eine rein berufliche Fortbildung!«

Fortbildung? Hm, dann könnte ich doch auch meinen Pfirsich-Maracuja-Joghurt als Verpflegung oder außergewöhnliche Kosten von der Steuer absetzen, oder nicht? Und auch die Reisekosten, einmal Küche und zurück. Da muss ich mir doch jetzt gleich einen Fahrkartenautomat ins Wohnzimmer stellen, der mir die tägliche Fahrkarte mit Datum und Uhrzeit fürs Finanzamt ausspuckt. Muss man ja schließlich alles mit Belegen nachweisen können. Aber es würde sich ganz schön summieren. Wenn ich über zweihundert Tage im Jahr, vom Wohnzimmer in die Küche und auch wieder zurückkreise, ja, da kommt ganz ordentlich was zusammen. Mist! Ich hab den Kassenbon von diesem blöden Joghurt nicht mehr. Was hatte er doch gleich wieder gekostet? Fünfunddreißig Cent? Nein, neunundzwanzig, der war doch im Sonderangebot gewesen! Oje, ich glaube, das könnte ins Auge gehen, ein Schuss nach hinten. Was, wenn die vom Amt die sechs Cent, die ich mir durch den günstigen Angebotspreis gespart habe, rückerstattet haben wollen und mir einen Zahlungsbefehl über gute Zweihundert mal sechs Cent schicken. Obwohl, die Kreditzinsen sind ja gerade tief im Keller, was auch immer sie dort suchen. Wenn ich den Kredit über fünfzehn Jahre, gekoppelt an eine Risiko-Lebensversicherung und einen Bausparvertrag und einem fetten Aktienpaket …

20

Wo war ich stehengeblieben? Depp, vor deinem Bücherregal! Krimi oder Mittelalter war die Frage gewesen, falls du das nicht mehr weißt. Hm, ein Krimi hätte den Vorteil, dass er deinen lahmen Blutdruck und somit auch den mittlerweile eingerosteten Körper wieder in Bewegung bringt. Na ja, und dann? Dann liegst du mit dem dicken Schmöker faul auf der Haut, obwohl deine Beine plötzlich laufen wollen, soweit die Füße tragen. Was für ein Irrsinn! Für den Mittelalter-Roman würde sprechen, das es schon lange vorbei ist. Aber mit dem Buch würde ich beim Lesen das Rad der Zeit wieder zurückdrehen. Und ich wäre heute noch lange nicht ganz so alt, wie ich mich gerade fühle. Die Frage ist: Will ich wirklich minus fünfhundert Jahre alt sein? Ich war noch nie so jung! Wüsste also gar nicht, was mich in meinem früheren Leben erwarten würde. Das macht mich etwas unsicher. Wäre ich im Mittelalter ein Knecht, den der Bauer, während ich ihm sein Feld egge mit der Peitsch antreibt? Oder, was mir fast lieber wäre, ein edler Ritter, der um die Gunst einer hübschen Prinzessin buhlt? Mit Ross, Rüstung und einem Langschwert. O ja, und dann kommt dein Rivale, natürlich ganz in schwarz, und haut dir ratzfatz die Rübe runter, weil du null Ahnung hast. Weder vom Reiten noch von Ritterturnieren.

Nein, nein, dann könnte ich nicht mehr vor meinem Regal stehen und überlegen, was ich lesen soll. Hab ich kein Buch, in dem mich eine bildhübsche Prinzessin küsst?

Als ich die drei Buchreihen noch mal durchgehe, startet in meinem Kopf eine Reise. Eine Reise, ganz, ganz weit zurück in die Jugend. Im Geiste sehe ich mich als dreizehnjährigen

Knaben, der von Büchern nicht genug kriegen kann. Einen Schmöker nach dem anderen verschlinge ich. Selbst in den Nächten lese ich. Mit Taschenlampe unter meiner Bettdecke, damit ich meine drei Geschwister nicht störe und sie schlafen können. Und wenn ich nicht lese, erzähle ich ihnen von mir eben gerade erfundene Gruselgeschichten, bis meine kleine Schwester heult wie eine schwarz-weiß getigerte Katze, der ich auf ihren Schwanz getreten bin. Dann brüllt sie wie am Drehspieß. Erst nach einem Anschiss meiner Mutter höre ich auf mit der Gruselgeschichte. Zumindest für diese Nacht.

Alle paar Tage radle ich damals mit meinem Fahrrad in die nahe Stadtbücherei und hole mir frischen Lesestoff. Was hat Mutter gesagt, und das nicht nur einmal. Ach ja, genau!

»Wenn du dir ein Bett in die Bücherei stellst, kannst du dir das ständige hin und her radeln sparen. Dann hättest du sogar noch mehr Zeit, um dein nimmersattes Hirn mit allem möglichen Bücherzeugs zu füttern, Fredy.«

Ich war tatsächlich so, immer auf der Suche nach Neuem, nach Unbekanntem. Egal ob es die Geschichte von der ersten großen Ölförderung in Pennsylvanien gewesen war, wie eine Glühbirne funktioniert oder einfach nur so lesen, weil es mir Spaß gemacht hat. Bis ich …

Bis ich einmal, noch immer in demselben Alter, zwei, drei Bücher gelesen hab. Zumindest es versucht hab, sie zu lesen. Ich habe sie aber nach ein paar Seiten in die Ecke gepfeffert, weil sie mir zu umständlich geschrieben waren. Richtig aufgeregt hatte ich mich, weil ich beinah einen jeden Satz in den hochgelobten Schmökern zwei bis dreimal lesen musste, um ihn zu kapieren. Wenn überhaupt. Warum musste der Autor aber auch gleich zwei Seiten dazu brauchen, um den Lesern zu sagen: Es geht ein Mann die Landstraße entlang und sieht am Horizont, hinter einem unebenen Hügel, eine kupfer-gold glänzende Kirchturmspitze in den von wenigen weißen Wolken durchzogenen Himmel stolz emporragen. Zwei Buchseiten hat er dazu gebraucht, nur um mir zu sagen, dass er eine Kirchturmspitze gesehen hat! Und dann musste man sich den Hügel und die Kirchturmspitze auch noch selbst zusammenbasteln, sonst hätten sie, laut Beschreibung des Autors, auch die Sahnehaube auf einem Eisbecher mit Strohhütchen sein können. Und das zu einer Zeit, als es beides noch gar nicht gab, da die Geschichte in dem Buch sich ja schon viel früher abgespielt hat. Und, hat sich der Knabe, also ich, seit diesem Tag mehr keine Bücher vorgenommen, hat stattdessen lieber angefangen zu malen oder stricken? Oder hatte ich gleich zu einer Demonstration gegen schwer verständliche Schriftsteller und deren Bücher aufgerufen, oder hatte ich die Tür aller Münchner Stadtbibliotheken zugenagelt und die besagte Bücher auf die rote Liste setzen lassen? Nein, aber ich hatte den Schriftstellern den geistigen Kampf angesagt. Wie? In dem ich mir eines geschworen hatte:

Eines Tages schreibe ich selbst ein Buch! Und dann, dann werdet ihr Augen machen! Ihr werdet mich fragen, wie man als Jüngling so ein tolles, faszinierendes, gruseliges und zugleich romantisches Buch schreiben kann. Haha! Ihr werdet *nicht* jeden Satz dreimal lesen müssen, weil ihr ihn nicht versteht. Ihr werdet meine Sätze freiwillig dreimal lesen! Weil diese euch so fesseln, euch gleich derart in den Bann ziehen werden, dass ihr meinen Bestseller nicht mehr aus der Hand legen wollt und mit ihm ins Bett gehen werdet!

Und, wann war das Buch des größenwahnsinnigen Knaben erschienen? Genau. Nie! Nicht mal angefangen hatte er, sich für sein großes Vorhaben wenigstens eine Geschichte auszudenken. Das Einzige, was der Knabe Fredy gemacht hatte, er hatte sich in der Bücherei mehr Zeit gelassen, sich ein Buch auszuleihen. Noch in der Bibliothek hatte er die ersten Seiten eines Werkes gelesen und hatte so geprüft, ob der Schmöker auch wirklich seiner Vorstellung entspräche. Ihm war es aber nicht darum gegangen, ob das Buch vielleicht zu Hause auch wieder ungelesen in die Ecke fliegt. Dass er sinnlos hin und hergefahren sein könnte, um sich ein Buch auszuleihen, das er letztendlich nicht zu Ende liest, das hätte ihn gestört.

Der Knabe wurde älter und älter. Nichts tat sich mit seiner Schreiberei. Er wurde noch älter. Doch in keinem Buchladen oder in einer Bibliothek tauchte sein Name je auf, somit auch kein Buch von ihm, um das sich jeder reißen würde wie um eine Freikarte fürs Finale einer Fußballweltmeisterschaft.

Inzwischen war Deutschland schon vier Mal Weltmeister. Stolz hatten die Spieler jedes Mal die Trophäe in den Händen gehalten. Die Spieler und Trainer waren gefeiert worden wie Jahrhundertautoren.

Bei uns Schriftstellern, ganz egal welchen Geschlechts, ist es kein Weltmeisterpokal, sondern der Grimme, der Büchner Preis und wie sie sonst noch alle heißen mögen, die sie aber ebenfalls zu einer Art Weltmeister macht. Um von so einem berühmten Autor ein handsigniertes Werk sein Eigen nennen dürfen, waren schon viele Leute Schlange gestanden.

Blöd ist nur, dass ich nicht der Autor bin, für den sich die Leute ihre Beine in die Bäuche stehen. Aber dafür stehe ich, und zwar noch immer grübelnd vor meinem Bücherbord.

Krimi oder Mittelalter, entscheide dich endlich mal, Fredy, sonst schlägst du hier Wurzeln. In der Zeit, in der du dir ein einziges Buch aussuchst, schreibt ein Autor locker zwei, drei Romane - mit fünfhundert Seiten und mehr!

3

Schriftsteller. Wolltest du nicht auch einmal einer werden, schießt es mir plötzlich durch den Kopf. Und aus dem Lahmarsch von vorhin wird ein gewaltigster Wirbelsturm. Totales Chaos bricht aus im Wohnzimmer, als ich mich nach Block und Kugelschreiber umsehe. Beides liegt, wie von einem gut sortierten Junggesellen gewohnt, direkt vor meiner Nase, auf dem Computertisch, der zugleich mein Büro ist. Den karierten Block hatte ich sogar erst kürzlich gekauft, um das wertvolle, schweineteure Druckerpapier nicht sinnlos für belanglosen Notizen zu vergeuden. Kugelschreiber, Füllfederhalter und Bunt- und Malstifte, davon habe ich sogar einen ganzen Karton voll. Wegen der schlechteren Zeiten, die ja vielleicht irgendwann mal kommen könnten.

Der Blutdruck stieg fast so rasch an wie die Begeisterung, endlich einen Roman zu schreiben. Einen Bestseller, der alle aus ihren Latschen kippen lässt. Das ewig lange Warten meiner zukünftigen Leser soll sich schließlich lohnen. Aber da packen mich plötzlich Zweifel. *Ich glaube, da muss ich erst mal einen Fachmann fragen, ob ich das überhaupt kann. Ein Buch, einen genialen Bestseller schreiben.* Ich hole mir den aufstellbaren runden Siegel. Ein supertolles Teil. Er hat zwei Seiten. Auf der einen Seite sehe ich mich ganz normal, wenn ich reinschaue, auf der anderen 5 x größer. Würde ich mich vor den Spiegel stellen, wäre ich über neun Meter groß. Ich mache es aber nicht, meine Zimmerdecke ist nur 2,96 hoch. Aber was anderes mache ich mit dem Spiegel gerne. Es sind sogar zwei Dinge. Das eine davon tut manchmal ganz schön weh. Erst gestern, oder war es … egal. Fast geheult hätte ich. Was passiert war? Habe in das 5xgrößer Teil geschaut, dann habe ich ihn gesehen. Ich bin ja gleich so was von erschreckt. Die Haare sind mir gleich zu Hügel gestanden. Voll ätzend! Genau mitten auf meinem linken Nasenflügel. Gelb und so groß wie ein riesiger Semmelknödel. Ein Pickel!!

Zu Hilfe, meine ganze schöne Schönheit ist im Arsch, wenn ich den nicht sofort kille!, denke ich mir, und schärfe schon mal die Krallen. Ich will eben meine zwei Mittelfinger links und rechts neben dem Eitermonster ansetzen, da sehe ich, er will fliehen. Der Sauhund will die Biege machen! Aber nicht mit mir! Ich bin schneller.

Knack! Exodus!

Der Spiegel ist zwar jetzt gelb, als hätte ich einen Eidotter drüber geschmissen, ist mir aber egal. Hauptsache ist, meine Schönheit ist gerettet. Muss doch schließlich noch länger mit dem Gesicht herumlaufen.

Das zweite, was ich mit dem Spiegel mache. Ich schau mit ihm in die Zukunft hinein. Ich orakle, weissage, verrate mir selbst, was ich in einer Minute tun werde. Ich muss ihm nur eine Frage stellen, schon hab ich Klarheit. Ich kann das zwar nicht ganz so gut, wie meine Hellseherin, zu der ich hin und wieder mal gehe, oder sie anrufe, aber sie ist meist nicht da, wenn ich sie dringend brauche. Und so stelle ich dem Spiegel nun eine Frage, die vielleicht mein ganzes zukünftiges Leben verändert. Wenn denn auch die Antwort passt.

Spiegel, Spiegel auf dem Wohnzimmertisch ...

»Frag, nicht lange, ob du fähig bist ein Buch zu schreiben. Setz dich einfach auf deinen Arsch und tu es! Und bevor du mich jetzt nochmal nervst. Ja, du kannst das. Musst halt dein damisches Hirn auch mal ein bisschen anstrengen«, gibt mir der freche Spiegel zurück, ohne zuvor meine Frage gekannt zu haben. Naja, das ist auch seine Aufgabe, er ist schließlich nicht umsonst ein Zukunftsspiegel, mit dem man selbst die verstecktesten Pickel aufspüren und abmurksen kann.

Spiegel, Spiegel auf dem ...

»Ich weiß, dass ich auf dem Wohnzimmertisch stehe! Was willst du noch?«

»Was ist, wenn ich ...«

»Dann kontaktierst du jemand, der es schon kann. Ich hab aber leider seine Nummer nicht mehr, aber dafür gibt's ja das Internet. Das Net fällt nicht in meinen Aufgabenbereich. Ich arbeite ohne WLAN, Bluetooth oder sonst so neumodischem Zeugs. Bei mir ist noch echte Handarbeit angesagt. So, und jetzt mach hin, ehe dir noch jemand deine Idee klaut, die du gleich haben wirst.«

»Danke dir, bester Spiegel ever!«

»Putz mich lieber! Ich sehe ja schrecklich aus - igitt! Und dann auch in Eidottergelb!«

Bewaffnet wie ein Einzelkämpfer der Fremdenlegion, lege ich mich zurück auf meine bequeme Couch und stopfte mir zwei dicke Kissen in den Rücken. Block und Schreiberling sind meine Waffen, mit denen ich nun der Literaturwelt den Kampf ansage. Drei blaue Kugelschreiber und achtzig Seiten kariertes Papier dürften für den Erstangriff genügen, denke ich. Dann geht es auch schon los. Nicht mit dem Schreiben, mit dem Überlegen. Ich will schließlich keine Einkaufsliste schreiben, sondern ein Buch. Meine Einkaufsliste hab ich im Kopf, da sie, bis auf ein paar Kleinigkeiten, immer gleich ist. Sollte ich beim Einkaufen doch mal etwas vergessen, könnte ich die Zeit bis zur nächsten Shoppingtour locker mit Pfirsich-Maracuja-Joghurts überbrücken, da ich von diesen stets vier bis zwölf auf Vorrat habe. Wegen der schlechten Zeiten, die ja irgendwann mal …

So, wo fangen wir jetzt an, überlege ich in einem stummen Dialog mit mir selbst. Die Zeit ist reif und die Leser warten. Ich erinnerte mich an den letzten Roman, den ich mit heller Begeisterung gelesen hatte, weil er so spannend, fast nervenaufreiben geschrieben war. Der Autor hatte, glaube ich, ganz weit vorne angefangen. Depp! Das haben alle Autoren so an sich, dass sie mit ihren Büchern vorne anfangen.

Die Geschichte, die ich jetzt gleich schreiben werde, frage ich mich, soll sie gemütlich und zurückhaltend anfangen und sich langsam steigern, oder soll ich die Leser gleich mit einer barbarischen Bluttat auf Gruselkurs bringen? Wie komme ich eigentlich darauf, dass es ausgerechnet ein Buch wird, dass Angst und Schrecken verbreitet? Ich hab mir doch noch nicht mal Gedanken drüber gemacht, was ich schreiben will. Es könnte ja auch ein Märchenbuch für die Allerkleinsten werden. Das hätte einen Vorteil, sie könnten es noch nicht selbst lesen. Mutter, Vater, Opa, Oma oder die Geschwister. Derjenige, der sich mit dem A bis Z auskennt, müsste es dem Kleinen vorlesen. Ich hatte meinen Geschwistern im Bett am liebsten E. A. Poe vorgelesen. Das war vielleicht lustig.

Nein, lass die kleinen Würmer aus dem Spiel, Fredy!

Krimi oder Mittelalter?

Hatte ich mir die Frage damals auch schon gestellt, als ich mit dreizehn … Ich weiß aber genau, ich wollte es unbedingt tun, ein Buch schreiben. Was hatte ich damals noch getan – außer lesen und mit kessen Mädels aus meiner Klasse um die Häuser rumziehen. Haha, wie meine Mutter dumm geschaut hat, als ich gerade bei ihr in der Küche saß und an unserem Küchenfenster vier Mädchen, alle in meinem Alter, kichernd auf und ab gelaufen waren. Dabei hatten sie ständig meinen Namen fallen lassen. So laut, dass meine Mutter es gar nicht hat überhören können.

»Du, Fredy, ich glaube, die vier Mädchen, die aus unserem schönen Park einen Hühnerstall machen, sie wollen zu dir!«

»Ja, ja, ich weiß, Ma«, hatte ich geantwortet, »sind ja auch nicht zu überhören. Aber sage bitte jetzt nichts zu ihnen, ich möchte sie noch ein bisschen zappeln lassen, bevor ich mich ihnen am Fenster zeige. Das kommt besser an, als wenn ich mit dem rotem Kopf, den ich grade habe, rausschaue und sie dann nur noch mehr kichern müssen.«

Aber wir wurden, wie das Leben nun mal so war, älter. Die Schulzeit war eines schönen Sommertages, es war Ende Juli, aus und vorbei. Und das naive Kichern vor unserem Fenster hatte für immer aufgehört. Oh, wie traurig.

Gertrud, Angelika, Inge und Ilse! Solltet ihr zufällig mein Buch lesen, das ich jetzt gleich schreiben werde, habt keine Angst, ich werde die alten Klassenbilder nicht auf einem der sozialen Netzwerkkanäle posten. Das könnte ich euch - und mir schon gar nicht, nicht antun.

Apropos Schule aus. Da kamen doch gleich danach meine letzten Ferien. Und die fuhr ich mit meinen Eltern und den Geschwistern, wie jede Sommerferien, nach Südtirol.

Südtirol?

Ja, das wäre doch jetzt gleich eine wunderschöne Ecke, um meine Geschichte, von der ich bislang kein bisschen Ahnung hatte, dort spielen zu lassen. Burgen, Schlösser, romantische Eisdielen und verwinkelte Gassen. Die Passer und die Etsch. Alto Adige nennen die Südtiroler ihre Etsch gern. Die ganze Passeier-Region ist ein herrliches Gebilde aus hohen Bergen, grünen Wäldern, Weiß- und Rotweinen und Obstfeldern, so weit das Auge sieht. Herrlich, wie wir Kinder uns damals da ausgetobt hatten. Wie wir in der sogar im Hochsommer noch eiskalten Passer glitzernde Steine gesammelt hatten, weil wir dachten, die Glitzersteine wären echtes Silber. Blindschleichen hatten wir im Wald verscheucht. Nicht mit den Händen, das wäre total verrückt gewesen. Mit langen, dünnen Ästen, die am Boden gelegen hatten. Und ich durfte in der Pension, wo wir unsere Zimmer hatten, Forellen aus dem hauseigenen Becken fischen - und schlachten. Was die Geschwister aber nicht so lustig fanden wie ich, weil wir sie dann zum Abendessen serviert bekamen. Natürlich nur die Forellen, nicht die Geschwister!

Ja, genau, das wird dein Schauplatz! Super, dort kenne ich mich heute noch genauso gut aus wie damals. Ich war inzwischen ein, zweimal dagewesen. Gut, einige der alten Häuser gibt es heute nicht mehr, sind durch Neubauten ersetzt, aber sonst, alles noch wie gehabt. Der Marktplatz, das Café, der kleine Kramerladen, in dem wir die Ansichtskarten gekauft hatten. Das Freibad mit dem anrainenden Bolzplatz, auf dem die deutsche Fußballnationalmannschaft trainiert hat, ehe sie zu dritten Mal Weltmeister wurde.

Lenk nicht ab, Fredy, schreib endlich! Wo, das weißt du ja jetzt. Fehlen dir also bloß noch die Figuren. Hauptdarsteller, wie zum Beispiel der James Bond in den 007-Romanen und Filmen. Ein gewitzter Übeltäter wie zum Beispiel Fantomas darf auch nicht fehlen. Schon gar nicht die Handlung, was in dem Roman passieren soll. *Krawumm! Peng!*

Geht es darin um Morde oder ein blutiges Ritterturnier, ist nun die Frage aller Fragen, bevor ich los lege.

Krimi oder Mittelalter?

Krimi, das ist doch klar, klar wie Kloßbrühe! Jaja, genauso klar wie in der Jugend, also vor ewiger Zeit, als du gleich am nächsten Tag ein geniales Buch schreiben wolltest. Wolltest, Fredy, du fauler Sack!

So viel ich weiß, hatte ich es damals vorgezogen, lieber in eine Bücherei zu rennen, anstatt mein Vorhaben sofort in die Tat umzusetzen. Nach ein, zwei Büchern, die ich in wenigen Tagen verschlungen hatte, hatte ich mich wieder so beruhigt, dass meine Schreiberei irgendwo in einer der unteren Schubladen in meinem Kopf gelandet war. Und da auch Jahrzehnte lang verkümmerte. Bis es dann bald so eingestaubt war, dass es völlig in Vergessenheit geraten war.

Heute ist diese Schublade plötzlich aufgesprungen und ein starker Wind bließ in sie hinein. Der alte Staub ist weg.

Es war einmal … Nein, bloß nicht, so fangen Märchen an! Aber die Idee ist gar nicht mal so blöd. Erst schreibe ich den Weltbestseller, Krimi oder Mittelalter, danach ein Märchen. Wenn mein Reißer in Millionenauflage erscheint, hab ich so viel Zeit und Kohle, um auch mal ein Märchen zu schreiben. So ganz nebenbei, bevor ich dann den nächsten Hammer auf den Büchermarkt werfe. Ja, genau so mache ich das!

Äh, Schauplatz? Ist bekannt. Noch! Wie wäre es, wenn du dir einen Schmierzettel nimmst und die Sachen, die dir schon eingefallen sind, aufschreibst, sonst wird das nichts mit dem Roman, weil du die Hälfte schon wieder vergessen hast.

Die Namen der Hauptakteure sind fix gefunden, und auch ebenso rasch notiert. Zwar fast unleserlich, aber zum Glück kenne ich meine Sauklaue schon etwas länger. Den Ort, den Schauplatz, brauche ich mir nicht aufzuschreiben, der ist seit Ewigkeiten in mein Spatzenhirn eingebrannt. So unlöschbar wie ein Tattoo auf der Haut. Ich habe aber kein Tintenbrandmahl am Körper. Jedes Mal den Namen einer Verflossenen überstechen lassen, weil er nicht mehr aktuell ist? Nee, muss nicht sein, hatte ich mir damals gedacht, als die vier Hühner vor dem Fenster auf mich gewartet hatten. Es wäre nicht nur lästig, das tut auch richtig weh. So, als würde ich die Füße in ein bullig heißes Backrohr stecken, bis die Zehen durch sind wie Käsekuchen oder Krustenschweinebraten.

Die Geschichte! Es macht noch keinen Krimi, nur weil du schon die Namen einiger Akteure notiert und den Schauplatz im Kopf hast.

Ist der Hauptprotagonist Mann oder Frau? Das könnte für die Handlung von Bedeutung sein. Ein Mann könnte sich mit den Fäusten wehren, eine Frau mit ganz anderen, nicht minder gefährlichen Waffen. Wäre das nicht etwas zu sexistisch, wenn diese Schönheit … wer sagt eigentlich, dass sie blond, bildschön und gertenschlank und ist? Außergewöhnlich, das schon, das soll meine zukünftigen Leser fesseln, nicht, ob sie ein hautenges Kleid in Größe XS trägt. Hm, ich glaube, mein Hauptdarsteller wird wohl doch ein Mann. Bei dem wäre es völlig egal, ob er in alten Jeans und löchrigen Turnschlappen oder Filzpantoffeln herumrennt. Schick eine Frau mal so auf die Straße. Nicht mal bis zur Mülltonne würde sie so schlampig gehen. Selbst wenn ihre Mülltonne versteckt hinter, nicht vor dem Haus stünde. Und der Name, den ich dem Titelheld schon gegeben habe, passt auch nicht zu einer Frau.

Den Täter habe ich auch schon getauft, fragt sich jetzt nur, ob er den Hauptdarsteller umbringt … Spinnst du, dann wäre dein Krimi schon auf Seite drei oder fünf zu Ende! Hast du schon mal einen Roman gelesen oder einen Film gesehen, in dem die wichtigste Person, deren Name im Vorspann zuerst und in riesigen Lettern erscheint, gleich abkratzt? Ja, schon. Aber erst ganz zum Schluss, weil er dann ein unsterblicher Held der Film- oder Romangeschichte wird. Haha, der Held wird unsterblich, weil man ihn feige umgebracht hat. So was Schlaues muss unbedingt in mein Buch mit rein. Wenn ich denn endlich einmal anfangen würde, ich Narr!

Ach, der Mörder kann noch warten, konzentrieren wir uns lieber auf den Helden der Geschichte, sage ich mir. Der muss irgendeine Macke haben. Frauenheld! Na, ob das nicht schon zu oft geschrieben wurde? Und wenn schon, dann ist er eben ein ganz besonderer Frauenheld. Nicht einer, der mit seinem Geld um sich wirft und im sündhaft teuren Sportflitzer in der Nacht die Straßen durchkreuzt, um sich eine blonde, braune oder schwarzhaarige Schönheit für nur eine Nacht zu suchen. Das Gegenteil wir er sein. Zwar gutaussehend, aber bis über beide Ohren verschuldet. Den Wagen, den der Kerl fährt …? Ha, ist schon notiert. Supi! Jetzt braucht er noch irgendeine andere Besonderheit. Etwas, was ihm keiner zutrauen würde. Handstand machen auf einer Hand? *Das meinst du jetzt aber nicht wirklich ernst, oder?* Wie ich schon sagte, geschrieben hatte. Ich muss diese Selbstgespräche führen, da ich keinen Wellensittich habe, der mir zuhören und antworten könnte. Kochen. Kann mein Held etwa besser kochen als … ach, der eine Spitzenkoch, der mal ein Kochbuch über die Kocherei geschrieben hat. Aber auch nur, weil er sich mit Kriminalge-schichten und dem Mittelalter nicht ausgekannt hat.

Mit einem Sieben-Gänge-Menü dürfte mein Held wohl bei jeder Frau landen. Er verkauft es ihr aber selbst gekocht, ehe sie im Bett landen, dass er das Menü zum ersten Mal und nur für sie gekocht hat. Soll sie ihm doch erst mal das Gegenteil beweisen! Was sie jedoch kaum tun wird, wenn sie erst mal von seinem Nachtisch genascht hat, in dem mehr Alkohol steckt als Himbeeren. Die Himbeeren hat er in den Amaretto eingelegt, damit der Rum in seiner Creme schneller wirkt.

Ich schreibe ich es schon mal auf das Schmierblatt. Später kann ich seine Kochkünste ja auch gegen Feuerspucken oder Mandala ausmalen tauschen.

Ort, Namen, Macke, Autotyp und Mörder. Ich glaube, jetzt habe ich alles, um endlich loslegen zu können.

Na, dann leg mal, Fredy.

Mache ich auch. Ich lege mir den karierten Block, dessen lose Seiten durch eine von links oben nach links unten durchgehende Spiralfeder zusammengehalten werden, und meinen royal-blau schreibenden Kugelschreiber auf den Schoß. Dies nun schon zum dritten Mal.

Wo fange ich an? Ist meine Titelfigur zu Hause, auf Arbeit oder unterwegs - um Himbeeren und Amaretto zu besorgen? Warum nicht? Ich nehme den Kuli in die rechte Hand. Klick! Schon ist das Gerät ist bereit. Mein Kopf auch. Dann blättere ich das Deckblatt des kleinkarierten Din A4-Blockes um und setze den royal-blauen Schreiberling an. Eine Zauberhand schreibt das erste Wort auf das Papier. Dann noch eines, und noch eins …

Willi düst zum Alkoholdealer seines Vertrauens. Da dieser aber keinen Amaretto mehr auf Lager hat, bietet er ihm stattdessen den frisch von einem fremden Lastwagen gefallenen, achtzigprozentigen Rum an. Gleich drei Sorten hat er davon im Sonderangebot. Nur zwölf Euro pro Flasche. Sechs Euro davon wären Gefahrenzulage und Bestechungsgeld für die ost- und westeuropäischen Grenzer. Willi probiert den Fusel aber zuerst. Von jeden ein null Komma fünfundzwanzig Liter

Wasserglas voll. Da sie alle gleich schmecken, nimmt er alle drei. Natürlich neue, unverschlossene Pullen. Stockbesoffen fährt er zum Himbeerhändler. Als er in eine Polizeikontrolle gerät, überfährt er einen der Ordnungshüter, fährt noch zwei Mal zurück und wieder vor, steigt aus uns klaut diesem platt wie eine Flunder röchelnden Bullen die Dienstpistole. Als er wieder in seinen Sportwagen steigen will, wird er von dem zweiten Polizisten gebeten, er möge doch bitte noch warten, er wolle Warndreieck und den Verbandskasten sehen. Willi knallt den Bullen ab. Blut spritz auf den schwarzen Asphalt. Bloß gut, dass Willi stets eine Küchenrolle in seinem Wagen hat. Es ist schließlich schon der vierte Polizist, den er, ganz aus Versehen, umgefahren hat. Mit der praktischen Küchen- rolle verwischt er alle Spuren, dann lächelt er noch in die Smartfons der Zeugen und gibt Gas. Während der von einem blinden Ohrenzeugen verständigte Notarzt den gerade noch so lebenden, schwerverletzten Polizisten versorgt, rast Willi auf der achtspurigen Hauptstraße durch Kleintümpelshau- sen, einem dreißig Seelendorf in Ostfriesland. Dass die viel befahrene Hauptverkehrsstraße eine achtspurige Sackgasse ist und ohne Wendemöglichkeit mitten im Wattenmeer endet, ahnt Willi nicht, da er sonst immer auf dem Treidelpfad nach Leer fährt, wo sein Lieblingsobsthändler einen Laden stehen hat. Willi braucht doch noch Himbeeren. Er hat Pech. Keine roten Beeren. Kokosnüsse werden ihm von der Verkäuferin angeboten, die ihre Banklehre abgebrochen und in den Obst- verkauf übergewechselt ist. Willi will aber keine Kokosnüsse und erschießt die Verkäuferin. Der Ladenbesitzer kommt nur mit seinem Leben davon, weil er eben in Rio de Janeiro ist, *um für einen anderen Stammkunden drei Zuckerhüte für die Feuerzangenbowle zu besorgen. Dann muss die Tussy eben den Rum pur saufen, denkt er sich. Gartenschlauch tief ins Maul stecken, Nasenlöcher zuhalten, dann wird sie den achtzigprozentigen Rum schon freiwillig saufen. Als Willi W. auf dem Rückweg an einer roten Ampel anhalten muss, ballert er mit seinem großkalibrigen Schnellfeuergewehr, das er im Handschuhfach des Polizeiautos gefunden hatte, das rote Licht aus. Da er sich auf der Vorfahrtsstraße befindet, gibt er natürlich Vollgas. Kurz nachdem er die Kreuzung passiert hat, kommt es zu einer Massenkarambolage mit dreiundsiebzig Autos und einem E-Rollstuhl. Sechs-Gang Automatik mit getöntem Schiebedach. Der mit leicht entzündlichem Nitro-Glyzerin-Schwefelsäure-Gemisch beladene Dreißig-Tonner geht erst in Flammen auf, dann explodiert er mit einem sagenhaft lautem Urknall. Der feuerrote Feuerball und die Rauchsäule sind sogar mit dem bloßem Auge noch in Grönland zu sehen. Dort rückt, da der Grönländer Oberbürgermeister gerne mit dem Kollegen in Ostfriesland chattet und Katzenbilder tauscht, umgehend die freiwillige Feuerwehr aus. Pech! Die Fähre nach Kleintümpelshausen, die täglich achtmal fährt, hat vor zwei Minuten abgelegt. Nur gut, dass die Grönländer Feuerwehr nicht nur Löschfahrzeuge, sondern auch noch zwei Schlauchboote besitzt. Willi muss sich beeilen. Sein Nadelstreifen-Anzug, den er sich beim letzten Auftragsmord mit Blutspritzern eingesaut hat, befindet noch in der Reinigung. Die ist aber in Köln, da dort die Vollreinigung von Nadelstreifen-Anzügen mit eingetrockneten Blutspritzern gerade eben im Sonderangebot ist. Willi lässt seine*

✎ 38

leicht lädierte Kiste stehen und klaut im größten Autohaus von Kleintümpelshausen einen gelben Lamborghini ...

Nein, das schreibe ich natürlich nicht. Zumindest nicht am Anfang. Und wenn überhaupt, dann müsse das der Mörder, nicht der Titelheld machen. Der Mörder hat nämlich keine Vorbildfunktion. Ja, auch an so etwas muss ich beim Schreiben denken. Ich muss die Sache langsam, behutsam angehen, wie beim Spaghetti kochen. Da schmeiß ich doch auch nicht die Nudeln ins heiße Wasser, obwohl das Wasser noch kalt und auch noch kein Salz drin ist. Das Wasser muss erst ganz langsam heiß werden. Ich muss die Spannung ganz langsam aufbauen. So ab Seite Hundertzwanzig geb ich langsam Gas. Ab der Seite dreihundertzehn verrate ich, dass der Held als Kind in die Hose gepinkelt hat, er aber seine Windel im Garten vergraben hat, damit seine Mutter das nicht mitbekommt. Und auf der vorletzten Seite passiert dann der Mord, auf den die Leser fünfhundert Seiten lang gewartet hatten. Ich werde sie zappeln lassen. Und auf der letzten Seite verliebt sich der Mörder in die Gefängniswärterin, mit der er während seiner lebenslangen Haftstrafe sechs oder sieben Kinder kriegt, die in seine Fußstapfen treten, um sich am Titelheld zu rächen.

Ich schreibe, bis der Kuli zum Laserpointer wird. Seite um Seite wird voll. Nach gerade mal einer Stunde habe ich schon fünf dieser karierten Blätter vollgekritzelt. Bei einem prüfenden Blick stelle ich fest, meine Rechtschreibung hat sich seit der Schulzeit nicht wesentlich gebessert, eher verschlechtert. Was kein großes Wunder ist, wenn man das ganze Leben mit seinen Armen arbeitet, nie Rechtschreibung und Grammatik braucht. Also schreibe ich emsig wie die Ameise weiter und lasse mich von den lausigen siebenundzwanzig Kommafehlern auf meinen ersten fünf Roman-Seiten nicht aus der Ruhe bringen, und schon gar nicht irritieren.

Bis ich mich umsehe, habe ich schon zehn Seiten voll. Mit mir zufrieden und mit starken Kopfschmerzen lege ich dann den Schreibstift aus der Hand, die vom ständigen Stift halten jetzt so krumm ist wie die von Paganini. Äh, ich glaube, dem seine Finger waren nur sehr lang, nicht krumm, oder?

Pah, das ist kinderleicht, das Buchschreiben. Kurze Pause, die ich umgehend zum Sinnieren nutze. In ein paar Stunden, sinne ich vor mich her, *ist dein Buch fertig und in Millionenauflage auf dem gesamten Bücherwelt-Weltmarkt. In einem Tag ein Buch geschrieben, es veröffentlicht und damit auch noch Weltweit auf Platz 1der Charts gelandet. Geil! Du bist genial, Fredy! Im Autorenolymp wird deine Büste stehen.*

Ich will den Block zumachen, doch da fällt mir die nächste Szene ein. Und auch eine supertolle Idee, die ich jedoch erst weiter hinten im Buch unterbringe. Aus einem Schmierblatt sind jetzt zwei geworden – und kein Ende in Sicht.

Fredy, wir haben ein Problem! Nicht wegen meiner Sauerstoffversorgung, wegen meinem Bestseller, der mich fesselt. Ich muss ihn unbedingt noch heute fertigkriegen. Wenn ich es bis eine Minute vor Mitternacht schaffe – Weltrekord! Ich wäre so der allererste Autor, der es in nur einem Tag schafft, ein weltberühmter, vielumjubelter Schriftsteller zu sein. Ein Buch schreiben, veröffentlichen und auf Platz 1. Wahnsinn! Ja, ich weiß, dasselbe hatte ich gerade im vorletzten Absatz auch schon geschrieben, aber Ehre wem Ehre gebührt.

»Ah, seht nur Leute, da kommt ja das Genie!« So würden mich Presse, Funk und Fernsehen empfangen, wenn ich eine Redaktion oder ein Radio-Studio betrete, um da eine Lesung abzuhalten. Live und in Farbe! Dolby-Digital! UHDTV!

Ich lege mir frische Arbeitsklamotten raus und packe mir die kleine Brotzeit ein, die ich stets in der Arbeit dabei habe. Ich esse eine Kleinigkeit und lege mich dann wieder auf die Couch. Da es jetzt Anfang Juni und abends noch taghell ist, brauche ich auch kein Licht anzumachen, um noch ein, zwei Stunden weiterzuschreiben. Um noch weiter zu fantasieren. Der Wille ist zwar da, doch schnell stelle ich fest, dass mein Hirn am Ende ist. Der Kuli bewegt sich genauso langsam wie meine Gehirnzellen. Nichts geht mehr. Schluss für heute! Ich merke, dass der Roman auch verworrener wird. Nichts passt mehr so richtig zusammen, wie es am Anfang noch der Fall war. Wie ein kurzer roter und ein langer blauer Strumpf liest sich mein Roman.

Genauso lahmarschig wie ich am Vormittag gewesen war, genauso lustlos ist auch in dieser Nacht das Sandmännchen. Entweder war ihm der Sand ausgegangen oder es findet den Weg zu mir nicht.

Ich drehe mich hin und her, muss immer wieder an meinen Roman denken, den ich jetzt nach vielen Jahrzehnten endlich angefangen hatte. Kaum mache ich meine Augen zu, kämpfe ich auch schon mit meinem Kopfkissen, da ich denke, einen Widersacher vor mir zu haben. Buchstaben, Kommas, alles fliegt durch meinen Kopf. Viel schlimmer noch als ein Kind, wenn am nächsten Tag einen Rechtschreib-Schultest hat.

So geht es dann die halbe Nacht hindurch. Nur die halbe? Ja, denn um Punkt drei Uhr klingelt doch bereits mein scheiß Wecker. Drei Uhr nachts, das ist Wahnsinn!

4

Gerädert und geviertelt, nicht bloß geteert, komme ich mir vor, als ich mich mit Rückenschmerzen langsam aus meinem Bett erhebe. Das Rückenleiden kommt davon, da ich fast den ganzen gestrigen Tag auf meiner Couch gelegen hab. Bis auf jene drei Momente, als mir einen *Pfirsich-Maracuja-Joghurt* geholt hatte. Dann, als ich dumm vor meinem Bücherregal stand, und da, als ich mir das Schreibzeug geholt hatte. Ach ja, ein paar Mal war ich auch aufgestanden, um mir Kaffee zu organisieren und einige Zigaretten zu paffen. Pinkeln war ich auch zwei, drei Mal. Viermal?

Die Nacht bricht ab, der Tag bricht an, und mir bricht das Kreuz in der Mitte durch. Ich Depp, sage ich zu mir, muss in der Nacht, wo alle über sieben Milliarden Erdbewohner im Tiefschlaf liegen, aufstehen. Es ist bei mir wie bei allem. Ich muss immer aus der Reihe tanzen. Warum ich das unbedingt sein muss, weil ich Narr immer ganz vorn mit dabei sein will. Viel Arbeit, um die sich keine freiwillig reißt. »Ach, lass nur, das mach ich schon«, lautet einer meiner Lieblingssätze. Nur bei einem stehe ich immer ganz hinten. An der Schlange im Supermarkt, weil ich jede Frau, die älter oder noch hübscher ist als ich, vorlasse. Nicht zu vergessen, die Handwerker und die Schüler, die es auch immer eilig haben. Ich darf ja auch schließlich wieder ins Bett gehen, während andere zur Arbeit oder Schule müssen. Und warum? Weil ich Deppenhaufen als einziger – weltweit - in der Nacht um drei aufstehe.

Um drei, nicht um dreizehn Uhr!

Mein Tagwerk ist für heute getan. Zumindest der Teil, der mitten in der Nacht begonnen und am Vormittag geendet hat. Dem folgt wie gewohnt das Frühstück. Normalerweise mach ich jetzt nur noch das Allernötigste, dann lege mich aufs Ohr, doch ab heute muss ich umdenken. Ich habe während meiner unruhig schlaflosen Nacht etwas Utopisches geträumt. Kann sein, dass ich nur hohes Fieber hatte, denn der Traum kommt mir jetzt irgendwie bekannt vor.

Du wirst jetzt, jetzt sofort Schriftsteller! Weltberühmt, das versteht sich wohl von selbst. Bunte Autogrammkarten, eine eigene Webseite. Eine Haushälterin, die mir den Dreck vom Vortag wegräumt und meine Hemden bügelt, das alles sehe ich schon vor mir. Agenten und Fernsehteams belagern mein Haus. Telefon und Handy stehen nicht mehr still. Und wenn ich im Supermarkt an der Kasse stehe, wollen mich plötzlich alle vorlassen, damit ich mehr Zeit zum Schreiben hab. Ganz zu schweigen vom Fanclub, den blonde, brünette, schwarz und rothaarige Leserinnen, Verehrerinnen gegründet haben. Statt wie früher mit dem Bus zu fahren, fährt mich ein Chauffeur in einer Limousine durch die Stadt. Und mein Steuerberater schaffte es plötzlich, dass ich für meinen Pfirsich-Maracuja- Joghurt aus dem Sonderangebot keine Nachzahlung leisten muss. Nur mit dem Fahrkartenautomat, aus dem ich mir das Küchen-Ticket ziehen muss, da haperte es noch.

So, genug gesponnen. Erst mach ich den Abwasch, den ich sonst am Abend … den ich sonst gelegentlich abends mache.

Blumen gießen, Waschmaschine einschalten und dann noch meine Hellseh-Wahrsagerin anrufen. Die Walburga.

Walburga heißt aber in echt total anders. Datenschutz! Sie hat in die Glaskugel geschaut, Räucherstäbchen entfacht und ihre Tarot Karten ausgelegt. Sie habe nur beste Nachrichten für mich, meint sie, als sie am Sprachrohr ist.

Ewiges Leben, Glück in der Liebe, acht Richtige im Lotto. Und das, obwohl ich gar nicht Lotto spiele. Nur mit meinem Spleen, ich will Schriftsteller werden, vertröstet sie mich auf später. Zwei oder drei bis vier Jahre. Höchstens fünf, aber in spätestens zehn Jahren würde es ganz sicher klappen. Als ich Walburga frage, wir beide telefonieren noch altmodisch, also per Festnetztelefon miteinander, weil ich nicht nur keinen Wellensittich, sondern auch keine Glaskugel habe. Da meint sie, ihre Sterne würden nie lügen, und sie und ihre Glaskugel schon zweimal nicht. Ich vertraue ihr blind. Darum stoße ich mir auch gleich den Kopf an der Kühlschranktür an. Augen auf, wenn du dir einen Joghurt aus dem nur fünf Grad kalten Frigo holst. Es könnte eine Frostbeule zurückbleiben.

Als die Räucherstäbchen verglommen sind und ihre Glaskugel eingestaubt ist, muss Walburga, zu meinem Bedauern, auflegen. Ihr Medium würde auf ihrer anderen Leitung, dem schwebenden Sarg, anklopfen, meint sie. Eigentlich hätte sie mir ruhig sagen können, dass sie sich die Wiederholung der Sendung über überirdisch außerirdische Wesen, die aber nur sie sehen könne, anschauen möchte. Mir war es ganz recht, so kann ich endlich den wohlverdienten Schönheitsschlaf abhalten. Der sich wider Erwarten bis Nachmittag hinzieht, da mein Körper die versäumte Schlafzeit von der letzten Nacht nachholen muss.

Wie ich mich hinlege, habe ich den Kopf voll mit Ideen für mein Buch.

Doch als ich wieder aufwache. Alles weg! Wie mit einem Sandstrahler aus dem Gehirn geblasen. Nur gähnende Leere. Im Kopf, im Bauch ... auf meinem Bankkonto.

Höchste Zeit, um an meinem Roman ... am Gassenhauer weiterzuarbeiten. Block, Schmierzettel und Kugelschreiber. Schiefe Rückenlage auf der Couch, schon kann es losgehen. Tja, wenn da nur nicht diese saublöde Schreibblockade wäre, vor der mich die Wahrsagerin Walburga am Vormittag noch eindringlich gewarnt hat. Richtig angefleht hat sie mich.

»Tut mir wirklich leid, Fredy, aber du wirst heute an einen Punkt kommen, wo du dir das Hirn einrennen wirst!«

Sie hatte nicht die Kühlschranktür gemeint.

Ich lese mir die letzten Zeilen von gestern noch mal durch, so gut es eben geht bei meiner Sauklaue. Schon bald bin ich wieder drin. Aber sowas von drinnen, als wäre wieder ich im Gestern gelandet. Ach ja, das hatte ich mir ja gestern Abend noch vorgenommen. Ich werde ab sofort jeden Tag, an dem ich an meinem Roman arbeite, zu dem Tag ernennen, als ich mit dem Schreiben begann. So kann ich, wenn das Buch erst mal auf dem Weltmarkt ist, behaupten, ich hätte dies geniale Werk an einem einzigen Tag geschrieben. Weltrekord!

Es gibt keine bessere Werbung, als einen Weltmeistertitel zu besitzen. Sieht man doch bei den Fußballspielern, die vor lauter Werbeaufträgen kaum noch zum Fußballspielen kommen. Hm? Für was würde ich als berühmter Autor Werbung machen? Joghurt? Espresso, der, wie der Pfirsich-Maracuja-Joghurt, ebenfalls zu meinen Grundnahrungsmitteln gehört. Oder für kleinkarierte Schreibblöcke und royal-blaue Kugelschreiber? Vier Verträge in einem Aufwasch. Genial!

Es flutscht! Drei Stunden und zwölf Seiten später lege ich mein Schreibzeug beiseite. Nur der Spickzettel, auf dem ich meine nachträglichen Einfälle notiere, bleibt noch am Mann. Kugelschreiber liegen bei mir überall herum. Und das nicht erst seit gestern. Ich hab zum Glück noch keine Haushälterin, die mir ständig hinterherräumt. Doch dafür hab ich aber jetzt eine Menge Papier, das bis gestern Morgen noch gelangweilt und kleinkariert ausgesehen hatte. Heute ist dieses mit vielen unleserlichen Buchstaben verziert, bei denen jedes Hieroglyphenforscherherz höher schlagen würde.

Glücklich und zufrieden mit mir und dem bisherigen Werk gehe ich ins Bett. Und ebenso selig und zufrieden schlafe ich ein. Keine Alpträume. Keine Wahnvorstellungen. Auch kein Größenwahn plagt mich.

Und in meinem Kopf ist es noch immer Tag Eins. Der Tag, an dem ich mich entschließe, ein berühmter Schriftsteller zu werden. Und ganz nebenbei steinreich. Kohle im Keller ist out, in der Hosentasche hat man sie jetzt.

5

So ähnlich verlaufen dann auch die nächsten drei Tage. Ich komme gut voran. Der Krimi gefällt mir prima. Auch meine Wahrsagerin gibt klein bei, als ich ihr ein paar Sätze vorlese oder sie ihr frei Schnauze, also aus dem Gedächtnis raus, ins Telefon hauche wie eine Liebeserklärung.

Dann kommt Tag Nummer 5. Nein, es ist doch schon zum fünften Mal Tag Eins! Jener Tag, an dem ich eisern beschlossen hatte, ein weltberühmter Schriftsteller zu werden. Mann, verdammt, ich kann mir nicht einmal mehr merken, was wie wann und wo wer mit wem und warum.

Schon wieder eine krasse Schreibblockade?

Eine Schreibblockade nennen wir Autoren*innen, wenn man nicht mehr weiterweiß. Sie ist wie eine Grenzschranke, die unten ist und nicht mehr hochgeht. Wie eine Bank-Karte, die eingezogen wird, da man die falsche Geheimzahl dreimal eingegeben hat.

Viel schlimmer noch. Schwarze Wolken zogen an meinem Schriftstellerhimmel auf. Ich weiß nicht mehr weiter! Besser gesagt, ich hab nun schon so viel geschrieben, dass ich in gut zwei Tagen am Ende des Romans ankomme. Und das bei nur fünfzig Seiten! Ein Krimi, bei dem nach fünfzig Seiten alles gesagt, getan und schon aufgeklärt ist? Ja, der wäre wirklich Rekordverdächtig. Aber ganz sicher nicht im positiven Sinn. Welcher Krimifreund kauft sich ein Buch, das mit Mord und

Totschlag beworben wird, es aber nach einer Stunde lesen schon wieder zu Ende ist?

Nicht mal ich selbst würde mein eigenes Buch kaufen!

Ich werfe den Schreibkram auf den Wohnzimmertisch und gehe zum Bücherbord - Abteilung Krimi und Mittelalter. Im Bord schlummert kein einziges Werk, das unter vierhundertfünfzig Seiten hat. Stünde mein Krimi jetzt auch dort drin … lachhaft! Er wäre dünner als eine Wochenillustrierte.

Sagt schon, wie macht ihr das?, spreche ich die namhaften Autoren und innen an, deren Namen ich auf den Buchrücken sehe. *Ihr setzt euch einfach hin und schreibt. Und schon habt ihr ein ansehnliches Buch, das dicker ist als meine Nerven, die gerade sehr dünn geworden sind. Ich schreib doch auch, aber scheinbar nicht richtig. Was mache ich nur falsch?!*

Die Antwort gebe ich mir dann selbst:

Klar machst du was falsch, Fredy. Alles!

Scheiße! Nix Wellensittich, keine Haushälterin, und sicher würde jetzt auch die Glaskugeln von Walburga so schweigen wie die Buchrücken der Autoren*innen, vor denen ich noch immer, dem Heulen nah, stehe. Aber wen sollte ich sonst um Rat fragen? Die Autoren der Buchrücken?

Haha! Die würden mir höchstens etwas husten, aber ganz sicher würden sie mir ihre heiligen Schreibgeheimnisse nicht anvertrauen. Und außerdem, will soll ich an sie rankommen, soll ich ihnen etwa einen Brief schreiben, wo ich danach drei bis dreißig Monate auf Antwort warten muss, weil sie gerade an einem neuen Projekt arbeiten, daher die nächsten Monate nicht gestört werden wollen. Naja, ich würde das doch auch nicht mögen, während der Schreibarbeit gestört werden.

Ein Sittich und eine Haushälterin wären jetzt recht.

Und trotzdem nehme ich mir einen dieser fetten Schmöker aus dem Regal, schlage ihn auf und schaue auf die Seite, auf der das Copyright des Autors/ in oder zumindest der Name des Verlages steht. Mir ist natürlich schon jetzt bewusst, dass Schriftsteller/innen da nie die Privatadresse hinterlegen. Ich könnte aber, sagte ich mir, den Verlag mal anschreiben. Und dann … dann schaust du noch blöder als jetzt. Deren Verlag würde mir höchstens die Adresse eines Psychiaters verraten. Obwohl, einen solchen könnte ich jetzt gerade gebrauchen. Nicht etwa, dass der mir bei der Schreibarbeit helfen würde, nein, meine Depression, die ich eben habe, die könnte er mir abnehmen. Hoffentlich haben sie in der Klapsmühle auch die kleinkarierten Blätter, die ich ja so gerne vollkritzle. Zur Not würden es auch linierte oder splitternackte Blätter tun. Und der Kugelschreiber müsste auch nicht unbedingt einen Markennamen haben. Haha! Aber in der Klapsmühle wären immer genug Leser, die mir ihr fachmännisches Urteil … ach, vergiss es, Fredy! Du hast schon mal bessere Ideen gehabt.

Ideen? Für was soll man eigentlich selbst denken. Heutzutage gibts doch massig praktische Suchmaschinen, die selber denken total überflüssig machen. Immer und zu jeder Zeit bereit, wenn du … wenn ich meinen Computer nicht nur immer abstauben, sondern auch mal einschalten würde. Ich tue dies auch. Mein Tower ist zwar nicht der Schnellste, aber das bin ich doch selber auch nicht. Nur manchmal, wenn es mir wirklich pressiert, damit es nicht in die Hose geht. Aber das Thema Durchfall ist jetzt wohl fehl am Platz.

Der Rechner rechnet und rechnet, und ich auch. Ich rechne mir aus, in wie vielen Stunden mein Wecker wieder klingelt. Es könnte sich wohl gerade noch so ausgehen, mir von einer der Suchmaschinen einen passenden Rat geben zu lassen, damit mein Buch noch vor Mitternacht fertig wird.

Halt! Ich, ich will ein weltberühmter Schriftsteller werden, nicht diese dämliche Suchmaschine! Und wer garantiert mir, dass mein peinliches Anliegen nicht im Netz verbreitet wird, wenn ich in meinen Computer eingebe, dass ich die Adresse eines berühmten Schriftstellers oder eine andere Lösung für mein Problem suche. Jeder User auf dieser Welt wüsste dann von meinem genialen Plan, Schriftsteller zu werden. O nein, der Ruhm soll mir gebühren. Ich möchte derjenige sein, der als erster an einem Tag einen ganzen Krimi geschrieben hat. Mit fünf bis sechshundert Seiten. Aber etwas anderes könnte die Suchmaschine für mich machen. Mir verraten, wie ich an einen berühmten Schriftsteller rankomme. Ich müsste meine Eingabe nur anonym machen. Mit einem Fantasienamen wie zum Beispiel: lesuerK yderF. Das heißt rückwärts gelesen: Fredy Kreusel. Ah, was bin ich doch genial!

Egal wie, ich brauche jetzt sofort eine Kontaktadresse, mit der ich den Kollegen Autor um Hilfe bitten kann! Schriftlich, telefonisch, Fahrrad oder Rauchzeichen, egal. Ich weiß auch schon, wessen Kontaktadresse ich haben will. Seinen/ihren Namen jetzt zu nennen, das fällt jedoch leider, wie schon bei Walburgas echtem Namen, unter das Beichtgeheimnis … äh,

Datenschutzgeheimnis natürlich.

Ich tippe, mein Tower besteht die Rechenaufgabe mit Eins Plus. Na gut, ich hatte ja auch nur den Vor- und Nachnamen des Autors eingegeben. Doch mein blöder Monitor zeigt mir nicht nur den Namen, den ich eh schon wusste. Nein, unzählige Vorschläge erscheinen da, die ich per einem Mausklick aktivieren könnte.

Was tun?

Sollte ich die Augen zumachen und die Maus entscheiden lassen, welcher dieser Vorschläge mich am schnellsten ans Ziel bringt? Quatsch! Zum Schluss lande ich bei jemand, der nur ganz zufällig denselben Namen trägt wie der Autor. Und der ist dann Maurermeister, Tiefseetaucher oder Bäcker.

Ein Bäcker? Der wäre zwar nicht der Schriftsteller, den ich suche, muss aber nachts noch eher aufstehen als ich. Um ein Uhr glaube ich. Ha, da bin ich ja direkt ein Glücksvogel, dass ich kein Bäcker geworden bin. Ich kann also, obwohl ich von meinem Wecker um drei Uhr aus den Federn gerissen werde, richtig ausschlafen. Hm? Warum bin ich dann aber immer so hundemüde, wenn der Wecker klingelt? Das müsste ich fast mal … wie nennt man das, googeln?

Wird googlen geschrieben, aber googeln gesprochen. Wie Wau. Nicht das bellen der Hunde. Die machen wuff. Wau, toll, super, das man im englischen aber wow schreibt.

Genau, googlen tue ich. Aber nicht mehr heute, sonst wird mein Roman nie fertig.

Voila! Alles steht da. Scheiße! Kontakt ausschließlich nur

über die soziales Netzwerke. Sozial eingestellt bin ich schon, trotz meiner Größenwahnanflüge, aber nicht online.

Mir bleibt keine andere Wahl, ich muss mich in einem der wie ein Spinnennetz aufgebauten Solzialunterhaltungswerke anmelden. Was ich aber eigentlich nie tun wollte. Höchstens mal im alläußersten Notfall, hatte ich mir einst geschworen. Und, wo ist dein Problem, yderF? Äh, Fredy. Ist das gerade etwa kein notwendiger Notfall? Wenn man mit zwei Beinen fast in der Klapsmühle steht, dann ist es sogar ein dringender Notfall. Praktisch ein Dringlichkeitsnotfall mit allerhöchster Durchdrehgefahr!

Zurück zu diesen Vorschlägen, die wie eine Tabelle untereinander aufgelistet sind. Ich überlege noch mal kurz, dann weiß ich auch, für welche ich mich entscheide. Die Tabellen der Fußballliegen sind auch so gemacht: Ganz oben steht der momentan Führende. Unten der Letzte, quasi der Beleuchter, der die kaum noch leuchtende Laterne tragen darf.

Die Seite, die ich mit offenen Augen und mit Hilfe meiner Maus antippe, macht sich auf, eine hübsche Maske erscheint. Nicht die Maske eines Zirkusclowns oder einer Schönheitskönigin, die in ihrem wahren Leben ganz anders aussieht als bei der Misswahl. Eingabemaske, so nennt man in Fachkreisen das Feld, in das man erst einen Teil seiner Persönlichkeit eingeben muss, um auf die eigentliche Seite zu kommen. Das kenne ich jedoch längst. Von Online-Shops, wo ich hin und wieder mal bestelle, weil es das, was ich gerade brauche, im Geschäft nicht erhältlich ist.

Ist tatsächlich so. Du gehst in einen Laden und sagst dort

dem Personal, was du gerne haben willst. Und wie lautet hin und wieder die Antwort? »Gibt's nicht im Laden, gibt's nur online! Haben Sie schon ein Kundenkonto? Nein? Bah! Aus welchem Jahrtausend sind Sie denn? Wissen Sie wenigstens, wie Sie sich anmelden und registrieren müssen, um ein Kundenkonto zu kriegen? Ach, das wissen Sie! Sie kaufen wohl sonst immer bei der Konkurrenz. Na, egal. Die geht eh bald vor die Hunde. Bevor Sie den Onlinekaufvertrag abschließen und auf *„Jetzt kostenpflichtig bestellen"* tippen, ein kleiner Tipp von mir. Es gibt da ein Portal, da stellen wir regelmäßig Gutscheincodes rein. Da sparen Sie richtig Kohle. Vor allem bei Artikeln, die sie nicht brauchen. Schönen Tag noch.«

Name, Passwort. Aha, und wo soll ich jetzt so ein Passwort herkriegen, ich hab doch noch nicht einmal einen Reisepass. Doch, schon, aber der ist seit Jahren abgelaufen. Das könnte meinen Joghurts im Kühlschrank nie passieren, denn die esse ich immer sofort auf. Ist zwar Blödsinn, einen Reisepass mit einem Joghurt zu vergleichen, aber wenn dir nichts Besseres einfällt … Dann sollte man eigentlich die Klappe halten. Nur den Mund aufmachen, damit einem die Kieferknochen nicht einrosten, das überlasse ich normalerweise den neunmalklugen Arbeitskollegen und der … Nein, lass deine Schwägerin aus dem Spiel. Du wolltest dich doch auf einer Internetseite anmelden, Fredy, nicht im Krankenhaus landen.

Die Suchmaschine, zu der ich zurückkehre, sagt mir jetzt, ich darf mir das Passwort selber zusammenbasteln. Soll aber darauf achten, dass es nicht eins, zwei, drei und vier oder gar Passwort heißt, mein künftiges Passwort.

Jetzt erinnere ich mich wieder. Bei einer Online-Bücherei habe ich den Namen von meinem verstorbenen Wellensittich eingegeben. Nein, er hieß nicht Hansi oder gar Burli. Er war auch nicht an Altersschwäche oder Asthma gestorben, einst, vor weit über vierzig Jahren. Dieser dumme Vogel, nicht mal richtig sprechen hatte er gekonnt. Er war in die heiße Brühe geflogen, die gerade auf dem Küchenherd gebrodelt hat. Wie ein Kamikaze Flieger ist er in die Brühe reingedüst. Ich hatte zu meiner Mutter gesagt: *Selbstmord, weil er die Schnauze voll hatte von Salat und Jodperlen fressen.* In besagter Brühe waren nicht nur Fettaugen gewesen, auch Suppennudeln und Fleisch. Meine Geschwister wollten mir damals leider nicht glauben, dass auch Wellensittich zur Gattung der Aasfresser gehören, nicht zu blattfressenden Dinosauriern. Der Seppi, oh, jetzt habe ich mein Passwort verraten. Macht nix, es liegt ja eh Passwortgeschützt in einem Passwort-Schutzsafe.

Vergessen wir den Vogel, der jetzt im Vogelhimmel zwitschert. Ich schreibe mir ein Passwort auf. Eines, das nicht so leicht zu knacken ist. Es hat also etwas mehr als bloß einen Buchstaben und eine Eins dahinter. Ich schreibe es mir sogar in Schönschrift auf und mache mir gleich drei Kopien davon. Eine für unter das Kopfkissen, eine verstecke ich in meinem Sockenschrank. Da würde nicht mal ich selbst nachschauen, um nach einem Passwort zu suchen. Die dritte Kopie landet im Gefrierschrank.

So, Passwort bestätigen. Puh, Glück gehabt. Wäre da jetzt gestanden, amtlich Beglaubigen lassen, hätte ich ziemlich alt ausgesehen. Das Amt hat nämlich längst zu. Ich bestätige das

Passwort und bekomme eine Bestätigung, dass ich alles richtig gemacht und bestätigt hab. Zur Belohnung werde ich nun auf eine Seite durchgereicht, auf der ich noch viel mehr als nur meinen Namen eingeben muss. Mein Geburtsdatum und so Scheiß. Ich schaue also auf meinen grade noch so gültigen Personalausweis und ich … erschrecke zu Tode. Aber nicht wegen Geburtsjahr und Wohnort. An beides hatte ich mich längst gewöhnt. In die Stadt München, die mein Dokument ausgestellt hat, sogar verliebt. Nein, ich hatte ihn schon total vergessen, richtig verdrängt. Den hässlichen in Rot und Gelb leuchtenden Pickel neben meinem linken Nasenflügel. Er ist auch heute noch da. Fast wie ein Markenzeichen, da ich ihn zwar regelmäßig ausdrücke, der Saukerl aber immer wieder zurückkommt. Nicht immer auf der Nase, auch mal am Ohr. Naja, man gewöhnt sich eben an alles, an fast an alles. Mitten in der Nacht um drei aufstehen, daran ganz sicher nicht.

Weiter im Text. Oh, wie nett. Ich darf sogar meine eigene Privatsphäre einstellen. Das mache ich hier bei mir zu Hause auch gerne. Ich schaue erst beim Fenster raus, ehe ich meine Tür öffne. Ich suche mir aus, ob ich es tue oder nicht, die Tür zu öffnen oder nicht.

So, das machen wir jetzt. Der frühe Vogel … Ich lese mir durch, was ich eingeben soll. Tja, die Vorsicht ist der Elefant im Internet-Laden, oder so. Hm, mal schauen. Möchten Sie, dass Ihre Telefonnummer … Nein, will ich nicht! Und schon gar nicht meine E-Mail an das schwarze Internetbrett nageln. Später mal - vielleicht. Wenn ich ein gefeierter Schriftsteller sein werde, aber heute, da bleibt alles noch genauso geheim, wie mein Manuskript, an dem ich eben, hart wie ein Streber im Bergwerk, arbeite. Oder versuche, dran zu arbeiten. Aber ich tu es ganz sicher wieder, wenn mir mal jemand sagt, wie ich weitermachen muss, ohne gleich in der Klapse zu landen. So, weiter. Die Anmeldung hab ich ja gleich am Anfang mit dem Bestätigungslink in der E-Mail bestätigt.

Foto hochladen? Foto von wem? Haha, ihr seid aber lustig. Was, wenn ich jetzt das Foto hochlade, auf dem ich noch als ein kleiner Knirps in kurzen Lederhosen und Karo-Hemd zu sehen bin? Ah, da habe ich sogar noch eine viel bessere Idee. Nein, ich fotografiere jetzt kein fremdes Gesicht aus irgendeiner Illustrierten ab. Zu riskant, Fotodatenschutz! Ich knipse die Birke vor meinem Küchenfenster und lade das Bild hoch. Die dürfte auch ungefähr mein Alter haben. Nur statt meiner Blond-grauen Haare, hat sie eine weiße Rinde. So, jetzt habe ich schon mal sichergestellt, dass ich selbst mit dem besten Gesichtserkennungsprogramm nicht zu identifizieren bin.

Bei besonderen Merkmalen gebe ich an: Schuhgröße zweiundvierzig ein Drittel, Rechtshänder, Wanderpickel mit dem Drang, den Aufenthaltsort ständig zu ändern. Schriftsteller – weltberühmt! Wenn schon klotzen, dann aber richtig. Habe ich etwas vergessen? Wie wäre es mit der Unterschrift? Das geht ja gar nicht. Mein alter Tower hat noch keinen Touch-Screen. Nur jede Menge Fett-Tapser, die noch vom Pfirsich-Maracuja-Joghurt-Christstollen von Weihnachten sind.

Freunde suchen? Ja, will ich! Auch wenn der Freund dann gar nicht weiß, wer ich überhaupt bin, wie ich aussehe und dass mein Wecker mitten in der Nacht und drei Uhr klingelt.

57

Naja, ich weiß ja auch nichts über den Schriftsteller, den ich jetzt gleich anschreiben werde. Und wenn seine Antwort so verdammt gut ist wie all seine Bücher, habe ich schon so gut wie gewonnen. Zumindest was die Schreiberei angeht, denke ich mir, als ich den kompletten Namen des Schriftstellers in die Suchmaske eintippe.

„Keine Person mit diesem Namen bekannt!!, erscheint auf dem Monitor. Die zwei I-Punkte über dem d und dem n, die kamen vom Joghurt, muss also somit den Ländercode für die Tastatur nicht umstellen. Ich möchte aber jetzt auch nicht mit einer Spachtel am Monitor rumkratzen. Lieber habe ich ein paar I-Punkte zu viel auf dem Monitor als jedes zweite Wort unterstrichen. Die Spachtel hat nämlich einen …hm, einen leichten Schaden. Sie hat ein Eselsohr. Links, da ich mit der linken Seite der Spachtel einmal versuchte, mir einen Maracujakern aus den Zähnen heraus zu popeln. Er war dann auch tatsächlich verschwunden - nachdem ich beim Zahnarzt war. Zwei Schneidezähne, unten in der Mitte, hatte der Zahnarzt vergipsen müssen. Gut dass ich die Spachtel dabeihatte. Den Schnellbeton zum vergipsen und die schneeweiße Farbe zum Bemalen hatte der Zahnklempner selbst gehabt.

Warum findet mein blöder Computer nur die Anschrift des Autors nicht, er ist doch berühmt. Dass er auf genau der Seite zu finden ist, in die ich mich vorhin reingebeamt hatte, steht sogar in all seinen Büchern drin. Ganz weit hinten, meist auf der allerletzten Seite. »Besucht mich doch einfach auf …« Ah, Datenschutz! Ich stelle fest, nicht mein alter PC ist blöd, sondern der, der ihn bedient. Den Namen des Schriftstellers schreibt man mit nur einem s. Aber warum hat das der blöde Tower nicht von selber gemerkt? Ist das etwa die berühmte künstliche Intelligenz von morgen? Ein PC, der nicht in der Lage ist, das überflüssig s selbstständig zu löschen, damit ich endlich an Adresse des Autors rankomme, auf den kann ich verzichten. Da kann ich ja gleich das gute alte Branchenbuch zur Hand nehmen und dort unter dem Stichwort Autor nachschauen. Mist, geht ja gar nicht. Ich habe nur das Branchenverzeichnis von München. Ich bräuchte schon eins von ganz Deutschland. Doch was ist, wenn der Autor seine Romane in Italien, Australien, Chile oder auf den Malediven schreibt und da auch gemeldet ist? Mit Alias-Namen.

Zum Glück hatte ich den groben Fehler mit dem zweiten s selbst bemerkt, sonst würde ich die Suche jetzt echt beenden. Ich und aufgeben, das Handtuch schmeißen? Nein, niemals! Ich würde in die Küche gehen und mir einen Pfirsich-Maracuja-Joghurt aus dem Kühlschrank holen, ihn auslöffeln und einen Glimmstängel dampfen. Und dann würde mich auf den Hintern setzen und den Verlag des Autors anschreiben. Oder ich würde aus meinem Bücherregal das Werk einer berühmten Autorin holen, die man mit zwei kleinen s schreibt. Habe ich sogar tatsächlich im Regal!

Bei meinem zweiten Anlauf schreibt es die Tastatur dann auch richtig. Glück gehabt! Die Tastatur, nicht ich. Ich hätte sie nämlich zum Küchenfenster hinausgepfeffert. Gegen die Birke die nur sechs Meter von meinem Fenster entfernt steht. Dann hätte ich mir meine alte Schreibmaschine, mit der ich schon als elfjähriger Riesenknirps, über einen Meter sechzig hoch, gar widerspenstig Tippübungen machen musste. Die hätte ich mir aus dem Keller hochgeholt und hätte sie an den fast ebenso alten Computer drangehängt. Die USB-Bausätze zum Tastatur selber aufrüsten gibt es Fachhandel, oder? Und das Farbband hätte ich gegen eine vier Farben Tintenpatrone ausgetauscht, somit hätte ich dann gleich einen Drucker, um mein Buch, sollte es in diesem Jahrtausend noch mal fertigwerden, auszudrucken, um es an einen großen Buchverlag zu senden. Wie ich am linken Monitorrand eine Spiralfeder einziehe, sehe ich ja an meinem kleinkarierten Schreibblock. Der wartet übrigens heute immer noch darauf, dass ich ihn jetzt endlich mit noch mehr Buchstabenreihen, Zahlen oder dem Bild einer Birke bis zur letzten Seite vollkritzle. Doch da hat er leider Pech, der Block, ich hab besseres zu tun.

Aber wie heißt es immer so schön, Papier ist geduldig, dein Computer nicht. Ja, das war mein Mathelehrer auch immer, sehr ungeduldig. Meine Mitschüler/innen hatten die Rechenprobe schon abgeliefert, nur mein Blatt war noch relativ leer geblieben. Blöd war, dass die leeren Stellen ausgerechnet da waren, wo das Endergebnis hingehört hätte. Da ich mir aber schon damals ganz fest vorgenommen hatte, irgendwann mal ein weltberühmter Schriftsteller zu werden, hatte dann mein Lehrer alle beide Augen zugedrückt und hatte nur eine Fünf auf meine Mathematikarbeit aufgemalt. In wunderschönem Times New Roman, kursiv! Auf den Vorschlag meinerseits, er könne doch eigentlich mein Buchcover zeichnen, da er so schön malen könne, war er leider nicht näher eingegangen. Er hatte stattdessen gemeint, er könne nicht nur sehr schöne Fünfen, sondern auch Sechsen malen. Auf diesen Deal aber wiederum, wollte ich mich aber nicht einlassen und lernte ihm, wie man herrliche Vierer, Dreier und 2er malt. Die Eins hatte ich weggelassen, hab sie mir als Joker aufgehoben.

Uiii! Da ist er ja! Er hat sich auch gar nicht verändert seit dem letzten Buch, das ich erst letzte Woche zu Ende gelesen habe, lache ich, als mich das Foto des gesuchten und soeben auch gefundenen Autors anschaut.

Ah, so funktioniert also ein soziales Netz. Und ich dachte schon, die treffen sich alle an der Isar, jeder hat ein Fischernetz dabei und wer den größten Fisch an Land zieht, der hat gewonnen. Ist aber nicht so. Einer schreibt irgendetwas auf seine Seite und die anderen geben entweder ihre Sahne oder ihren scharfen Senf dazu. Na, dann will ich doch mal gleich mal sehen, was ich im Kühlschrank habe. Süße Sahne oder Löwen-Senf.

Was könnte ich einer berühmten Persönlichkeit schreiben, grüble ich nachdenklich nach, bevor ich das Tippen anfange. Auf der Computer-Tastatur, nicht auf meiner mechanischen Schreibmaschine. Ich war zwar inzwischen unten im Keller gewesen, aber das alte Teil existiert leider nicht mehr. Bloß gut, dass ich mir das USB-Kabel zum Koppeln von PC und Schreibmaschine nicht gleich bestellt hatte. Aber die Spinnwebe, die damals bei meinem Einzug das halbe Kellerabteil in einer Art Fischernetz eingefangen hatte, die gibt es noch. Es ist aber wirklich praktisch, einen natürlichen Vorhang im Keller hängen zu haben. Wenn ich mein Gerümpel durch das Spinnennetz nicht sehen kann, sehen es die Nachbarn auch nicht. Schlaues Kerlchen, Fredy.

So, dann fangen wir mal an. *Und wehe dir, du baust wieder Scheiß*, schimpfe ich die manchmal störrische Tastatur. Ich will mich bei dem Autor schließlich nicht blamieren.

Sehr verehrter, hochgeschätzter Herr …

Bist du blöde? Hallo, so redet man sich unter Kollegen der Schreibkunst an. Auch wenn er jetzt noch ein bisschen weltberühmter ist als ich, aber das gibt sich mit der Zeit. Haha, das wird ein Riesenspaß, wenn mein Krimi auf dem Markt erscheint. »Hast du schon einmal auf die neue Bestsellerliste geschaut, Herr Kollege? Allein diese Woche habe ich zwei Millionen Exemplare mehr verkauft als du.«

Oh, mir fällt eben gerade ein, ich wollte doch im Internet mal nachsehen, was ein Chauffeur samt Luxuslimousine im Monat kostet. Spielt Geld überhaupt eine Rolle, wenn ich … Idiot, du wirst dann auch weiterhin mit dem Bus fahren und Pfirsich-Maracuja-Joghurt löffeln. Und warum? Weil du ein Mensch, ein furchtbares Gewohnheitstier bist, das bisher auf jede Art von Luxus verzichtet hat. Also wirst du das auch in Zukunft tun. Noch nicht mal eine Haushälterin werde ich mir zulegen. Pha, könnte ich auch gar nicht. Was, wenn die beim Bett ausschütteln mein Kopfkissen anhebt oder beim Socken waschen oder Gefrierfach abtauen mein geheimes Passwort findet? Mann, an jeden Scheiß muss man denken!

Hallo, (Name Schriftsteller)! Ich hätte da mal ein kleines Problem …

Meine Anfrage an Mister X wird dann auch fast genauso lang wie mein Unterarm. Ellenlang! Fragt sich nur, wer soll das alles lesen? Klar, der Autor, den ich angeschrieben hab.

Tut er es, oder macht er es nicht? Die Antwort darauf konnte mir nur eine einzige Person geben.

Ich rufe Walburga an, die auch gleich das Zauberstaubtuch rausholt und ihre Glaskugel poliert.

»Oho, Fredy! Hinter einer dichten Nebelwand …«

Das hört sich nicht gut an, und ich will auch gleich wieder auflegen, tue es aber doch nicht. Zum Glück. Nicht nur eine, nein, sogar sehr viele Antworten würde sie sehen, haucht mir Walburga in die Ohrmuschel. Ich soll mir schon mal ein paar Kopfschmerztabletten besorgen. Die Familienpackung. Und Termine bei meinem künftigen Psychodoctores soll ich auch gleich mit ausmachen. Doppelstunden auf der roten Doppelcouch, bei der ich meine Füße hochlegen könne, damit mein Kleinhirn genügend Blut und Sauerstoff bekäme.

Walburga verlangt kein Geld von mir. Ich wäre so eine Art Proband. An mir und meiner unglaublich bunten Aura könne sie sehen, ob die Sterne nicht aus dem Gleichgewicht, nicht auf der schiefen Bahn sind. Was übersetzt also so hieß: Sollte mir der Autor in naher Zukunft wirklich antworten, muss ich jetzt zwei Wege gehen, um mich für den Kontakt mit ihm zu wappnen. Apotheke und Psychiater. Doppelt genäht …

Ich bedanke mich bei Walburga und lege auf. Während der Sitzung hab ich den Computer nicht aus den Augen gelassen. Hat aber nichts geholfen, denn der ist auch jetzt noch stumm geblieben wie ein Goldfisch. Also kappe ich die Leitung. Ich melde mich ab und lösche den Online-Verlauf. So kann man meine Spur nicht zurückverfolgen. Keiner wird je erfahren, dass ich mir fremde Hilfe holen wollte, um ein berühmter

Schriftsteller zu werden. Es ist zwar noch nicht so weit, dass ich diese Hilfe auch bekomme, doch ich vertraue da meinem Weitblick, und meiner Hell-Wahrsagerin Walburga.

Das Abendessen ist schnell gemacht. Ich koche an zeitlich günstigen Tagen immer gleich für ein volles Fußballstadion, die Reste friere portionsweise ein und staple sie dann neben einer Kopie meines Passworts. Ich hatte mich heute nach der Arbeit für Schinkennudeln für das Abendessen entschieden und den Plastikbehälter, in dem ich sie vor drei Monaten einfror, gleich aus dem Eisschrank geholt. Nun muss ich sie nur noch aufwärmen. Im Edelstahltopf, nicht in der Plastikbox. So viel Hirn habe ich aber dann doch noch, obwohl ich doch ständig dran denke, auf dem Computer könne eine Nachricht landen, die ich nicht lesen kann, da ich den Kasten doch runtergefahren hab. Zum Essen mache ich den Fernseher an. Er steht im Wohnzimmer, wo ich immer zu Speisen gedenke. Nein, meine Küche ist nicht zu klein. Sie ist groß genug, um in ihr speisen zu können. Doch ich will nicht alleine essen. Darum lade ich mir dann am Abend ein paar Schauspieler/innen, Wetterfrösche*innen oder eine Nachrichtensprecherin ein. Am liebsten schaue ich mir aber beim Essen Sendungen an, bei denen ich nach dem Abendmahl auf der gemütlichen Couch einnicke. Ins Bett gehe ich dann später und schlafe da weiter. Ich bin Schlafwandler. Hypnose per Mattscheibe.

Dann ist wieder ein erster Tag als Schriftsteller zu Ende. Geschrieben aber hatte ich kaum etwas.

6

Was bin ich beim Aufwachen froh, dass heute Sonntag ist. Sonntags kann ich dann immer richtig lange ausschlafen, das habe ich zumindest früher einmal gedacht. Doch was passiert am Sonntag, wenn ich die ganze Woche um drei Uhr nachts aufstehen muss, mich der Dreckswecker aus dem Tiefschlaf reißt, in den ich mich am Abend noch so mühevoll hineingequält habe? Etwas furchtbares passiert. Meine Augen gehen um Punkt drei Uhr nachts auf, Und warum? Weil der scheiß Wecker nicht klingelt, ich aber im Unterbewusstsein Angst habe, ich könnte verschlafen. Es ist mir jedoch auch schon mal passiert, dass ich am Sonntag bis drei Uhr fünfzehn oder gar drei Uhr dreißig geschlafen habe. Kommt aber nicht oft vor. Wäre mir aber auch viel zu schade, den halben Sonntag sinnlos zu verpennen. Noch dazu jetzt, wo sich heute mein Tag Eins als berühmter Autor zum sechsten Mal tagt, nicht jährt. Oder ist es heute bereits der siebte Tag 1? Mann, nicht einmal die Zeitrechnung beherrsche ich mehr! Ich verzweifle aber nicht gleich daran und rufe beim Psychodoc an, dessen Rufnummer ich mir gestern nach dem Abendessen noch aus dem Telefonbuch rausgesucht hatte.

Ich schiebe die Vergesslichkeit einfach auf die Aufregung. Auch meinen Morgenkaffee für heute hatte ich schon gestern Abend durchlaufenlassen und in eine Thermoskanne gefüllt. Das hätte ich auch gemacht, würde die neue Kaffeemaschine keine Abschaltautomatik haben. Ist eigentlich unfair. Mein Kaffeeautomat besitzt eine Abschaltautomatik, ich nicht mal eine Wirtschafterin, einen Wellensittich oder Chauffeur mit Limousine. Aber das wird sich ja bald ändern.

Doch von nix kommt bekanntlich wenig.

Nach einem ordentlichen Coffein- und Nikotinschub fahre ich meinen Computer hoch. Die Zeit ist gerade günstig, weil es draußen noch stockdunkel ist und alle Welt noch im Bett liegt und pennt. Und ich bin jetzt gleich ganz alleine im Web unterwegs. Bis der lahme PC hochfährt, gönne ich mir noch ein großes Haferl köstlichen Kaffee, stelle mich ans Küchenfenster und zünde mir die nun schon dritte Zigarette an. Auch die Morgensonne schläft noch tief und fest. Ihr Kumpel, der Mond, ist aber schon ziemlich müde. Ist aber auch verdammt anstrengend, eine lange Nachtschicht. Sein aschfahles Licht reicht nicht einmal mehr, um den kleinen Rest dieser Nacht taghell erleuchten zu können. Die ersten Amseln pfeifen mir genau ins Ohr. Es ist ein Pärchen, und es meint, ich soll mich lieber wieder hinlegen, es wäre erst vier Uhr. Ich pfeife ihnen was zurück, schnappe mir meinen Kaffeebecher und sehe im Wohnzimmer nach, was mein Computer gerade treibt. Er ist noch bei seinem Lieblingsspiel, das dreimal länger dauert als eine Schach-Partie. Das Spiel, von dem sich mein PC nicht mehr trennen kann, heißt: Updates hochladen. Er haut sich den Speicher mit Änderungen und Erweiterungen voll, ich mir die Birne mit Aufputschmittel. Kaffee.

Endlich, juble ich leise, da die Nachbarn noch nicht wach sind. Ich war schon kurz vor einem krassen Coffein Schock.

Die Thermoskanne, 1,1 Liter, ist bereits halb geleert, da gibt mir der gnädige Herr Computer endlich grünes Licht.

Bin fertig, Fredy, darfst auch mal. Aber dann auch wieder alles sauber aufräumen, sonst gibt's Saures!

Und jedes Mal, wenn er mich der Kasten mit dem Updaten stundenlang genervt hat, frage ich mich, für was er so lange gebraucht hat, denn ich kann nicht sehen, dass sich irgendetwas verändert hätte. Alle Symbole sind noch auf demselben Platz. Die Tastatur schreibt auch noch QWERTZ, wenn ich QWERTZ eintippe, und wenn ich den Namen des Autors mit zwei s eingebe, statt mit einem, erkennt der PC den extremen Fehler noch immer nicht. Künstliche Intelligenz?

Ich stürze mich sofort in die Fluten des Internets. Wie ich schon vermutet hatte, bin ich der Einzige, der gerade auf dem Surfbrett steht. Der Mauszeiger wandert zu der Leiste hoch, mit der ich mir die Welle aussuchen kann, auf der ich übers Weltmeer Internet surfen will. Eine Suchmaschine hilft mir dabei, auf der richtigen Insel zu landen.

Goldgelber Sandstrand, Kokospalmen, türkisblaues Meer. Eine Schönheit in Baströckchen serviert mir einen Pfirsich-Maracuja-Joghurt. Nicht im Supermarktbecher, im Glas aus Bleikristall. Ist Blei nicht hochgiftig? Statt mit einem Löffel, esse ich das erst vor drei Minuten von der atemberaubenden Schönheit selbst und frisch gemachte Milch-Frucht-Produkt mit einem Bananenblatt. Der Babybanen-Hain liegt auf der Nordseite der Insel, die gerade mal 200 x 150 Meter groß ist. In meinem Liegestuhl, der aus Bambusrohr gefertigt und mit wetterfestem Samt bezogen ist, liegt ein dickes, vierhundert achtzig Seiten schweres Buch. Es ist mein Buch! Bis auf das winzige Eiländchen, auf dem ich mich gerade von der Sonne verwöhnen lasse, hat sich mein Bestseller herumgesprochen. Ein von einem weißen Segel angetriebenes Fischerboot fährt von Insel zu Insel und verkauft dort überall mein Buch. Der Verlag, dessen Chef ich selber bin, hat diesen Fischer unter Zehnjahresvertrag genommen. Den motorlosen Kutter auch. Satellitenschüssel und Handymast, die sich beide unsichtbar in den Kronen zweier Palmen befinden, versorgen mich mit den neuesten Nachrichten aus der Heimat und sorgen dafür, dass ich nicht nur auf einem Surfbrett surfen kann. Ganz weit hinten am Horizont schippert ein Schiff entlang, ein riesiger Pott. Ich schätze ihn auf dreihundert Meter Länge und fünf-undvierzig Meter Höhe. Es ist ein Kreuzfahrtschiff. Könnte die Gräfin Lissy 2 sein, oder die Arche Noah. Da man mich nicht entdecken soll, ich liebe etwas Privatsphäre, mache ich auch kein SOS-Feuer. Wäre auch jammerschade um die Ko-kospalmen. Und zudem könnte dies die Delfine erschrecken, die freudig lächelnd um meine Insel schwimmen, als würden sie sie bewachen. Die dunkelhaarig gelockte Inselschönheit hat mir einmal gesagt, dass das Wasser hier selbst im Winter noch angenehme achtundzwanzig Grad Plus habe, und dass es im Winter nie schneien würde. Schnee habe sie nur zu der Zeit gesehen, als sie vor einiger Zeit in München bei einem Verlag als Lektorin gearbeitet habe. Das Schneemann bauen wäre zwar recht lustig gewesen, doch bald habe sie erkannt, dass Kokosnussmilch frisch von der Palme besser schmecke als gluten- und laktosefreies Mineralwasser. Aus den Perlen, die ich bei meinen Tauchgängen ohne Taucherausrüstung an

Land gezogen habe, hatte ich ihr eine Halskette gebastelt. Sie hat mir dafür eine Bermudashorts und einen Sonnenhut aus Bananenblättern genäht. Schuhe brauchen wir nie …

Hallo! Hallo, Fredy! Aufwachen!

Eine halbe Stunde später weiß ich dann, was ein Chauffeur mit Limousine im Monat kostet. Auch den Stundenlohn der Haushälterin weiß ich nun. Aber in meinem ganz speziellen Fall wäre es besser, ich würde sie gleich fest einstellen. Das käme billiger. Aber dann müsste ich mein Schlafzimmer mit Brandschutz-Stahltür und elektronischem Sicherheitsschloss versehen. Wegen der Passwortkopie unter dem Kopfkissen!

So, mein Passwortproblem wäre gelöst. Wie ich es schaffe, ohne die ständige Angst haben zu müssen, man könnte mir das Passwort stehlen? Ganz einfach. Ich hab alle Kopien mit dem Locher zu kleinen Konfetti verarbeitet. Die schicke ich zum nächsten Rosenmontagsumzug nach Köln. Dort werden sie dann weiträumig auf die Straße gestreut und am nächsten Tag kommt die Kehrmaschine und sammelt meine Konfetti mit all den anderen runden, fremden Konfetti, wieder auf. In der Wiederaufbereitung für Altpapier werden sie gewaschen und zu neuem Papier verarbeitet, auf das man dann zum Beispiel Passwörter schreiben kann. Und weil ich – noch nicht ganz blöd bin, hatte ich mein Passwort vorher geändert. Es heißt nun »AlphaUndOmega«, das kann ich mir ganz leicht merken. Es steht nämlich auf meiner Taufkerze drauf, die in meinem Wohnzimmerschrank steht. Ein Blick zum Schrank, schon weiß ich es wieder. Ja, ich bin Genial!

Nach dem vielen Surfen auf der Insel und im Internet ziehe

ich mich um, mein Schlafanzug war pitschnass, Salzwasser. Ich schmeiße mich in das Sonntags-Lieblingsoutfit. Schwarz oder weiß? Ich entscheide mich, nach einer Tasse Kaffee mit Glimmstängel, für eine weiße Jogginghose, es ist schließlich Sonntag. Doch kaum ist das Problem mit der Kleiderordnung gelöst, da überrollt mich schon die nächst Frage. Ähnlich wie es damals gewesen war, am ersten meines ersten Schriftstellertages. Da hatte mein Problem jedoch gelautet: Mittelalter oder Krimi? Nun lautete es: Soll ich es jetzt wagen, mich ins soziale Netz einzuloggen? Verdammt, heute kann ich meine Wahrsagerin Walburga nicht fragen, da sie am Sonntag nicht arbeitet. Da widmet sie sich ihrem Hobby. Hexenkräuter für Zaubertränke und Verwünschungen sammeln. Würde ich sie in ihrem Zaubergarten aufsuchen und stören, würde sie mich umgehend in eine hässliche Kröte verwandeln. Darum spiele ich nun Schnick, Schnack, Schnuck und führte dabei ein sehr ernstes Selbstgespräch mit mir. Mein zweites Ich meint, ich solle mich ins soziale Netzwerk einloggen, um nachzusehen, ob mir dort jemand eine Nachricht hinterlassen habe. Recht viel mehr als auf die Schnauze fallen, könne ich nicht. Zuvor solle ich aber erst noch wegen der Tabletten in die Apotheke laufen, die habe heute Sonntagsnotdienst. Und in der Klapse würde man eh 7 Tage die Woche arbeiten.

Ich wage ich den Sprung ins kalte Wasser. Seite anklicken, Benutzeradresse und Passwort eingeben.

Passwort falsch!

Verdammt, ich Trottel hab das alte Passwort eingegeben! Ein kurzer Blick zu der Taufkerze und schon läuft der Laden.

AlphaUndOmega, ohne Leerzeichen, dann Enter.

Wau! An der weißen Birke auf dem Bild erkenne ich, hier bin ich richtig. Die Tastatur hat mir aufs Wort gehorcht. Ups, was ist das denn? Warum leuchtet denn jetzt das kleine Feld da oben auf, das hat es doch gestern auch nicht gemacht. Hab ich vielleicht was verkehrt gemacht? Und wenn ja, wie kann ich es wieder ändern? Neues Passwort? Neues Profil?

Mit zitterndem Zeigefinger, der für die linke Taste meiner Maus zuständig ist, klicke ich das Warnsignal, oder was das Leuchten auch immer bedeuten möge, hypernervös an. Dann bleibt mein Herz stehen. Aber nur ganz kurz Es ist gar keine Warnung, bloß eine Benachrichtigung.

Was heißt hier bloß! Es ist eine Nachricht von dem Schriftsteller, den ich gestern anschrieb. Seine Antwort ist nicht erst eben gerade eingetroffen, sie war schon gestern gekommen. Gleich nachdem ich den Kasten runtergefahren hatte und in die Küche gegangen war, um etwas zu kochen. Ich hätte also die Nachricht bereits gestern lesen können. Aber ich musste ja lieber kochen und mir die ganze Nacht Gedanken machen, ob der weltberühmte Autor mir wirklich antworten würde.

Unfähig die Nachricht in meinem Schockzustand zu lesen, stürze ich zum Wohnzimmerfenster, reiße es sperrangelweit auf und zünde mir eine Zigarette an, und meine Finger gleich mit, weil sie zittern wie ein hundertsechzigjähriger Zitteraal.

Manchmal rauche ich auch drüben am Küchenfester, meist aber an dem vom Wohnzimmer. In der Küche meist vor und nach Sonnenaufgang, beziehungsweise -untergang.

So, jetzt ganz ruhig bleiben. Nein, drehe nicht deinen Kopf

zum Monitor, vielleicht ändert sich ja die Antwort noch mal und er entschuldigt sich bei dir, dass er gestern versehentlich die falsche Person angeschrieben hat. Ich stehe noch immer am Fenster und zähle *gaaanz* langsam bis Eintausendeins.

Eins … Was, das gibt's doch gar nicht! Ich war noch nicht mal bei zwei angekommen, dann habe ich doch zum Monitor geschaut. Es hatte mich zerrissen vor lauter Neugierde. Der Schriftsteller lädt mich ein! Er, der weltweit gefeierte Autor. An alle möglichen und unmöglichen Katastrophen hatte ich während bis Eins zählen gedacht, aber doch nicht an so etwas verrücktes!

Was, wie, wo und wann ich ihn treffen könnte, steht alles haargenau in der E-Mail. Hä, was ist das denn? Bei dem von ihm abgehaltenen Schreibkurs würden wir uns persönlich sehen. Ich glaube, er hat sich vertan. Zu was braucht ein Autor, der schon X Bücher verkauft hat, noch Unterricht in Sachen Schreibkunst? Ach so! Er selbst leitet den Kurs, für den ich mich anmelden kann. Das ist ja eine tolle Sache, habe zuvor noch nie was gehört davon. Sachen gibt's.

Ist aber auch kein Wunder, wann hab ich mich die letzten über vierzig Jahre für die Schreibkunst interessiert? Immer nur geackert und mir den Buckel krummgeschuftet habe ich. Einen Stift habe ich höchstens mal zur Hand genommen, um meine Einkaufsliste zu notieren. *Pfirsich-Maracuja-Joghurt* nicht vergessen! Aber sonst? Wie Rechtschreibwörterbücher von innen aussehen, weiß ich seit dem letzten Schultag nicht mehr. O Gott, wenn ich da nur an die neue Rechtschreibung denke. Mir wird speiübel! Ich brauche eine verdammt gute

Sekretärin, keine Haushälterin. Oder ich kündige meinen Job und gehe auf die Uni. Perfektes Deutsch in Wort und Schrift. Ach, i wo. Schrift allein genügt auch schon, sonst gewöhnen die mir den bayrischen Akzent ab. Sechs Semester müssten reichen, dann … dann hast du deinen Schriftstellereikursus verpasst, du Narr! Lass mich doch gleich mal schauen, wann der Kurs steigt, denke ich. Der Autor hat so viel geschrieben, er könnte direkt Schriftsteller werden. Haha!

Hm? Aha! O weh! Im Herbst erst? Das sind ja mindestens noch … Mist, wo ist mein vierter Finger hin? Egal, dann sind es eben noch über drei Monate bis Kursbeginn. Hauptsache, er findet überhaupt statt. Besser spät als nie.

Anmelden bei (Datenschutz). Na, dann mache ich das doch gleich, bevor der Kurs ausgebucht ist und ich die Arschkarte in der Hand halte, weil ich lahmer Sack meinen Hintern nicht schnell genug bewegt hatte.

Kann mir jemand verraten, warum ich jetzt plötzlich Kopfweh habe? Ach so. Das hatte mir doch Walburgas Glaskugel vorausgesagt. So viele Antworten, dass du Kopfweh …

Verdammt, die Apotheke! Und beim Notruf der Psychiater hab ich auch noch nicht angerufen.

Kaffee und Zigaretten, das sind genau die zwei Dinge, die mich vor der Schmerztablette und dem Psychiater bewahren. Nach einer Stunde Pause mache ich weiter im Gebälk. Beim Institut, wo ich mich für diesen Schreibkurs anmelden muss, ist dasselbe Spielchen wie bei der Anmeldung für das Sozialnetzwerk. Name, Passwort, Schuhgröße! Ich bin aber dann so schlau und nehme kein neues Passwort. Es wieder dreimal kopieren und unter dem Kopfkissen, in den Socken und im Gefrierfach verstecken. O nein, meine Lieben, nicht mit mir. Ich ändere einfach das Passwort, das AlphaUndOmega ohne Leerzeichen, das ich ja erst neulich geändert hatte. Das neue Passwort, um mich bei dem Lerninstitut anzumelden heißt: AlphaUndOmega2. Ohne Hohlräume zwischen den dreizehn Buchstaben und der 2. Um die beiden Passwörter jetzt nicht zu verwechseln, fertige ich mir eine Passwortliste an, die ich von eins bis zehn durchnummeriere, aber ohne das Passwort mit dazuzuschreiben, denn das steht schon auf der Kerze im Wohnzimmerschrank. Den Zettel, ein kleinkariertes Din A 4 Blatt, hefte ich jenem Ordner ab, auf dem in Rot „*Unbezahlte Rechnungen*" steht. Mann, ist der Ordner vielleicht schwer! Der wird das erste Teil, das mein Chauffeur zum Sperrmüll fahren darf. Der arme Kerl wird die ersten drei Monate bei mir mehr mit einem Lastwagen, satt einer Stretch-Limousine unterwegs sein. Ob ich vielleicht doch das Angebot mit der kleinen Einliegerwohnung ohne Einbauküche …

Ich weiß, wer Passwortträger AlphaUndOmega3 wird. Der Psychiater. Die Vier kriegt Walburga, die Fünf mein Agent, der meine Autogrammstunden und Vorlesungen organisiert, die mich demnächst um den ganzen Erdball bringen werden. Natürlich beginne ich erst mit einem Heimspiel. München. Danach Paris, New York und Peking, Moskau, Stockholm und Leer. Male, Havanna, Barbados und Dubai hebe ich mir lieber für den Winter auf. Jamaika, Haiti und Hawaii dürfen da natürlich nicht fehlen.

So, drin bin ich schon mal. Eine Suchmaske, die scheinbar

von einer Kosmetikfirma gesponsort wird, gibt es natürlich auch auf dieser Webseite. Scheint anscheinend gerade Mode zu sein. Tja, so ändern sich die Zeiten. Früher hätte mich ein nettes Fräulein am Empfang nach meinem Anliegen gefragt. Der brauche ich auch kein Passwort zu nennen, um ans Ziel zu kommen. Nur eine gut gefälschte Visitenkarte mit Adelstitel und gar nicht existierender Handynummer. Meine echte Visitenkarte besitzt Walburga. Falls ihre Glasmurmel Neues zu berichten weiß, kann sie mich damit jederzeit anrufen.

Ich scheue keine Kosten und melde mich für den Kurs an. Die E-Mail, die ich nach ein paar Sekunden von dem Institut erhalte bestätigt mir, dass ich schon in wenigen Monaten ein berühmter Schriftsteller sein werde. Naja, zumindest haben sie mir schon mal ihre herzlichen Glückwünsche übermittelt. Für die Teilnahme an dem Kurs. Ich werde mir aber, da mir die ganze Sache irgendwie nicht geheuer ist, diese Mail morgen noch mal telefonisch bestätigen lassen. So viel Glück an einem Tag bin ich nicht gewohnt.

Und trotzdem bin ich so happy, ich könnte einen Goldfisch oder Wellensittich abknutschen. Da meine Auswahl an Haustieren arg begrenz ist, küsste ich meinen Pfirsich-Maracuja-Joghurt, den ich mir gerade, vor lauter übermütig sein, ohne gültige Fahrkarte aus der Küche besorgt habe. Und zur Feier des Tages stellte ich diesen leeren Becher nicht wie sonst auf den Wohnzimmertisch. Nein, ich trage ihn in die Küche und werfe ihn in den schwarz-weiß gestreiften Eimer, in dem nur leere Joghurtbecher landen. Zweimal Küche und zurück an einem Tag, das war wie ein halber Marathon für mich. Mein

Computer hat derweil gelangweilt die Augen zugemacht, hat also auf Akkusparbetrieb umgeschaltet. Aber nicht sehr lang. Leertaste gedrückt, kurz Däumchen gedreht und schon ist er wieder fit für die nächste Runde. Ich will nämlich nachsehen, was ein berühmter Schriftsteller in der Zeit tut, in der er auf den Kurs für künftige Schriftsteller wartet. Über drei Monate sind eine verdammt lange Zeit. Es wird die längste Wartezeit meines Lebens, stellte ich fest, als ich zur Couch schaue, auf der mein kleinkarierter Block liegt.

Computer oder Schreibblock?

Was würde wohl ein Schriftsteller jetzt machen? Na, ganz einfach. Er würde jetzt ganz cool seinen Laptop aufklappen, um an seinem neuen Manuskript weiterarbeiten zu können. Auf dem Laptop wohlbemerkt, nicht auf dem kleinkarierten Schreibblock, dessen Spiralfeder mir inzwischen schon zwei herrliche Löcher in meine Lieblingsdecke reingebohrt hat.

Und warum tippst du nicht auf einem praktischen Laptop, statt dir mit einem royal-blauen Kuli deine Finger krummzuschreiben?, frage ich mich mit dem erhobenem Ringfinger. Ganz einfach, antworte ich mir, weil du keinen Laptop hast. Taschenrechner, ja. Aber mit dem Ding ein Buch schreiben, da müsste ich erst mal einen Code erfinden, mit dem ich das Alphabet in Zahlen umwandle. Ha, die Buchdruckerei würde sich bedanken. In allen Sprachen der Welt kann man Bücher drucken, nur meins nicht. Nicht ohne meinen geheimen Zahlencode. Was so eine Erfindung wohl wert wäre?

891265! Laut meinem Zahlengeheimcode würde das jetzt Hilfe heißen. Hilfe, ich brauche einen Laptop! Scheiße, jetzt hatte ich den Tower gerade ganz runtergefahren. Immer das-selbe mit dem Kasten. Kaum denkst du, du brauchst ihn nicht mehr und würgst ihn ab, schon brauchst du ihn und könntest dich selbst erwürgen.

Ein Haferl Kaffee, zwei Zigaretten, schon sitze ich wieder vor dem Kasten, der mir fast genauso oft den Nerv tötet, wie er mir treue Dienste leistet. Patt, sagt man beim Schach.

Suchbegriff oder Artikelnummer? Genau dieses fragt mich die doofe Suchmaschine, die gar nicht doof ist, sondern der, der etwas sucht. Aber das hatten wir ja schon.

Laptop

Nein, gib lieber Preise für Laptops ein. Mal sehen wo die Dinger anfangen und wo die Leiter aufhört. Oha, ich wusste gar nicht, dass es so hohe Leitern gibt! Ich glaube, da werde ich erst mal eine Nacht drüber schlafen.

Und wieder geht ein mühevoller Tag Eins zu Ende.

Licht aus, Kopf aus, Sandmännchen an.

7

Der tiefe, geruhsame Schlaf der letzten Nacht hatte nicht nur meinem Körper richtig gutgetan. Auch dem Kopf, der wohl etwas überhitzt reagierte, als ich an Laptops und deren Preise dachte. Schon um drei Uhr in der Nacht beim Haarewaschen und später dann während der Arbeit hatte ich mir die Flausen mit dem Laptop aus dem Kopf gehämmert. Für was brauchst du einen Laptop, wenn im Wohnzimmer ein Monstergerät, ein Tower-Computer herumsteht? Dasselbe hab ich über den Chauffeur, die Haushälterin und den Wellensittich gedacht. Busfahren ist echt bequemer und unterhaltsam. Du, also ich, amüsiere mich doch immer so köstlichst, wenn ich nach der getanen Arbeit Richtung Heimat fahre und andere Fahrgäste gähnend und grantig dreinschauen, um miesepetrig gelaunt in die Arbeit zu fahren, da sie sich auf den Smartfons Bilder, Videos und Textnachrichten von Orten ansehen, an denen sie jetzt lieber wären. Oder weil Freundin/Freund versehentlich einen bösen Spruch postet, der sie nie hätte erreichen sollen. Das Bild von Freund/Freundin sah zwar schön aus, nur hatte er/sie gerade die falsche Frau/Mann im Arm. Das sollte man mal bei mir machen. Mir ein Bild von meinem Wellensittich oder der Walburg schicken, auf denen sie schamlos mit dem Apotheker oder Psychodoc rumknutschen.

Da ich meine Socken am liebsten selber aufräume, wenn ich dazu lustig aufgelegt bin, ist auch das Hausmädchen auf meiner Dinglichkeitsliste ein ganzes Stück weit nach hinten gerutscht. Den Chauffeur hatte ich im Mittelfeld platziert, da ich den eventuell gegen eine/n Pilot*in mit Jumbojet austausche. Eine Autorenlesung in zehntausend Metern Höhe, dazu vor dreihundert Lesern, sowas hat es noch nie gegeben. Also werde ich meinen Hammer-Megaseller hoch oben über allen Wolken werbeträchtig präsentieren. Wau!

Als ich leicht geschafft nach Hause komme, mache ich die gewohnte Inspektion. Alles steht und liegt noch genauso da, wie ich es Mitten in der Nacht um halb vier hinterlassen hab. Drei Uhr aufstehen, waschen, anziehen und Frühstück = halb vier Uhr. Nur der Joghurtbecher geht mir ab, doch den hatte ich ja gleich aufgeräumt. Puh, ich weiß auch nicht, was mich da geritten hat. Ach, die Nachricht des Autors, dass er mich einladen würde, die hatte mich geritten.

Zweites Frühstück oder Telefon?

Ich schmiere und belege mir jene vier Semmelhälften, die ich mir auf meinem Nachhauseweg gekauft habe. Dann hole ich mir den kabellosen Telefonhörer und den Spickzettel, auf dem ich mir gestern die Nummer des Lerninstituts aufnotiert hatte. Die Kurszusage hatte ich zwar schon per E-Mail erhalten, doch das war gestern. Und jeder weiß, wie schnelllebig die Welt heute ist. Ein hundertprozentiges Versprechen, das gestern hoch und heilig gegeben wurde, morgen weiß keiner mehr davon … Doch das war früher auch nicht anders. Aber da hat man ein Versprechen noch persönlich und in die Hand gegeben, ehe man es brach.

»Alles, was in einer Stunde nicht blitzsauber aufgeräumt

ist, wandert in die Abfalltonne!«

Genau dies tat uns unsere Mutter immer persönlich kund, wenn sie vor lauter herumliegender Klamotten, Spielsachen, Haustieren wie Goldhamster, Welse aus der Würm und den leeren Joghurtbechern unser Kinderzimmer nicht mehr hatte betreten können, ohne sich die Beine zu brechen. Und, was war nach genau einer Stunde alles im Müll gelandet? Genau, Mutters leeres Versprechen. Wir hatten ihr zugeschaut, was sie mit sauber und ordentlich gemeint hat. Bei ihr wurde aus dem Kinderzimmer ein Ausstellungsraum für Klamotten und Spielzeug. Der Goldhamster hat frischen Salat, die Welse ein neues Wasser bekommen. »Das war aber jetzt das letzte Mal, dass ich euch beim Aufräumen geholfen habe!«, lautete dann ihr nächstes Versprechen, das sie drei Tage später tatsächlich einlöste.

Sie hatte es aber auch wirklich nicht leicht mit uns vieren. Außer bei unserem großen Bruder, der war ein Streber, wenn es ums Ordnung halten ging. Dass er nicht nach Bügeleisen und Bügelbrett gefragt hat, war auch schon alles. Der kleine Bruder war da noch viel zu klein. Der hatte als Nesthäkchen sowieso Narrenfreiheit. Unsere Schwester, in der Thronfolge auf Rang drei, ich auf zwei, die war nur immer am Quengeln und petzen. Ungefähr so:

»Mami, der Fredy hat schon wieder meine Lieblingspuppe zerlegt. Ein Arm liegt jetzt oben auf dem Stockbett, aber da komm ich nicht hin, weil der Mistkerl die Leiter auch gleich mit raufgeworfen hat! Und den linken Fuß der Puppe hat er dem Kleinen in die Windel reingesteckt! Wenn er jetzt in die

Windel kackt, will ich eine neue Puppe! Aber die verstecke ich dann im Hamsterkäfig, da traut sich Fredy nämlich nicht reinlangen, weil das Vieh beißt wie Sau!«

Die Stimme der schon etwas reifere Dame am Telefon ist dann mehr als nur nett. Sie hat volles Verständnis dafür, dass ich während des Telefonats Chips esse und daher schlecht zu verstehen bin. »Wie bitte?« oder »Ich verstehe nicht so ganz, was Sie jetzt genau meinen.«, meint sie hin und wieder. Und sie sagt mir auch, dass sie am Kurstag auch anwesend sei, da sie den Autor während des ganzen Kurses betreue. Und auch sie würde seine Bücher lesen, so wie ich. Ich solle mich dann bei ihr melden. Sie wolle den Mann, der sich eine schriftliche Bestätigung telefonisch bestätigen lässt, persönlich kennen-lernen. So was habe sie in ihrer zwanzigjährigen Dienstzeit noch nie erlebt. Dann wäre es doch gut, dass ich anrufe, sage ich und verabschiede mich mit dem Hinweis, sie würde als Erste die ISBN meines Bestseller-Krimis bekommen.

Warum sie noch vor dem Hörer auflegen einen Lachanfall gekriegt hat und vom Stuhl gefallen war, keine Ahnung.

Mein Mittagsschlaf war kurz, und auch so gewollt. Darum hatte ich mir ja den Wecker eigens auf nur eine halbe Stunde Laufzeit gestellt. Er ist übrigens wesentlich zuverlässiger als meine störrische Computertastatur.

Ich fahre den Rechner hoch …

Die frische Luft am Küchenfenster und der Kaffee, so wie die zwei Zigaretten während der notgedrungenen Pause, bis der lahme Kasten ganz oben ist, tun mir gut. Ich ertappte den Rechner, wie er die Endsumme aller in den Arbeitsspeicher geladenen Bits und Bytes bildet. Ein gutes Zeichen. Das ist so, als würde die rote Ampel auf Grün umspringen.

Scheiße! Seit letzten Donnerstag hängt meine gewaschene Wäsche nun bereits oben auf dem Speicher. Bei der momentan vorherrschenden Schönwetterströmung aus Süd-West ist sie sicher schon seit Freitag trocken und hätte abgenommen werden können. Leicht gesagt. Ohne Haushaltshilfe?

Na und schon, denke ich, während ich mir den Drehstuhl vor dem PC-Schreibtisch richtig zurechtrücke, ehe ich mich auf ihn setze. Gutes Fleisch muss auch sieben Tage hängen. Ich starte das Schreibprogramm, mit dem ich die Korrespondenz erledige, klicke auf das Blanco-Papier, das nun auf dem Monitor zu sehen ist, und ich überlege. Der letzte Brief, den ich auf dem Computer schrieb, liegt schon lange Zeit zurück. Den karierten Block, auf dem sich nun schon weit über fünfzig handgeschriebe Seiten meines Bestsellers befinden, hatte ich nach meiner Kaffeepause am Fenster samt royal-blauem Kugelschreiber auf dem Schreibtisch platziert. Jetzt reiße ich das erste Blatt heraus und spanne es in die Halterung ein, die neben dem Monitor und zu allen Seiten hin schwenkbar ist. Die Schriftgröße ist seit meinem letzten Brief auf zwölf Punkte eingestellt. Auch die Schriftart hat sich seither nicht mehr geändert. Jetzt weiß ich auch, warum man die Kästen auch Elektrogehirne nennt. Sie vergessen nichts. Sie merken aber auch nichts. Sind total gefühllos wenn es drum geht, ob man den berühmten Schriftstelle nur mit einen oder mit zwei s schreibt.

Soll ich den Titel, den ich mir für das Werk überlegt habe,

gleich jetzt eingeben, über dem Kapitel Nummer 1? Hm, ich glaube, den Titel, der allein schon alle Bücherwürmer dieser Welt zum Kauf anregen wird, halte ich lieber noch bis kurz vor Veröffentlichung strenggeheim. Ich bin ja schließlich ein Schriftsteller, keine Mine, in der man etwas abkupfern kann. Ein kleiner Ladefehler beim Hochfahren des Systems, schon würde jeder den Titel meines Bestsellers kennen.

Ich tippe, tippe und tippe ein. So lange, bis die ersten vier Seiten des packenden Krimis vom Papier auf dem Computer gelandet sind. Pah, wer braucht schon einen Laptop, wenn es auf einem alten Tower genauso gut flutscht! Ich bin äußerst zufrieden. Naja, fast. Es juckt mich in den Fingern. Wie mag es sich wohl anfühlen, wenn du das Buch, den Krimi, in den Händen hältst, sobald er gedruckt ist? Wenn er nach der eben erst getrockneten schwarzen Tinte der Druckerei riecht. Ich hebe die Nase an und schnuppere die Luft im Wohnzimmer, die nach allem Möglichem riecht, nur nicht nach einem eben gerade frisch gedrucktem Buch. Aber auch wieder nicht so schlecht, dass ich das Zimmer jetzt gleich panisch verlassen oder das Fenster weit aufreißen müsste.

Aber genau das will ich riechen. Frisch bedrucktes Papier. Ich schalte meinen Tintenstrahl-Drucker ein, Papier ist noch genug im Schacht. Früher war Schicht im Schacht, heute ist Papier im Schacht.

Datei drucken

Schon zeigt mir die damals mit dem Drucker mitgelieferte Druckersoftware an, dass die vier Seiten nun in den Speicher geladen sind. Nicht in jenen Speicher, in dem meine Wäsche hängt. In einem kleinen Kästchen steht ein Hinweis, dass von jeder Seite eine Kopie gedruckt wird, ich müsse es nur noch mit „OK" bestätigen oder die Anzahl der Kopien abändern. Will ich aber nicht. Würde es um ein Passwort und nicht um den Probeausdruck eines Krimis gehen, dann würde ich drei Kopien ausdrucken. Ich lasse die vorgegebene 1 stehen und bestätige. Und der Drucker legt auch sofort los. Passend zum Computer - immer mit der Ruhe, nur keinen Stress!

Hää? Der Drucker zieht zwar ein Blatt nach dem anderen ein, spuckt sie aber total unbedruckt und schneeweiß wieder aus. Als wären die vier Seiten meines Romans pures Gift für ihn. Etwas Verbotenes, oder etwas ganz Schlimmes, was ein braver Drucker auf keinen Fall drucken darf. Beim zweiten Versuch - derselbe Scheiß. Die Blätter sind wieder weiß wie Schnee, mein Kopf aber wird rot wie der Mars, wenn er zu nahe an die Sonne herankommt. Und das Grün meiner Galle, die mir bis zum Kehlkopf hochkommt, fühlt sich an wie ein Großbrand!

Hm, an was kann das bloß liegen?, frage ich mich. Ob die Walburga, ach nein, die ist heute beim Friseur, da hat sie ihre Glaskugel nicht dabei. Das hat sie einmal gemacht, seitdem nie wieder. Dem ganzen Personal und den Kundinnen hat sie in die Zukunft schauen müssen. Bis weit nach Ladenschluss. Und sie war dann mit dem alten Kopf nach Hause gegangen und hatte zwei Wochen auf einen neuen Friseur/innentermin gewartet. Dumm gelaufen!

Beide Tintenpatronen sind noch weit über die Hälfte voll und zudem nicht eingestaubt. Das Druckerkabel ist fest am

Computer angebracht. Strom hat er, sonst hätte er mir nicht sagen können, dass er jeweils nur eine Seite in schwarz-weiß druckt. Getan hat er auch so, als würde er drucken, aber nur in Weiß, ohne Schwarz. Ich bin mit meinem Latein am Ende. Ich brauche dringendst Nervennahrung.

Lebkuchen, Schoki oder Kekse mit Orangenfüllung?

Die Schokolade lasse ich brav liegen. Sie ist meine eiserne Reserve. Auch, weil sich die Edelbitter-Schokolade mit dreiundachtzig Prozent Kakaoanteil und der Pfirsich-Maracuja-Joghurt beißen. »He, weg da!«, faucht der Joghurt die Schoki an, »in mir ist frisches Obst, das ist megagesund! Und gegen meine Laktose hat dein Zucker eh keine Chance.« »Pah, keift die Schoki schnippisch zurück. »Dafür hab ich anti-ok … ah, das verstehst du eh nicht, du Joghurtkulturen-Banause.«

Ich wechsle in *Downloads*. Dort befindet sich nämlich die Bedienungsanleitung für meinen Drucker. Da diese mir aber auch nicht weiterhelfen kann, weil ich schon alle möglichen Fehlerquellen überprüft habe, schaue ich mir auch noch die Beschreibung meines Schreibprogramms an.

Plötzlich schießt mir ein greller Blitz durchs Hirn, oder den Kopf. Egal. Es hat *Kadsching*, also *Klick* gemacht.

Scheiße, deine Wäsche, Fredy! Ich lasse sofort alles stehen und liegen und düse hinauf auf den Speicher. Die Wäsche ist schon so dermaßen strohtrocken, dass sie gegen jede Brandschutzverordnung verstößt.

Ordentlich wie ich bin, lege ich meine Wäsche zusammen, bevor sie im dunkelblauen Wäschekorb landet. Das Zusammenlegen beherrsche ich blind. Und so habe ich Zeit, meinen

Blick über den Speicher schweifen zu lassen. Mein Hirn ist zwar benebelt wegen meines Druckerproblems, doch meine Augen sehen messerscharf. Und so entkommt ihnen auch der große Karton nicht, der einsam und verlassen neben acht anderen Kartons steht.

Ist das nicht jener Karton, in welchem du …? Aber sicher! Ich ziehe das sauschwere Teil ein Stückweit unter der Dachschräge hervor, öffne gespannt den vierfach faltbaren Klappdeckel und … ich lache. Wie lang hast du mit der schon nicht mehr gespielt?, frage ich mich. Ich meine die Ritterburg, die sich neben allerlei anderem Schnickschnack in dem Karton befindet. Behutsam hebe ich einen der zig Ritter heraus und streichle ihm sanft über den Helm. Sehr darauf bedacht, dass ich die Adlerfeder nicht abknicke, die den Helm ziert. Dann erwischt mich der nächste Blitz. Der war aber nicht aus dem Schwert des Ritters herausgekommen, sondern aus heiterem Himmel. Plötzlich weiß ich, warum der sture Drucker keine Buchstaben druckt. Krimi oder Mittelalter, hatte ich mich am Anfang meiner Schriftstellerkarriere gefragt. Ich Depp hatte mich für Krimi entschieden. Mein Drucker stammt aber noch aus der Hochzeit des Mittelalters! Kein Wunder, dass er sich strikt geweigert hatte, vier Krimiseiten auszudrucken, die im 21.Jahrhundert spielen. Vier Seiten Mittelalter-Roman hätte er sicher problemlos ausgedruckt.

Ich leg den Ritter wieder ebenso behutsam zurück, wie ich ihn herausgeholt hatte, klappe den Karton zu und schiebe ihn wieder an seinen schon seit über vier Jahrzehnten gewohnten Platz zurück, schnappe mir den Wäschekorb und springe nun

Stufe für Stufe nach unten.

Der Korb landet im Schlafzimmer, ich auf dem Drehstuhl vor dem Computer-Drucker-Schreibtisch. Nur gut, dass der PC noch auf „*Standby*" steht, so dauert sein Wiederbeleben dann auch nur eine Zigarette und drei Schlucke Kaffee lang. Ich lade ein neues, noch nicht beschriebenes Formular in den Arbeitsspeicher des Schreibprogramms und lege los wie von der Tarantel gebissen.

Ich stecke den angefangenen Krimi in eine Schublade, bei Computern nennt man die Schubladen Dateien, und beginne nun, einen packenden Mittelalter-Roman zu schreiben.

Bedrohlich wirkende und tiefschwarze Wolken nahen von Nord-Ost heran. Der einarmige Knecht, einer von weit über hundert Leibeigenen, die auf der mächtigen Burg des Königs für ein Butterbrot schuften müssen, kurbelt eben einen Eimer aus dem Brunnen. Er dreht an der rostigen Kurbel, als gäbe es kein Morgen mehr. Die selbst gezüchteten Rosensträucher der Königin schreien lauthals nach Wasser. Würde auch nur eine der roten und rosanen Stauden aus Wassermangel eingehen, wäre der Knecht auch seinen zweiten Arm los. Da es sicher noch eine halbe Stunde dauert, bis das nahe Gewitter die Burg bis unter die Spitze des Büßerturms unter Wasser setzt, hat der Knecht Glück, dass ihm eine junge Magd, die der König gerade geschwängert hat, beim Hochkurbeln hilft. Gemeinsam könnten sie es schaffen, die Rosen zu gießen, ehe die ganze Burg unter Wasser steht. Die Zeit dräng, denn die Steinadler fliegen schon tief. Im Dorf unter der Burg läuten schon die Sturmglocken. Ein weiterer Knecht holt die Fahne mit dem Wappen der adligen Königsfamilie ein. Der Knecht und die Knechtin haben es inzwischen geschafft, den Eimer mit dem Wasser hochzukurbeln. Zehn Minuten später haben sie alle Rosen gegossen. Jetzt könne das Unwetter kommen, ohne dass er vorher seinen anderen Arm verliere, grinst die Magd den Knecht an. Dabei fragt sie ihn, ob er Kinder möge, sie suche gerade einen einarmigen Vater für ihr Kind, das in neun Monden geboren werde. Woraufhin der neunzigjährige Knecht erwidert, er habe auch ohne Kinder schon alle beide Hände voll zu tun.

Der stachelige Wirt der Schänke des heruntergekommenen Dorfes, das sich unterhalb der Burg im Tal befindet, rollt all seine Wein- und Bierfässer ins Freie und öffnet deren oberen Boden und füllt jedes Fass in ein größeres Fass um. Der Wirt grinst. Er freut sich schon auf den Regenschauer, der fix und unaufhaltsam mit Blitz und Donner heranzieht. Ein kräftiger Regenguss, dann wird sich der Inhalt der Fässer verdoppeln. In wenigen Minuten wird der Wirt als Erfinder der Bier- und Weinpanscherei in die Geschichte eingehen.

Das Ritterturnier, das auf dem Dorfanger stattfindet, wird vorsichtshalber unterbrochen, da die Rüstungen der Recken aus Metall sind und sich somit mit Blitzen nicht sonderlich gut vertragen. Und auf die geniale Idee, den Blitzableiter zu erfinden, war bislang noch keiner gekommen. Blitzableiter brächten aber auch nicht so viele Taler und Gulden ein wie gepanschter Wein und stark verdünntes Bier.

Der Schwarze Ritter, dessen silberne Rüstung schon etwas Rost angesetzt hat, erspäht auf der Ehrentribüne eine holde

Schönheit. Er vergisst vor lauter verliebt sein und daher blöd im Kopf, im nahen Blitzschutzbunker in Sicherheit zu gehen. Er lässt sich auf die Knie fallen, wirft der Angebeteten einen Handkuss zu, ohne vorher den Blechhandschuh auszuziehen, dann streck er sein Schwert, einen Zweihänder, gen Himmel. Der Blitz, der über ihm niederschießt, nimmt die Einladung dankend an. An der Schwertspitze schlägt er ein, am kleinen Zeh des Ritters tritt er wieder aus. Das Schwert schmilzt und aus dem schmalen Sehschlitz des Helms steigt grauer Rauch auf, der nach arg verschmortem Ritterfleisch riecht. Woraufhin die holde Schönheit in Ohnmacht fällt. Schnell eilen aus dem nur einen Steinwurf entfernten Kloster ein paar Nonnen herbei. Da wäre nix mehr zu machen, beziehungsweise nix mehr in der Rüstung drin, das noch irgendwie nach Mensch aussehe, meint die Oberin und befiehlt den zwei Novizinnen, die erst gestern noch ein leidenschaftliches Erlebnis zu dritt mit dem soeben verblassten Ritter hatten, sie sollen die Jungfer, die ohnmächtig auf der Tribüne liege, umgehend in das Kloster bringen. Das Kloster brauche Nachwuchs.

Da sich die Königsburg auf einem Berg befindet und der einarmige Knecht und die schwangere Knechtin nach ihrer Rosengießerei in weiser Voraussicht alle Bleikristallfenster zugemacht und die Zugbrücke aus massivem Eichenholz heruntergelassen hatten, hält sich der Schaden in Grenzen. Das Einzige, was währen des heftigen Regens übergelaufen war, war der Burgbrunnen, den ein studierter Burgarchitekt total falsch berechnet hatte, und er somit zu tief in den Boden des Burghofs und ohne Überlaufventil gebaut worden war.

Als sich nach dem Unwetter der erste Sonnenstrahl blicken lässt, kommen die Steinadler wieder aus dem vor Unwettern sicherem Hühnerstall, spreizen ihre Schwinge und erheben sich stolzen Hauptes in die Lüfte. Bei einem schaut noch ein halbes Hühnerbein aus dem Schnabel ...

So, das dürfte fürs Erste genügen. Ich bin von dem Anfang meines allerersten Mittelalter-Romans begeistert. Nun muss es nur noch mein Drucker ebenfalls sein und die Seiten auch lesbar ausdrucken.

Ratter, ratter. Chrr, chrr.

Scheiße, dem blöden Ding gefallen auch keine Mittelalter-Romane. Ob ich es mal mit einem Liebesroman ...?

Nein, erst wird weiterrecherchiert, an was es liegt, dass der Drucker ums Arschlecken nicht drucken will. Meine Kaffeemaschine macht doch auch Kaffee, wenn ich sie einschalte. Vorausgesetzt, sie hat Wasser, Filterpapier und Kaffeemehl.

Auf alles Mögliche wäre ich jetzt gekommen, auch auf den Blödsinn, meine Wäsche zu bügeln, aber auf eine so simple Erklärung, die eigentlich einleuchtend ist, komme ich natürlich nicht. Das Internet gibt mir den unbezahlbaren Tipp, ich soll, ehe ich mit dem Schreiben beginne, das Blankoformular formatieren.

Formatieren? Gehört habe ich schon einmal davon. Es soll ganz einfach gehen. Es hat irgendwas mit der Hauptplatine zu tun. Dem komischen Teil eines Computers, auf dem sich auch der Prozessor, der Lüfter und die Grafikkarte befinden. Die vielen kleinen silbernen Punkte auf der Platine werden Lötstellen genannt. Sie sind unbedingt notwendig, damit die verschiedenfarbig kunterbunten Kabel, die sich ebenfalls mit im Gehäuse befinden, nicht lose herumhängen wie Kraut und Rüben. Meist gehören zwei dieser Kabel zusammen, bilden sozusagen ein Pärchen. Rot und grün, schwarz und gelb, blau und gelb. Es gibt aber auch zweifarbige. Das sind die Kabel, die Erdung heißen. Sie sind jedoch so kurz, dass sie gar nicht bis in meinen Garten reichen, damit ich sie dort in die Erde stecken kann. Aber ich bin nicht dumm, weiß mir zu helfen. Bevor ich das Gehäuse aufschraube, renne ich in den Keller runter und hole mir dort einen 20-Litersack Blumenerde und einen großen Blumentopf. Beides hatte ich im Herbst letzten Jahres gekauft, um damit im Winter, wenn die Tage trist sind und mir langweilig wird, wenn nicht die Wiederholung von „Der kleine Lord", Don Camillo" und „Miss Marple" laufen, die riesige Yucca-Palme auf meinem Wohnzimmerschrank umzutopfen. Gut, dass ich es nicht gemacht habe, sonst hätte ich jetzt keine Erdungserde mehr. Und da ich nun schon mal im Keller bin, nehme ich den profimäßigen Werkzeugkasten gleich mit hinauf. Da ich schon beladen bin wie ein Packesel, stecke ich mir den Lötkolben zwischen die Zähne.

Als ich durchgeschwitzt oben ankomme, paffe ich erst mal eine halbe Zigarette, danach erst löse ich den Computer vom Münchner Stromnetz. Mist! Wäre sicher besser gewesen, ich hätte ihn zuvor noch heruntergefahren. Naja, meine Romane, Krimi und Mittelalter, zumindest die Anfänge davon, hab ich ja Gott sei Dank abgespeichert. Nicht oben im Speicher. In Dateien. Die Datei mit dem Krimi hab ich Krimi getauft, die mit dem Mittelalter heißt Ritter.

Ich schraube das Gehäuse auf, was mir auch gelingt, ohne mir den magnetischen Kreuzschraubendreher in eins meiner zwei stahlblauen Augen reinzustechen. Danach entferne ich die Abdeckung. Voll der Hammer, was sich dort drinnen die letzten Jahre an Staub angesammelt hat, obwohl das Gehäuse immer zu ist. Fünf Jahre! So lange besitze ich den Computer schon. Können aber auch acht sein. Ein MHD (Mindesthaltbarkeitsdatum), wie bei Joghurts und Frischmilch gibt es bei PCs nicht. Brauchen sie auch nicht. Man merkt das auch so, wenn sie alt werden und bald den Geist aufgeben.

Wo haben sich diese verdammten Dinger nur versteckt, ich entdecke in dem Kasten nur jede Menge Bauteile und Kabel und die Platine. Die ist übrigens nicht aus Platin, glaub ich.

Was ich suche?

Seitenränder, Schriftart und -größe natürlich! Die brauche ist doch, um das Blankoformular formatieren zu können.

Direkt neben mir liegen griffbereit: Beißzange, Stichsäge, Winkelmesser, Lötkolben, -fett und -zinn. Was ich nicht hab, das ist der Schaltplan des Geräts. Na, dann muss es halt auch so gehen. Aber eins macht mich dann doch noch stutzig. Der Prozessor besitze eine Artikelnummer, der Lüfter auch. Aber was ist mit dem ganzen Rest? Haben Seitenränder eigentlich Artikelnummern, damit ich sie jederzeit nachbestellen kann, wenn so ein Rand mal beschädigt ist. Eselsohr, Kaffeefleck. Ganz hartnäckig sind ja die Flecken von Pfirsich-Maracuja-Joghurts. Bei denen macht jeder Druckkopf schlapp!

Ich stecke das Stromkabel wieder in die Steckdose, die mit Münchner Öko-Strom versorgt wird, und schalte den Kasten ein. Zusammengebaut habe ich ihn natürlich zuvor nicht. Ist ja gut möglich, dass meine Stichsäge doch noch zum Einsatz kommt. Während der Computer hochfährt, mache ich in der Küche mein Geschirr von gestern Abend weg. Ist nicht viel, es gab nur was Kaltes. Leberkäs mit süßem Senf und Toast. Ich bin klar schneller als mein PC der Marke: *„Lahmarsch"*. Ich nutze die restliche Wartezeit für ein Haferl Kaffee, ohne Glimmstängel. Den Joghurt habe ich schon unterm Abspülen gegessen. Mit rechts spülen, mit links löffeln. Hätte ich noch eine Hand gehabt, hätte ich damit die Bügelwäsche …

Artikelnummer für Seitenrand links

Kein Treffer! Hätte mich auch gewundert.

Ich versuch es mit einer anderen Suchmaschine, doch auch die sagt mir klipp und klar, dass sie diesbezüglich keine Treffer landen kann. Nicht mal den allerkleinsten. Mir bleibt nur eins. Nein, nicht die liebe Walburga um Rat bitten. Ich will schließlich einen Kriminalroman schreiben, kein Buch über *Schwarze Magie*! Listig versuche ich es durch die Hintertür.

Seitenrand rechts

Bah! Der pure Wahnsinn! Weit über eine Million Treffer! Etwa fünfhundert dieser Treffer beziehen sich sogar auf das Schreibprogramm, das ich benutze, um was einzutippen, was der dämliche Drucker dann nicht drucken will.

Ich klicke den ersten Vorschlag an … voila, gewonnen!

Ich lese und lese und lese, und plötzlich macht es *Klick*. In meinem Hirn, nicht bei der Computermaus. Der Text kommt mir irgendwie sehr bekannt vor. Aber klar doch, ich hatte ihn vor fünf oder acht Jahren schon einmal gelesen.

Ach, mein Computer, ich liebe dich! Wenn ich dich gutes Stück nicht hätte, wer würde mir dann den Nerv töten? Aber mit der Information über die Seitenformatierung hast du dich diesmal sauber in die eigene Festplatte geschnitten. Ich hatte mir nämlich damals aufgeschrieben, wie ein Blatt formatiert wird. Und zwar auf … äh, hab ich den Merkzettel im Ordner für Beschreibungen abgeheftet oder in meine Ablage für lose Blätter gelegt? Nein, quatsch, ich hatte ihn in eine Klarsichthülle reingetan und im Ordner für Geschäftskorrespondenz abgeheftet. Den ich nun auch in Händen halte. Und siehe da, ich irre nicht. Ganz am Anfang des Ordners, sogar noch vor dem Register, das von A bis Z durchnummeriert ist, finde ich das Merkblatt. Was mir aber auch nicht recht viel weiterhilft, da auf ihm zwar steht, du musst alle Seitenränder, egal wie, einstellen, doch das dürfte meinem zukünftigen Verlagshaus sicher nicht genügen, ein egal wie formatiertes Manuskript. Das weiß ich, weil ich davon schon einmal etwas gehört oder gelesen hab. Nämlich, dass Bücher eine Norm haben. So wie kleinkarierte und großlinierte Spiralblöcke, oder Autoreifen. Gibt es bei uns überhaupt noch irgendwas, was nicht in einer Norm steckt?

O ja! Aufbauanleitungen für Schränke sind nicht genormt. Entweder fehlt von den zweiundsiebzig Schrauben genau die 80 mm Schraube, die doch eigentlich das Zusammenbrechen des Schranks verhindern soll, oder du hast beim Zusammenbau Deckel und Boden vertauscht, weil die Beschreibung so gedruckt ist, dass oben einmal unten und unten mal oben ist, wenn du das Blatt nicht nach jedem Bauabschnitt sofort um 180 Grad drehst. Die Normvorschrift besagt auch, dass eine volle Stunde in München ebenso exakt sechzig Minuten hat, wie in Kleintümpelshausen und auf den Fidji-Inseln.

Kleintümpelshausen © Alfred Kreusel 2021.

Fidji? Ob die Inselschönheit die süße Flaschenpost schon gekriegt hat? Ich habe ihr zum Liebesbrief eine Tafel Schoki in die Pulle mit reingetan. Vollmilch-Kokosnuss!

Wo war ich gleich wieder? Aja, beim Formatieren. Werkzeug und Blumenerde hab ich übrigens wieder in den Keller. Die PC-Abdeckung passt auch wieder wie Arsch in Hose.

Recht viel weitergekommen bin ich mit meinem Kriminalroman heute nicht, aber ich schreibe ja noch immer im: Anno Domini Tag Eins meiner Schriftstellerkarriere.

Ich habe mein Bestes gegeben, hab sogar die bislang schon geschriebenen Seiten des Krimis formatiert. Wie? Ich habe einfach die im Schreibprogramm vorhandene Formatierung an allen vier Rändern um 0,1 cm geändert. Und was soll ich sagen, der Drucker hat geruckt, als wäre mein Computertisch eine Zeitungsredaktion. Doch trotz aller Freude, meldet sich der kleine Quälgeist und wirbelt mein Gehirn durcheinander. Er fragt mich, ob ich schon mal einen Kriminalroman in DIN A4 Format gesehen hätte. Habe ich nicht. Aber ich stelle es mir vor. Und zwar folgendermaßen:

Sitzen morgens um acht Uhr dreihundert Fahrgäste, die zur Arbeit müssen, im Buswartehäuschen. Gut, dreihundert sind wohl etwas viel, es wäre ganz schön eng da drin. Also: Sitzen zweihundertneunzig Fahrgäste im Häuschen und warten auf den Bus, der, wie so oft, vierzig Sekunden Verspätung haben wird. Kann der Bus aber gar nix für, weil gerade der Laimer Tunnel umgebaut wird. Und all diese arbeitshungrigen Leute haben den Krimi eines weltberühmten Schriftstellers in der Hand. Es ist also mein Buch! Gedruckt in DIN A4! Und weil der Schmöker so riesengroß ist, sehen sie den Bus nicht kommen und verpassen ihn. Stört aber keinen, da mein Krimi sie fesselt. Wie an einen Marterpfahl gefesselt kommen sie sich vor. Nur mit dem kleinen Unterschied, dass sie beim Lesen meines Bestsellers den Skalp behalten werden. Sagt der eine zu seinem Nebenmann: »Wau, der Typ hat's voll drauf!« Er meint mich. »Hast du das Kapitel schon gelesen, das, in dem der Killer …« »Nein, hab ich nicht, und jetzt halt die Klappe, du nervst! Ich bin erst bei Seite 8. Aber der Kerl schreibt so gut und spannend, da kriegst du sogar schon eine Gänsehaut, wenn Titelheld bloß seine Schuhbänder bindet.« Worauf die Dame in der zweiten Wartereihe meint: »Pah, Schuhbänder. Die Szene ist doch ein Klacks gegen die, wo sich *mein* Held mit dem Kamm durchs lockige Haar fährt. Und wie er dabei in den Spiegel schaut. Dieser Blick. Diese Augen … uh, ich glaube, ich werde ohnmächtig. Ich muss unbedingt rauskriegen, wo der Schriftsteller wohnt. Er sieht sicher genauso gut aus, wie sein Titelheld. Ich denke, er schreibt von sich selbst in seinem Wahnsinns-Roman.« Kurz vor ihrem Kommentar hatte der nächste Bus angehalten und die Türen aufgemacht. »Dein Super-Krimi-Autor lebt auf einer einsamen Insel, gnä Frau. Dort bastelt er gerade am nächsten Reißer. Er lebt aber nicht allein auf dem Eiland, das nur 200 x 150 Meter misst. Er teilt es sich mit seiner Sekretärin. Eine Hammerbraut, hat mein Fischhändler gesagt. Der versorgt mich immer mit den neuesten Neuigkeiten rund um den Autor. Der Fischhändler bezieht nämlich die nachts um vier Uhr erbeutete fangfrische Ware täglich von genau jenem Fischer, der als einziger seine Netze vor der Autoren-Insel ins Meer werfen darf. Ich habe übrigens den Krimi schon durch und habe dem Schriftsteller eine Flaschenpost geschickt. Meine Bewerbung als Lektor.« Der Bus hebt wieder ab. Die Leute, die meinen unhandlichen DIN A4 Krimi nicht rechtzeitig hatten zusammenfalten können, stehen noch immer an der Bushaltestelle und lassen sich schon einmal eine glaubwürdige Ausrede einfallen, falls der Chef toben sollte, weil sie nun schon zum dritten Mal zu spät am Arbeitsplatz erscheinen. Sie ahnen ja nicht, dass der Chef ebenfalls meinen Krimi heimlich liest. Bestens getarnt hinter der Tageszeitung.

Walburgas chaotisches Haar dürfte wohl gerade unter dem Waschbecken oder in der Trockenhaube stecken. Mein Blick steckt gerade im Internet. Da erfahre ich, dass die Normseite für ein Buch eine ganz bestimmte Anzahl an Zeichen in der Breite und Zeilen nach unten haben muss. Sechzig von links nach rechts, dreißig von oben nach unten.

Bah, das sind ja … ganz schön viel, was sich ein Autor für so viele Zeichen alles einfallen lassen muss, um eine Seite vollzukriegen. Eintausend und achthundert Zeichen. So viel rede ich nicht mal an einem ganzen Tag, wie soll ich sie dann schreiben? Ah, da steht noch, mit Leerzeichen. Na dann! Das schaffe sogar ich. Dann mach ich halt eben ein paar Leerzeichen mehr als verlangt, schon ist eine Seite nach der anderen voll. Und das würde auch die Druckkosten enorm nach unten treiben, da man bei meinem Krimi nur zwei bis dreihundert Zeichen pro Seite drucken müsste. Meine Leser können die Leerräume auf den Seiten für eigene Notizen nutzen. Für den nächsten Einkauf oder wichtige Telefonnummern. Toll, was das an Papier spart, das wäre doch sicher einen Umweltpreis wert, oder? Ich merke eben, dass ich einen Rekord nach dem anderen breche. Jetzt fehlt nur noch das Buch dazu, das den Stein ins Rollen bringt. Mein Buch! Mein Krimi!

Mist, ich muss morgen unbedingt in die Stadt fahren und mir ein Geschäft oder einen Verleih suchen, wo ich Theaterzubehör kriege. Wenn mein gewaltige Stein erst einmal rollt, kann ich ohne Verkleidung nicht mehr auf die Straße gehen. Lockige Langhaarperücke aus schwarzer Schafswolle, einen selbstklebenden Vollbart, Schminke und … Ach was, wozu sich lang verkleiden, ich leihe mir eine Ritterrüstung. In der würden mich nicht mal mein Wellensittich, die Haushälterin oder die Wahrsagerin Walburga mehr erkennen. Ich müsste nur die Klappe halten, oder müsste genauso blechern reden wie ein ferngesteuerter Roboter. Nein, wie die neumodernen, wie kleine runde Lautsprecher aussehenden Assistentinnen, denen man alle möglichen Befehle erteilen und auch dumme Fragen stellen kann. So zum Beispiel:

Brunhilde, wie wird das Wetter heute?

»Der Himmel ist leicht bewölkt. Regenwahrscheinlichkeit zehn Prozent. Gegen siebzehn Uhr steigt das Regenrisiko auf siebzig Prozent.«

Brunhilde, hol schon mal den Wagen aus der Garage, ich

will um achtzehn Uhr nicht nass werden, wenn ich einkaufen fahre, um mir zwei Pfirsich-Maracuja-Joghurts zu holen.

»Tut mir leid, aber du besitzt kein Auto. Einkauf unnötig, da sich im Kühlschrank noch acht Joghurts der Geschmacksrichtung Pfirsich- Mara …«

Brunhilde, halt's Maul!

»Das Maul! Laut Lexikon ist dies die Bezeichnung für die unterhalb der Nase gelegene Nahrungsaufnahmeöffnung im Gesicht der Tiere. Oder meintest du gar Maulschlüssel? Laut Lexikon ist der Maulschlüs …«

Brunhilde. Aus!

Pah! Brauche ich so etwas? O nein, ganz sicher nicht. Aber ein Auto mit Chauffeur. Aber es muss ein Fahrer aus echtem Fleisch, Blut und moschen Knochen sein, kein Roboterauto, das via Satellit aus dem Weltall ferngesteuert wird. Roboter im Allgemeinen haben für mich eh nur einen Vorteil, sie sind nie hungrig, kriegen keine Pickel und pupsen nicht.

Roboter essen zwar nichts, aber noch bin ich keiner. Also gehe ich in die Küche, öffne den Kühlschrank und hole mir … Nein, nicht schon wieder einen PMJ, Pfirsich-Maracuja-Joghurt. Ich war gleich nach der Arbeit beim Einkaufen. Ich war so happy und überdreht gewesen über die Einladung des Schriftstellers zum Schreibkurs, dass ich mich auf ein völlig neues Terrain gewagt hatte. Ich hatte bislang nicht gewusst, dass es so unendlich viele verschiedene Sorten Joghurts gibt. Ich hatte mich ganz spontan für die Sorten Erdbeere, Birne, Ananas, Aprikose entschieden. Der Kirsch und der Zabaione hätten mich zwar auch gejuckt, aber ich wolle es nicht gleich

99

übertreiben. Zudem muss ich erst testen, wie ich diese neuen Sorten vertrage. Mein Bauch ist schließlich, wie mein Kopf, ein ganz übles Gewohnheitstier.

Erdbeere macht das Rennen. Ich nehme ihn aber nicht mit hinüber ins Wohnzimmer, sondern esse ihn gleich an Ort und Stelle. Da diese Stelle neben dem Küchenfenster ist, rauche ich danach eine Nikotinbombe. Dabei fällt mir ein, ich wollte doch im Internet nach etwas Bestimmtem suchen.

Ich hätte wetten können, dass es so was gibt, murmle ich vor mir her, als ich gerade nach einer Auktion für gebrauchte Fahrkartenautomaten für den Großraum München suche. Ich finde aber nur Flipperautomaten, Billardtische, Vogelkäfige und Sprachcomputer namens Brunhilde. Und alles ist schon gebraucht. Fahrkarenautomaten, die ausschließlich Fahrkarten für die Strecke Wohnzimmer – Küche und wieder zurück für München ausspucken, werden nicht angeboten. Na, dann muss es eben auch ohne gehen. Tja, dann hast du eben keinen Fahrkartenautomat. Hast ja auch keine Chauffeur und keinen Piloten für Kurzflüge der Route Supermarkt, Bäcker und zurück. Ha, dafür hab ich aber einen Farbdrucker! Wie man ein Buchblatt richtig formatiert, weißt ich Genie jetzt auch. Ich habe das Blatt von DIN A4 auf DIN A4 umformatiert.

Mein Immunsystem scheint auch noch einigermaßen fit zu sein. Zumindest hatte es den Erdbeer-Joghurt, den ich gerade geschlemmt habe, nicht gleich in die Kloschüssel befördert. Genau, das ist es! Statt einer Haushälterin, legst du dir einen zweiten Kühlschrank zu, juble ich innerlich. Da könnte ich, statt immer nur Bierwurst und Putensalami, es auch mal mit

Jagdwurst und Cervelat probieren. Wenn ich die Sachen im zweiten Kühlschrank aufbewahre, kommen sie sich nicht mit meinen sonst üblichen Fressalien in die Quere. Ach, das geht ja gar nicht. Da müsste ich wegen dem zweiten Kühlschrank erst die Küche umbauen. Und dafür habe ich weiß Gott keine Zeit. Mein Krimi. Die Leser/innen warten schon!

Der Stoß mit den handgeschriebenen Krimi-Seiten nimmt nur langsam, aber stetig ab. Die Datei „*Krimi*", in die ich die von Hand geschriebenen Kapitel durch eintippen übertrage, wächst und wächst. Ich sehe das Wachsen natürlich nicht so, wie bei dem kleinkarierten Schreibblock, der, je mehr Seiten ich vollschreibe, immer weniger wird. Bis abends schaffe ich es, zehn Seiten einzutippen. Gar nicht mal schlecht, lobe ich mich, als ich den Kasten runterfahre. Für einen, der mit bloß zwei Fingern tippt und keinerlei Übung mit der Tastatur hat, ist das echt eine ganz achtbare Höchstleistung. Direkt schon Rekordverdächtig.

Es ist noch taghell draußen, und auch noch ziemlich warm, doch meine innere Uhr drängt mich, jetzt ins Bett zu gehen. Andere Leute dürfen bis weit nach Einbruch der Dunkelheit aufbleiben, aber die stehen auch erst auf, wenn es morgens schon taghell ist, bei mir ist es umgekehrt. Ich schlafe, wenn es hell ist und arbeite, wenn es dunkel ist. Ich fühle mich wie Fledermäuse. Die hängen auch tagsüber in ihren Höhlen.

Wieder ist Tag 1 zu Ende. »Gute Nacht, München.«

8

Und so waren viele Winter übers Land hinweggezogen. Und noch immer sitzt die Prinzessin am Brunnen... Ach nein, es waren nur ein paar wenige Tage, die jedoch wie im Märchen verflogen waren. Als hätte ich einen hundertjährigen Schlaf gehalten. Dreimal hatte ich die Anmeldung bei dem Schreibkurs überprüft, da ich Angst hatte, man hat mich wieder von der Liste gestrichen. Die Teilnehmeranzahl ist auf nur zwölf begrenzt. Aber zum Glück war jedes Mal, wenn ich den Kurs aufgerufen hab, die Bestätigung noch immer dagewesen. Die freundliche Dame, die zudem auch fürs leibliche Wohl des berühmten Schriftsellers verantwortlich ist, jetzt anzurufen, verbeiße ich mir - wenn auch schweren Herzens. Stattdessen schreibe ich, was das Zeugs hält. Alles, was mir in den Sinn kommt, landet auch in der Datei „*Krimi*". Ob das nun Sinn macht oder nicht, ich kann mich einfach nicht mehr bremsen. Schließlich dauert Tag 1, an dem ich Schriftsteller bin, jetzt schon länger als eigentlich geplant. So was war mir übrigens auch früher öfter passiert. Dass was länger gedauert hat, als ich es mir vorgestellt hatte.

Die Schulzeit zum Beispiel. Nach der fünften Klasse, hatte ich mir gedacht, jetzt packst du deinen Kram ein und machst Schluss mit diesem langweiligen Herumgesitze. Du weißt eh alles. Die Zahlen Null bis Neun konnte ich blind und in- und auswendig. Auch, wie ich einen Aufsatz über die Erlebnisse während der Sommerferien *nicht* schreiben soll. Nur wie ich ein Buchseite richtig formatiert, hatte ich nicht gewusst. Was aber auch nicht verwunderlich war, da es damals noch keine Computer gab. Zudem hatte ich zum Aufsatzschreiben eine eigene Formatierung. Nicht Times New Roman, zwölf Punkt mit jeweils 2,5 cm Rand an allen vier Blattseiten. Ich hatte die Handschriftgröße in 3 Punkt. Meine halbblinde Lehrerin hat dann unter meine Aufsätze, die von der Länge her einem fast fünfhundert Seiten Roman geglichen hatten, stets daruntergeschrieben: *Fredy, fasse dich bitte etwas kürzer!* Kürzer ging bei mir aber nicht, aber dafür noch viel kleiner. 2 Punkt. Bah eh, hat die dumm geschaut, als ich ihr dann den von mir neu formatierten Aufsatz über die Urlaubserlebnisse in Südtirol abgegeben hab. Ich hatte so winzigst klein geschrieben. Acht DIN A 4 Seiten auf eine einzige Seite gequetscht. Tja, leider war die gute Frau blind wie ein Maulwurf. Sie konnte ihn weder lesen, geschweige denn korrigieren. Doch das hat mir bessere Noten gebracht, als hätte ich meinen Aufsatz in Standardnorm geschrieben. Das hatte aber leider nur bei ihr funktioniert. Der Mathelehrer hatte Augen wie ein Bussard. Keine Chance! Mit dem konnte ich auch nicht um die Noten feilschen, so wie bei der Deutschtante. So gut wie jede Probe hat mir der Kerl mit seiner sturen Genauigkeit verhagelt. Wo ich mir eine glatte 2 Plus *Stern gegeben hätte, allein schon wegen der schönen Zahlen, die ich, wie von Picasso gemalt, zu Papier brachte, da hatte der Lehrer, als würden wir beide um die Noten Poker spielen, auf drei oder sogar vier erhöht. Und warum? Weil ich null Bock darauf hatte, das, was ich schon lang im Kopf ausgerechnet hatte, noch mal schriftlich zu machen. Auf ein Gymnasium soll sie mich schicken, hatte der Schuldirektor meine Mutter auf Knien angefleht. Es wäre jammerschade, würde ich nicht dort hingehen. Pustekuchen. Der junge und sturschädlige Knabe wusste viel Besseres mit seiner kostbaren Zeit anzufangen. Das war zu genau der Zeit, als Gertrud, Angelika, Inge und Ilse vor dem Küchenfenster auf- und abgelaufen waren.

So, jetzt machst du erst mal drei Wochen Urlaub!, sage ich zu meinem altersschwachen Computer. Vor lauter Kriminal-Bits berechnen weiß er schon gar nicht mehr ein und aus. Er gibt komische Töne von sich. Die hören sich genauso an, als würden Prozessor und Lüfter jeden Moment explodieren. Da ich nur diesen einen Computer habe und Wellensittiche über keinen Speicherchip verfügen, ist es wohl sicher und besser, der PC macht Pause. Hat er sich aber auch echt verdient.

Zwei, drei Seiten schreibe ich heute noch, dann kannst du dich mit deinem Prozessor an die Isar setzen ...

Ich meinte eher mich damit als den lahmarschigen grauen Kasten, der noch langsamer rechnen als ich tippen kann. Und ich ziehe meinen Urlaub dann auch drei Wochen lang durch. Nicht eine Textzeile tippe ich in diesen drei Wochen Urlaub. Nur den kleinkarierten Schreibblock und den Kugelschreiber nehme ich mit - für den Notfall. Und der tritt tatsächlich ein.

Ich sitze mit ausgetreckten Armen faul in der Sonne, denke dabei nicht mehr an meinen Krimi. Doch dann habe ich eine seltsame Begegnung, die mich umgehend dazu inspiriert, einen Fantasy-Roman zu schreiben. So ganz nebenbei.

Was ist plötzlich in mich gefahren, dass ich sogar riskiere, dass mein unschlagbarer Bestseller-Krimi nie das Tageslicht zu Gesicht bekommt? Was sollen die vielen Leute morgens im Wartehäuschen lesen, während sie auf den Bus zur Arbeit warten? Was wird aus dem Schreibkurs? Was wird aus dem prominenten Schriftsteller, der sich schon so sehr auf unser Kennenlernen freut?

Was war das für eine Begegnung? Außerirdische?

Nein. Ein kleines Mädchen, etwa eineinhalb Jahre alt.

Ich liege … ach nein, ich sitze auf einer Terrasse und lasse mich von der um die frühe Uhrzeit, es ist 6 Uhr, noch milden Morgensonne bestrahlen. Vor mir steht auf dem Tisch mein Kaffeebecher, der karierte Schreibblock und der royal-blaue Kuli liegen, sollte ich doch noch am Krimi weiterschreiben wollen, in Griffnähe daneben. Auf einer wetterfesten Tischdecke, die mit einem netten Erdbeermotiv bedruckt ist, klebt ein hellgelber Zettel, den Schreiberling, der mit der schwarzschreibende Mine, halte ich in der Schreibhand. In meinem Fall ist dies die rechte Hand. Ich könnte auch mit links, doch das mache ich nur, wenn die starke Hand besetzt ist. Das ist immer lustig, wenn ich beim Einkaufen den Zettel rausziehe und versuche, das von mir selber Geschriebene zu entziffern. Warum sagt man eigentlich entziffern dazu, da es sich doch um Buchstaben handelt. *Entbuchstabeln*. Hihi. Das lustige Wort schicke ich an den Ausschuss, der darüber bestimmt, welches neue Wort ins Deutsche Wörterbuch aufgenommen wird. An allen Universitäten, in denen Kölner, Bajuwaren, Dresdner und Berliner, Hamburger, Stuttgarter, Garmischer und Kleintümpelshausner das Hochdeutsch in Sprache und

Schrift studieren, wird mein *Entbuchstabeln* gelehrt.

Entbuchstabeln. Ich würde mir den Nobel-Preis verleihen.

Ich sitze als auf der Terrasse und schreibe auf, was ich und meine Nachbarin, die mich im Urlaub stets begleitet, was wir heute einkaufen sollen. Dorade und Forelle stehen ganz weit oben auf dem kleinen gelben, quadratischen und praktischen Klebezettel. Gleich darunter – nichts! Darum mache ich mir ja gerade so verzweifelt Gedanken. Die Fische landen heute Abend auf dem Grill, aber was dazu? Petersilienkartoffeln?

Und jetzt passiert sie. Die Begegnung, die vielleicht mein bisheriges Schriftstellerdasein komplett auf den Kopf stellen könnte. Ein kleines Mädchen, dasselbe, das ich schon weiter oben im Text erwähnt hatte, lugt ums Eck herum. Schwarzes Lockenhaar bis Mitte Rücken, Barfuß, Windel. Der Schnuller in seinem Mund ist so riesig, dass sich ihr halbes Gesicht dahinter versteckt. Die weit offenen Augen, auch in schwarz, schauen mich lächelnd, fast schon spitzbübisch an. Ich lächle freundlich zurück und flüstere ihm leise zu: »Guten Morgen, kleine Prinzessin. Bist wohl auch Frühaufsteher, so wie ich? Aber du hast sicher kein Kartoffelproblem, oder?«

Plötzlich kommt die Mutter ums Eck, lächelt ebenfalls und nimmt ihre Kleine bei der Hand. Dann sind beide weg.

Die Kleine und ihre Mutter wissen nicht, was diese kurze Begegnung bei mir in Gang gesetzt hat.

Peng! Bomm! Krawumm!

In meinem Kopf geht ein gewaltiges Feuerwerk ab.

 106

Prinzessin! Kartoffeln! Problem!

Schon ist das „*Königreich Eichenschön*" geboren.

Ich kann gar nicht so schnell schauen, wie meine flinken Hände eine Skizze für die Fantasie-Geschichte „Königreich Eichenschön" auf ein Blatt des Karoblocks zaubern. So, als würde eine fremde unsichtbare Macht meine Hand steuern. Ein Hexer, der aus dem Mittelalter kommt, um mir im Hier und Jetzt eine fast unglaubliche, eine spannende Geschichte ins Ohr zu flüstern.

Die Protagonisten, die in dem Jugend-Roman vorkommen sollen, fallen mir ebenso rasend fix ein, wie mir kurz zuvor der Buchtitel schon ins Hirn geschossen war. Die Namen der wichtigsten Personen stehen schneller auf Papier als ich mir einen Sonnenbrand holen kann. Noch vor dem Frühstück ist der komplette Plot für mein neues Projekt geschrieben.

„*Königreich Eichenschön*" Den Untertitel taufe ich: „*Das Geheimnis von Eichenschön*". Genial!

Der Urlaub ist vorbei. Aber nicht nur für mich ist er vorbei. Auch für den Computer. Mein Drucker hat auch nichts mehr zu lachen. Die Konkurrenz schläft auch nicht! Die erste Tat nach dem Urlaub. Ich schau auf die Webseite des berühmten Schriftstellers. Und schnaufe nach weniger als einer Millisekunde durch. Er hat keinen neuen Roman veröffentlicht, war scheinbar auch in Urlaub. Oder hat er vielleicht gerade eine krasse Schreibblockade?

Schreibblockade, das ist dieser grauenvolle Zustand, wenn

wir Schriftsteller*innen kein einziges Wort mehr auf Papier oder in den Computer kriegen. Schreibblock ade!, schimpfen wir dann, wenn wir den Schreibblock wütend in die nächste Ecke pfeffern. Ade, mein nächstes Buch!

Weil Schokolade gut fürs Gehirn ist, nasche ich eine Tafel und schlecke mir danach die Finger ab. Dumm nur, dass ich den Mund noch voll Edelbitterschoki habe. Meine Finger, es betrifft Daumen, Zeige- und Mittelfinger, sie alle kleben wie Sau. Ich gehe ins Badezimmer, um mir die drei eingesauten Finger gründlich zu säubern. Dabei werfe ich einen Blick in den Spiegel und entdecke, dass mein Mund auch schwarz ist. »Hm?«, frage ich mein eigenes Spiegelbild, als ich an meine Schreibarbeiten denke. Sie bestehen aus lauter angefangenen Teilen. »Lieber Spiegel, jeder Mensch hat, zumindest wenn es ums Fotografieren geht, eine Schokoladenseite.«

»Ja, Fredy«, antwortet der wohlerzogene Spiegel, ohne mit der Augenbraue zu zucken. »Deine Schokoladenseite, so leid es mir tut, ist dein Hinterkopf.« Na, wenigstens ehrlich ist er, denke ich und stelle ihm sofort die nächste Frage. »Und jeder hat zwei Hirnhälften, die linke und die rechte Hälfte, oder?« Er überlegt kurz. »Auch das ist richtig, mein Freund.« Mein Freund? Sagt man seinem Freund, wenn auch nur durch die Blume, dass er potthässlich und nur von hinten so halbwegs ansehnlich ist? Nein, das tut man nicht. Ich lasse ihn im Bad zurück und gehe allein zurück ins Wohnzimmer, setze mich vor meinen Computer und schaue ihn an – ohne ihm irgendwelche dämliche Fragen zu stellen. Ich stelle sie mir selber.

Du kannst mit rechts und links schreiben, kannst dich auch

mit allen beiden Händen rasieren oder kämmen. Kannst dich beidhändig im Kühlschrank bedienen und mit links genauso gut die Zigarette anzünden wie mit rechts. Warum also sollst du dann nicht mit allen beiden Hirnhälften denken können? Was links nicht weiß, weiß eben rechts.

Ich hatte mal gelesen, dass das Hirn alles was wir tun oder denken abspeichert, ohne dass wir etwas dafür tun müssten. Wenn ich also heute mit der linken Hälfte an meinem Krimi arbeite, könnte ich doch dann morgen mit der rechten Hälfte an der Fantasie-Geschichte arbeiten, ohne dass sich die zwei Romane in die Quere kommen. In meinem Computer hab ich doch verschiedene Programme und Dateien, die nebeneinander her leben, ohne sich zu bekriegen. Und warum? Weil sie nicht alle am ein und demselben Ort abgespeichert wurden, sondern in den vielen verschiedenen Sektoren, die auf jeder Festplatte vorhanden sind. Die sogenannten Sektoren entstehen beim Formatieren einer Festplatte. Wie die Seitenränder eines Buches, wenn ich die Seiten formatiere. Ich kann mich zwar nicht mehr dran erinnern, ob ich irgendwann mal mein Hirn formatiert, also in Sektoren aufgeteilt habe, aber einen Versuch wäre das doch allemal wert. Ich meine das mit dem abwechselnd Bücher schreiben. Mal ein, zwei Kapitel Krimi, dann wieder „Eichenschön".

Mich drückt seit nach dem Urlaub das schlechte Gewissen. Ich habe was verschwiegen. Ich hatte mir doch geschworen, im Urlaub zu Urlauben – Krimi schreiben tabu!

Ich hab den Schwur gebrochen, hab trotzdem geschrieben. Aber nur dreißig bis vierzig Seiten. Das war jedoch noch vor der kurzen Begegnung mit dem kleinen Mädchen, das mich unbewusst zu „*Königreich Eichenschön*" inspiriert hatte.

Ich überfliege die zuletzt geschriebenen Zeilen. Mann, ist das vielleicht schwer, den Anschluss sofort wiederzufinden. Wie dieser berühmte Ochs vor dem Berg komme ich mir vor. Jetzt bin ich schon bei Seite Hundert angelangt, und erst eine Leiche! Es soll ein spannender packender Krimi werden, bei dem meinen Lesern das Blut zu Erdbeer-Vanilleeis gefriert, keine Gute-Nacht-Geschichte, bei der der Vorleser schon bei Seite 2 einpennt, ermahne ich mich selbst. In deinem Krimi muss die Post abgehen, da muss richtig was passieren. Aber was? Soll ich den Killer aus Kleintümpelshausen mit Bauchschuss mit einem Hubschrauber aus Grönland ins Krankenhaus einliefern lassen? Ah, das war doch die Feuerwehr. Und die war auch nicht mit dem Heli, sondern mit einem Schnellruderschlauchboot gekommen.

Der Killer-Willi mit der Schusswunde hatte, nachdem er nach der Notoperation wieder aus der Narkose erwacht war, vor lauter Durst drei Liter Blut gesoffen. Leider war in dem Transfusionsbeutel die falsche Blutgruppe drin. Puh, nach Not-OP abgekratzt, weil er das Kleingedruckte nicht gelesen hat. Seine Komplizin Natascha, eine Französin mit russischchinesischen Wurzeln, wurde nur zwei Tage später verhaftet. Die dumme Nuss hat den selbst umgebauten Fluchtwagen im Halteverbot vor der Notaufnahme geparkt. Ein Kleinwagen mit Öko-Elektro mit Turbolader und 9V Blockbatterie. Bei sparsamster Fahrweise, also nicht schneller als 240 Sachen, hat das Geschoss eine Reichweite von 991 Kilometern. Und bei Rückenwind 992 Km. Wie gesagt, sie hatte diesen Wagen selbst umgebaut. Beim Umlackieren, der Flitzer ist natürlich geklaut, hat sie allerdings arg ins Fettnäpfchen gelangt. Die zartrosa Farbe wäre noch gegangen, doch die babyblauen, Löwenzahn grünen, Lippenstift Nr. 73 roten und Bio-Eidotter gelben Pünktchen, sowie die Smiley, Hello Kitty, Diddl, Bayern und der „Free the Außerirdische!" Aufkleber, diese stachen selbst einem Kommissar i.R. ins Kriminalistenauge. Die Killerbraut hatte bei ihrer Tüftelei am Wagen praktisch gedacht. In der Heckklappe verbirgt sich eine ausziehbare Rollstuhlrampe, die sie dazu gedacht ist, den frisch Notoperierten Willi samt Rolli in den Wagen schieben zu können. Unter dem linken Rückbankteil befinden sich so praktische Sachen wie Blutdruck-, Puls- und Sauerstoffmessgerät. Das rechte Rückbankteil verbirgt die Sauerstoffmaske, sowie ein Infusionsständer. Der Sauerstoff dazu ist im Reserverad. Die extrabreiten 285 Zoll Reifen sind mit Shit gefüllt. Nur für den Fall, Willi habe starke Schmerzen. Dem aufmerksamen Spaziergänger, Oberhauptkommissar in Ruhestand, war der im 69er-Jahre-Style aussehende Wagen im total absoluten Halteverbot aufgefallen. Er hatte seinen auf Drogen dressierten Rauhaar-Kampf-Dackel Gassi geführt. Und dieser hat halb Kleintümpelshausen aufgeweckt. Auch das Polizeirevier, in dem die Hälfte der dreißig Einwohner von Kleintümpelshausen beschäftigt sind. Die einen mit Fensterputzen, andere mit Lochkarten lochen oder Vergissmeinnicht gießen. Die ganz oberen Dienstgrade mit Schoko-Donuts backen und fröhliche Seniorenabende für die sieben Seniorenheime von Kleintümpelshausen zu organisieren. Die Superstars wie Heino,

111

Fischer, Nena, Lena, Lisa, Max, Moritz, die Ersatzbänke von BVB, Schalke, FCB, KSC, HSV, Werder und Kleintümpelshausen haben bereits fest abgesagt. Es ist eben nicht leicht, so viel Prominenz unter einen einzigen Sombrero zu bringen. Erst hatte es an dem bereits fest reservierten Pokerabend der Senioren gehapert, danach an der noch immer von allen EU-Ministern unbeantwortete Frage, wann man die Sommerzeit endlich ganz abschaffe. Es gibt aber inzwischen einen fixen Termin. Aber nicht für den Wegfall der Sommerzeit, für den großen Seniorenabend. Samstag, den 01.01. 2083, von 19.00 – 19.10 Uhr. In der Pause gibt es pürierten Labskaus. Zum Abschied singen alle Promis zusammen den Welthit: „Hoch auf dem gelben Wagen". Dirigiert wird das ganze Spektakel vom Weltmeister der Formel-1-Saison 2081-2082. Falls der bis dahin wieder zurück ist, da die oben genannte Saison zum ersten Mal auf dem Saturn stattgefunden haben wird. Der Mars ist dazu ungeeignet. Er ist zu nah, zum anderen besitzt er keine Ringe, auf denen die Rennpiloten ihre waghalsigen Runden drehen könnten.

O Mann, ich glaube, ich brauche vier Hirnhälften!

Hm? Ich bin mal wieder uneins mit mir. *Schreibe es lieber auf, daran feilen, kannst du ja später immer noch.* Wenn du die Blutkonserve gegen eine Putz-Bachelorette austauscht, die Willi heimlich hochgiftigen Chlor-Arsen-Reiniger in das Mittagessen mischt, das wäre doch auch nett. Und vor allem giftig und grausam, oder? Meine Antwort darauf bleibt nicht lange aus. Für wen grausam, für Willi W. oder meine Leser?

112

Ich schmeiße die Putzfrau über Bord. Eigentlich müsste es heißen, ich nehme sie aus dem von mir perfekt formatierten Manuskript heraus, lasse sie aber vorsichtshalber im Papierkorb liegen. Wäre gut möglich, dass ich sie später doch noch brauche. Und wenn nicht. Erst *Papierkorb* anklicken, danach *Papierkorb leeren* und noch bestätigen, schon ist die Kübel und Lumpen schwingende Bachelorette verschwunden. Ich könnte sie aber auch im Krimi zur Umschulung schicken, wo sie lernt, wie man eine 9,25er Magnum lädt und abfeuert.

Kaum liegen die Microfasterjongleurin mit Putzeimer und Generalschlüssel fürs Kleintümpelshausner Hospital und das Polizeirevier im Papierkorb, da kommt mir schon die nächste bekloppte Idee. Ich könnte ja einen Roman ganz im Stile der großen Dichter, Denker und Poeten schreiben. Dieser würde sich dann ungefähr so lesen:

»Oh, du holde Maid. Du Wunderwerk der Schöpfung. Siehest du da, da vorne am Horizonte. Da, wo der von Wolken, so weiß wie der blau-weiße Schimmel auf meines Morgens Käse, das schier endlos scheinende Meer berühret. Das Meer der Sehnsüchte, der Illusionen, das weite Meer der zahllosen heimatlosen Seemänner. Männer, die weder stürmisch Wind noch grausamst Unwetter scheuen. Das Meer, das ich dir zu deinen zarten, von Schönheit und Anmut kaum zu beschreibenden Füßen legen würd'. Reichest du mir deine Hand, die ich auf Ewig festhalten, ja nie mehr loslassen und missen würd'. Siehest du ihn stehen, stamm und stolz, wie ein Recke im Leb' auch Tod … wie er sich gen Himmelspforte erhebt, als könne keine Macht der Erde im fügen Schaden bei. Sag

113

Ja, du holdes Wesen. Gar opfern würd' ich mein Haupt, mein gänzlich Hab und Gut! Eine Burg, dessen Mauern mächtiger und dicker als mein Blut, härter als mein schraf' Schwerte, das ich im Schweiße meines Angesichts selbst geschmiedet. Eine mächtig' Burg … oh, sag, wie könnt' ich es je in Worte fassen? Ach, wozu Worte sinnlos verschwenden, die deiner unsäglichen Schönheit nie werden das Wasser reichen. Sind Worte doch nur Qualm und Rauch … Du aber, du engelsgleiches Wesen, du…«

»O Hoher Herr, sehet Ihr denn nicht, wie die Schamesröte in mir aufsteigt bis an die Himmelspforte. Eure Worte, Eure Versprechen, sie rühren mich sehr. Doch verspür' ich starke Zweifel unter meiner Brust. Wie tausend tödliche Stiche des spitzen Dolches, der mein winzig unschuldig Herz … O, die Stiche, sie warnen mich, lauter als die Fanfaren von hundert Bläsern, Euer großzügig Angebot zunehmen. Ihr spracht von einer Burg, einer gar mächtig' Burg, die hinter ihrem dicken, uneinnehmbaren Mauerwerk das rote Band der ewigen Liebe verbirgt. Doch edler Herr, selbst wenn Ihr mir die Sterne, die Sonne, ja das ganze Firmament zu Füßen läget … Nein. Ich sage: Nein. Hm? Es sei denn …«

Auweia! Ein Exemplar würde ich von diesem schmalzigen Gesülze unters Volk bringen, dann würde man mich wirklich in die Klapsmühle verbannen. Und Schiller, Goethe, Lessing und Shakespeare, sie alle würden sich im Grab umdrehen.

Wollen Sie die Datei Test-3 wirklich löschen?

»Frag nicht so dämlich, klar will ich!«, motze ich meinen

114

PC an, fahre mit dem Mauszeiger auf „*OK*" und drücke auf deren linke Taste. *Pling*, schon sind der Edelmann und seine Angebetete, die ihm zu der von ihm angebotenen Burg noch ein paar Brillis, schwarze Perlen und eine Schiffsreise in die Südsee hat abluchsen wollen, für immer verschwunden. Als hätte ich eben mit einem pitschnassen Schwamm eine falsch gelöste Rechenaufgaben von der Schultafel gewischt.

Ich fühle mich wohl. Mein Kopf ist wieder frei. Aber nicht lange. Ich hab noch nicht mal richtig die Hand von der Maus genommen, da denken meine Gehirnzellen schon wieder ans Formatieren. Sechzig x dreißig und so. Eigentlich geht es ja meinem Gehirn nicht um die Anzahl der Zeilen und Spalten, sondern um die Druckkosten eines Buches. Je mehr Seiten, desto teurer, weil mehr Papier. Aber, überlege ich, auch jeder Buchstabe und jedes Zeichen verursachten Kosten. Je mehr gedruckt werden, desto mehr Tinte braucht man. Jeder weiß, und hat sich zudem auch sicher schon mal darüber geärgert, wie schweineteuer die Druckerpatronen sind. Und wenn man Glück hat, reichen sie für etwa 80 – 120 DIN A4 Seiten. Je nachdem, ob man die Standard oder XL-Patrone im Drucker hat. Ob man im Normal- oder Tintensparmodus druckt. Ich weiß jedoch nicht, ob die Druckerei, die eines schönen Tages mein geniales Meisterwerk drucken darf. Ja, sie darf! Ob sie jetzt mit Nadel-, Tintenstrahl- oder gar Laserdrucker druckt. Oder von Hand, wie einst der gute alte Johannes Gutenberg, der den Buchdruck revolutionierte. Buchstabe an Buchstabe, mit einer Walze die schwarze Farbe auftragen, Papierbogen in einen Rahmen spannen, schon geht's los.

Wenn mein Krimi fünfhundert Seiten hat, wie lange wird es wohl dauern, bis meine Druckerei ein Buch gedruckt hat? Mit der Gutenberg-Methode drei bis vier Tage. Kommt ganz darauf an, wie viele Mitarbeiter gleichzeitig an einem Buch Arbeiten. Mit dem Nadeldrucker wird meine Druckerei wohl eher nicht arbeiten. Kommt aber darauf an, ob diese in einem reinen Wohn- oder eher in einem Industriegebiet angesiedelt ist. Die Nadler sind nämlich extrem laut. Ich schätze daher, die Druckerei wird mit Laserdrucker arbeiten. *Sssst!* Schon sind vier Seiten bedruckt. A4. In Buchgröße wären das circa acht Seiten. Inklusive der Leerzeichen wohlbemerkt.

Ha, dieser Blick! Jetzt hat er aber ganz schön große Augen gekriegt - mein alter Drucker. Vor lauter Schreck, ich könnte mir jetzt einen hochmodernen Laserdrucker zulegen.

Wie kann ich meine Druckkosten möglichst nieder halten? Der Verkaufspreis spielt schließlich eine große Rolle. Er soll in einem gewissen Rahmen liegen, keinen neuen Rekord aufstellen. Wenn jemand einen Rekord aufstellen soll, dann die Verkaufszahl meines Krimi-Romans, an dem ich jetzt schon über vier Wochen arbeite. Ich bin jedoch – nach meiner ganz Zeitrechnung zumindest – noch immer bei Tag Eins.

Wenn es in der waagrechten Zeile nur neunundfünfzig statt der befohlenen sechzig Zeichen und nur achtundzwanzig der momentan eingestellten Zeilen nach unten sind, so sind das, die Leerzeichen natürlich mit eingerechnet, nur 1652 statt eintausendachthundert Zeichen. Jetzt müsste ich wissen, wie viel Tinte man für jeden Buchstaben/jedes Zeichen braucht, schon wüsste ich, wie viel das an Druckkosten einspart. Ups!

Ich muss das Ganze noch mal vierhundertachtzig Buchseiten rechnen. Mein lieber Scholli, da kommt aber ganz schön was zusammen. Wenn der Buchverlag, den ich noch nicht kenne, der etwas eigenwilligen Formatierung zustimmt, dann steht meinem umweltfreundlichen Tinteneinsparprogramm nichts mehr im Wege, hoffe ich. Was aber, wenn sich die Druckerei eigens wegen mir und meinem nicht genauestens nach Norm formatierten Krimi eine nagelneue und zudem sündhaft teure Druckmaschine kaufen muss, damit man meinen Bestseller überhaupt drucken kann … Ach, was solls, solange ich die Maschine nicht aus der eigenen Tasche berappen, begulden, bedollaren und betalern muss.

Wer nichts wagt. Ich bin leider kein gelernter Buchbinder, sonst würde ich mein Buch selber drucken, Die paar tausend Euro für Tintenpatronen und Papier, wäre mir mein eigenes Buch allemal wert. Mach ich das Blut auf dem Titelbild eben nicht farbig, sondern nur schwarz-weiß, dann brauch ich nur eine Sorte Patronen. Mitternachtsschwarz, matt.

Ich überschlage die später zu erwartenden Druckkosten im Kopf. Die blöde Idee landet, wie die Haushaltshilfe, die ich ja noch nicht hatte, ebenfalls im geistigen Papierkorb. Damit meine Leser nicht meinen, ich schreibe einseitig, tausche ich nun meinen Chauffeur gegen eine Chauffeurin aus. Die Reinemachefrau hole ich wieder aus dem Mülleimer und mache daraus einen männlichen Putzteufel.

Rollentausch. Gleichberechtigung. Manche nennen das die Gleichberechtigungsquote. Eins zu Eins. Eine Frau je Auto, ein Mann pro Putzkübel.

So, die eine Zeile schreibst du noch, nein, mach lieber die ganze Szene fertig, dann machst du einen Absatz. Das sieht nicht nur für das Auge besser aus, es bringt dir auch noch ein paar nicht geschriebene Zeichen ein. Oder gilt dies nur, wenn ich die Leertaste drücke? Leer ist leer, denke ich laut nach. Ich könnte auch, wenn ich die fast fünfhundert Seiten nicht mit Action vollkriege, ein leckeres Käsekuchenrezept mit ins Geschehen einblenden. Wenn ich den Teig nur ganz langsam rühre, bringt das mindestens zwei bis drei Seiten. Ich bin mir sicher, die meisten meiner zukünftigen Leser lieben Käsekuchen. Und wenn nicht, dann sollen sie das Rezept für Quarkkuchen hernehmen. Oder zum Papierschiffchen bauen.

Mist! Hoffentlich haben während meines Urlaubs die Batterien vom Wecker nicht schlappgemacht. Oder sie sind gar ausgelaufen! Sind sie aber dann glücklicherweise doch nicht. Ich stelle das blöde Ding, verfluche es dabei und nehme mir gleich das Arbeitsgewand für die Arbeit mit. Kaffee hinstellen, durchlaufen lassen. Das kleine Frühstück für zwischendurch einpacken – fertig. Die Nacht kann kommen. Ich bin bereit … aber verdammt noch mal noch nicht müde genug, um jetzt schon einschlafen zu können. Da hilft wohl nur eins. Das alte Hausmittel, das ich allzeit zuhause habe. Lavendel-Tee. Habe schon mal ausprobiert, die getrockneten Blüten so zu kauen, ohne Wasser. Pfui Teufel! Und gebracht hatte es auch nichts. Außer, dass ich die ganze Nacht nicht schlafen konnte, weil ich den Geschmack nicht mehr aus dem Mund gekriegt hab. Nicht einmal mit einem gut gekühlten Pfirsich-Maracuja-Joghurt und dem frisch aufgebrühten, noch heißen Kaffee, an dem ich mir dann auch noch die Zunge verbrannt hab. Seither lasse ich den Tee mindestens eine halbe Stunde ziehen. Schmeckt zwar dann irgendwie … sehr intensiv, aber er hilft wenigstens. Weil ich alleine schon vom Ziehen lassen zusehen hundemüde werde und im Stehen einschlafe.

Ich hatte schon mal überlegt, ob ich meinen Krimi-Roman nicht unter einem Alias Namen veröffentlichen soll. Hab den Gedanken nach reiflicher Überlegung als nicht gut abgehakt. Da sitze ich als Weltbestseller-Autor in einer Live-Sendung, 82,5 Millionen Zuschauer/innen allein schon in Deutschland – Rekord! Die Sendung wird Weltweit übertragen. Die Leute sehen aber mich, nicht den Autor mit dem Namen Gorge W. T. P. Smith-Picolotti (mein Alias). Und dann rufen erboste Zuschauer an und behaupten, ich sei ein gemeiner Betrüger, würde dem Bestseller-Autor nur ähnlich sehen. Und auf der Straße würden die Leute mit dem Finger auf mich zeigen und sagen: »Schau, dir den komische da Heini an. Frechheit, gibt sich als Autor aus!«

Nein, ich bleib bei meinem Namen. Ehre, wem Ehre …

Gute Nacht, Gorge, W. T. P. Smith-Picolotti.

9

In der Arbeit war mir heute etwas sehr Seltsames passiert. Besser gesagt, mir war etwas aufgefallen, das mich gleich an meinen Krimi erinnerte. Nicht etwa, dass sich meine Kollegen gegenseitig an die Kehle gegangen wären. Ich hab einen Mitarbeiter gefragt, ob er wisse, wo der Sepp sei. Der Name ist natürlich, wie auch alle anderen, die ich in diesem Buch, meinem Krimi und den noch folgenden Büchern nenne, aus rechtlichen Gründen frei und von mir erfunden. Naja, nicht alle sind frei erfunden, manche gibt es tatsächlich, aber die habe ich dann umgetauft. Ja, hat der Kollege mir freundlich grinsend geantwortet und dabei zum Büro gezeigt. Der Sepp sei bei Sepp und würde sich den allmorgendlichen Anschiss abholen. Sepp und Sepp. Der Mitarbeiter heißt ebenso Sepp wie der Chef. Und da wir in der Firma wie eine große Familie sind, reden wir uns auch nur mit Vornamen an.

Was das mit meinem Buch zu tun hat? Weil ich Depp dem ermittelnden Kommissar und dem mordenden Mörder genau dieselben Vornamen verpasst habe. Ein Unding! Kommissar Sepp erschießt den Mörder-Sepp. Würde ich gerade an einer frohgemuten Verwechslungskomödie schreiben, ja. Aber so.

»Bleib stehen, Willi, oder ich schieße!«

»Ha, schieß doch, Willi, wenn du dich traust, einen echten Willi zu erschießen.«

Ich nach Hause, Computer an! Das blöde Teil kapiert aber

 120

nicht, dass ich es heute eilig habe. Naja, er ist aber auch sehr überrascht, dass ich ihn heute schon vor dem Mittagsschlaf anschmeiße. Doch ich muss die zwei Willis noch umtaufen, ehe ich mich dann aufs Ohr haue. In der Regel ist ein Name fix geändert. Mit der praktischen Suchfunktion. Willi suchen und mit der Ersetzen-Funktion in einen Hans umtaufen. Und schon wäre das Ding erledigt. Aber dann würden beide Hans statt Willi heißen. Was heißt, ich darf all die schönen Seiten, die ich bisher schrieb, Stück für Stück durchgehen. Ich muss alle Namen lesen und entscheiden, ob der Willi weiter Willi oder ab sofort Hans heißt.

Am meisten lache ich, als der eine Willi vom anderen Willi vernommen wird. Willi hin, Willi her. Und Willi hat immer recht. Egal ob Verteidigungsposition oder Kläger. Während der eine Willi dann zerknautscht in Untersuchungshaft sitzt, gönnt sich Willi II., also der brave Willi, triumphierend ein lecker Sahnetörtchen mit Café Latte. Blöd ist nur daran, dass der Kommissar jetzt im Knast sitzt, da ich die Namen wieder durcheinander gebracht habe. Kein Wunder, man muss doch irgendwann blöd werden vor lauter Willis.

Mist. Gleich wird es passieren. Ich spüre es schon hautnah. Zehn Sekunden noch, dann ist es so weit.

Genau acht Sekunden sind es, als das Telefon klingelt und die Wahrsagerin Walburga mir einen schönen Tag wünscht. Ich verfluche sie! Sie meint doch tatsächlich, ich solle heute ganz besonders Obacht geben, es könnte zu Verwechslungen kommen. Sie habe es eben beim Tarotkarten legen gesehen. Und gleichzeitig sei in ihrer frisch polierten Glaskugel der

Name Willi erschienen. Zu spät, erwidere ich. Sie solle bitte das nächste Mal erst in ihre Sterne schauen, die wären etwas schneller. Sie meint mit der Vorhersage aber gar nicht meine beiden Willis, sondern die Joghurts in meinem Kühlschrank. Der Mond stünde heute schlecht für Ananas. Ich solle lieber Kirsche essen. Ich könnte aber als Alternative Vanille- oder Naturjoghurt schlemmen. Ich entschiede mich, nachdem ich aufgelegt habe, für Pfirsich-Maracuja.

Den Willis rückte ich nach meinem kurzen Schläfchen auf den Pelz. Aber nicht von da ab, wo ich zuvor aufgehört hatte, sondern von Anfang an. Die Walburga hatte mich so konfus gemacht mit dem blödsinnigen Joghurt Geschwafel, dass ich meinen Tower-PC zwar rasch ausgeschalten, aber nicht wie üblich die Krimi-Datei wieder neu abgespeichert, bevor ich den Kasten heruntergefahren hatte.

Ich will mit der Sicherungskopie weiterarbeiten, doch die Funktion hab ich Depp, warum auch immer weiß der Teufel, irgendwann einmal erfolgreich deaktiviert, aber nicht wieder reaktiviert. Weil das angeblich viel Speicherplatz spart. Toll, meine Willis freute es, sie sind jetzt immer noch da.

Willi - Willi. Willi - Hans. So geht das nun ständig hin und her in meinem heute eh schon total verworrenen Kopf. Eine Zeitlang heißt der Kommissar dann sogar Heinz. Aber nicht lang, bald heißt er wieder Willi. Oder war es gar der Mörder, den ich Willi nennen wollte? Wahnsinn!

Um drei Uhr nachmittags bin ich fertig mit Umtaufen. Und mit den Nerven am Ende.

Es ist Espresso-Time! Mit drei Stück Erdbeer-Sahne-Rolle

und einem Glimmstängel. Da ich die Schnauze voll habe von den Willis, sattele ich um. Ich lade mir den Fantasie Roman in den Arbeitsspeicher des PC. Besser gesagt, ich formatiere erst ein neues Formblatt, dem ich danach den Namen meiner erst kürzlich frei erfundenen und auf kariertem Papier notierten Fantasiegeschichte gab. Beim mühsamen Abtippen überlege ich, ob ich vielleicht noch mal nachsehen sollte. Wegen dem Schreibkurs. Lieber nicht, sage ich mir. Schon gar nicht telefonisch. Zum Schluss hat der oder die vom Institut einen genauso schlechten Tag wie ich selbst. Der/die schaut nach. Und statt Enter zu drücken, drückt, wer auch immer, auf die Pfeil links, die Del-Taste zum Löschen, da verwirrt und die Tasten verwechselt. Dann bist du ausgelöscht, als hättest du dich nie angemeldet, denke ich mit finsterer Miene. Stündest im Oktober bei denen vor der Tür und die wissen von nix. Ist mir nämlich schon mal passiert. Arzttermin! Ich mach schon vier Wochen vorher einen Termin zum Blut abnehmen aus, schreibe diesen auch feinsäuberlich in meinen endlos langen Wandkalender, um ihn ja nicht zu verpassen.

Der Kalender hat für jeden Tag ein extra Notizfeld. Oben ist ein hübsches Blümchenbild. Jeder Monat hat ein anderes Motiv. Von Azalee bis Zwergbonsai. Von Butterblumen bis Yuccapalme. Die untereinander angeordneten Zeilen fangen bei Eins an und enden, je nach Monat, bei 28, 29, 30 oder 31. Hihi. Ich stelle mir gerade vor, ich würde die Zeilen meines Krimis auch durchnummerieren.

»Ich bin bei Zeile 777, Willi I, und du.«

»Ich bin schon bei Zeile 15844, Willi II.«

Ich erscheine dann überpünktlich zum längst vereinbarten Arzttermin, doch dann … Schickt man mich einfach wieder heim! Ich hätte den Termin um genau dreißig Tage verpasst. Letzten Monat sei der gewesen. Ich, *sooo* einen dicken Hals, haste wieder heim und schau auf meinen ellenlangen Kalender. Scheiße! Ich hatte beim Blutopfertermin eintragen zwei Blätter, nicht nur eins umgeblättert. Habe dann wieder einen neuen Termin ausgemacht. Und erneut einen ganzen Monat gewartet, um danach zu wissen, dass sich mein Blutbild seit der letzten Kontrolle nicht wesentlich verändert habe. Beim Kurs, dem ich schon so sehnsüchtig entgegenfiebere, müsste ich ein ganzes halbes Jahr warten, da es solche Kurse immer nur zu ganz bestimmten Zeiten gibt.

Was ich schlauer Troll aber mache, ehe ich anfange, meine Fantasiegeschichte „*Königreich Eichenschön*" abzutippen. Ich vergleiche die Namen der Protagonisten. Erst als ich mir sicher bin, dass es nur einen Willi gibt, lege ich los. Abtippen ist gut - Kontrolle unerlässlich!

Ich bin erstaunt, dass ich trotz des ganzen Wirrwarrs dann doch noch so viel schaffe. Ich habe sogar noch Zeit dazu, den Lavendeltee von gestern ins Klo zu kippen. Ich schaue noch im Internet nach, ob die Seitenformatierung bei den Fantasy-Romanen dieselbe ist wie bei Krimis. Es ist so. Es spielt also keine Rolle, ob in meinen beiden Büchern, an denen ich ab sofort gleichzeitig arbeiten werde, das Opfer jetzt am Boden liegend, im lodernden Hochhaus oder am Marterpfahl stirbt. Es ist also wurscht, ob eine Seite 60x30 oder 61x29 Zeichen und Zeilen hat. Ob ich einen reißenden Fluss von links nach rechts, oben nach unten oder diagonal über den Planet Delta-L3XW241 fließen lasse. Wurscht! Hauptsache die Druckerei packt es, meine genialen Bücher zu drucken.

Fredys Bayrisch-Lexikon:

Mir wurscht heißt nicht, dass man in einer Metzger steht und eine Wurst wie Pfälzer, Wiener oder Regensburger will. Wurscht heiß: Mir doch egal. Rutsch mir den Buckel runter. Leck mich am Arsch. Kannst mich mal.

Die Bewohner des zwei Komma vier Milliarden Sparlicht-jahre entfernten Planeten Delta-L3XW241, die mich gerade besuchen, sind sprechende Goldfische, denen, anders als den Dinosauriern, die Flucht von der Erde geglückt war. Warum sie samt dem Glas durch das Weltall geschwebt waren? Die Menschen hatten ihnen nicht zugehört, obwohl sie sich doch den ganzen Tag den Mund fusselig geredet hatten. Auf und zu, auf und zu. Und jetzt planen sie, sich an den Erdbürgern fürchterlich zu rächen. Wie? Sie haben auf Delta-L3XW241 massenweise 2 Meter hohe, 90 cm breite Kugelgläser produziert, in die sie uns Menschen sperren wollen. Jeden alleine, nie zu zweit im Glas. Verwandtschaftsbesuche verboten!

Nur gut, dass es keine Karpfen sind, die gerade in meinem Hirn auf Besuch sind. Wenn ich an Weihnachten denke, wie viele von ihnen schon im Backrohr oder der Pfanne gelandet sind, da können wir Menschen ja echt froh sein, dass uns die Goldfische nur in Kugelgläser stecken wollen.

Konzentriert wie Essigessenz, tippe ich gemütlich auf der Tastatur dahin. Am Abend tun mir nicht nur der Rücken, die Handgelenke und die zwei Mittelfinger sauweh, auch meine

Augen. Die Füße nicht, die sind eingeschlafen. Als ich mich, nachdem ich meinen Computer auf Standby geschalten habe, erheben möchte, murren meine Füße, als hätte ich sie soeben aus einem süßen Traum erweckt. Nach drei Schritten ist das kribbeln vorbei und sie tragen mich in die Küche, wo ich mir schon die Zutaten für meine Abendessen hergerichtet hatte. Vor etwa einer halben Stunde, als ich am Küchenfenster eine gepafft hatte. Nein, ich qualme nicht ständig. Auf gerademal zwölf bis fünfzehn Glimmstängel bringe ich es pro Tag. Und das, obwohl ich schon um drei Uhr nachts aufstehe!

Am Küchentisch stehen, bzw. liegen: 3 Eier, Salz, Pfeffer-Weiß, Sonnenblumenöl, gemahlener Kümmel und eine 1000 Gramm Packung Spaghetti. Auf dem Herd stehen: Der große Topf, in dem ich die Pasta kochen werde, und eine sehr hohe Pfanne. 2 Liter Wasser in den Topf geben. Wenn das Wasser blubbert und kocht, ordentlich Salz und eine ganze Handvoll Spaghetti No. 5 rein – warten. Nach zehn Minuten sind sie weich. Ich mag sie zwischen al dente und matschig. Das ist wie mit meinem schwarzen Kaffee. Den mag ich nicht heiß. Noch soll er so kalt sein, dass mir die Zähne abfrieren. Man erinnere sich an meine verbrühte Zunge? Fertig! Zumindest die Pasta ist fertig. Rein damit. Zuerst ins Nudelsieb, das im Spülbecken steht, dann in die Pfanne, wo das darin befindliche Öl inzwischen Brattemperatur erreicht hat. Die drei Eier darüber, natürlich ohne Schalen. Salz, Kümmel und Pfeffer, 3-mal kräftig umrühren. Voila, es darf serviert und natürlich auch gespeist werden.

An guadn, wie man in Bayern so schön sagt.

Dieses Rezept befindet sich in meinem handgeschriebenen Kochbuch in der Rubrik:

𝕹𝖚𝖉𝖊𝖑𝖌𝖊𝖗𝖎𝖈𝖍𝖙𝖊: Spaghetti con Hühnereier alla Alfredo

Während dieser mühseligen Kocherei war mir eingefallen, dass sich der Drucker heute zu Wort gemeldet hatte. Optisch. *Tinte schwarz nachfüllen oder neue Patrone einlegen.* Was heißt, ich muss morgen in den Elektromarkt. Eine schwarze Tintenpatrone kaufen. Vielleicht hab ich ja Glück und meine Sorte ist gerade im Sonderangebot. Dann kaufe ich nicht nur eine, sondern gleich den ganzen im Laden und im Lager befindlichen Bestand auf. Schnäppchen macht man schließlich nicht alle Tage!

Meine Pasta-Ei-Mansche war lecker. Zur Nachspeise gibts noch einen Schluck Kaffee. Wegen der besseren Verdauung. Kaffee regt nicht nur das Herz an, er begünstigt zudem auch die Verdauung. Aber in Maßen getrunken, sonst gibt es eher Bauchweh. Passiert mir aber trotzdem hin und wieder. Doch da habe ich vorgebaut. Kamillen- Pfefferminz- Fenchel- und Kümmeltee gehören schon seit langem zur Grundausstattung meiner Hausapotheke. Genauso wie die Nikotinpflaster, die ich regelmäßig auf ihr Verfallsdatum überprüfe und ggf. erneuere. Gesetzten Fall, dass mich doch einmal der Geier holt und ich diese saublöde Raucherei aufhören will. Ich bin auch schon nah dran, aber es hat leider noch nicht *Zoom* gemacht in meinem verbohrten Bauernschädel. Meine Wahrsagerin, die Walburga, hatte es mal mit Akupunktationieren versucht. Bei mir, nicht bei ihr selbst, sie ist nämlich noch wehleidiger als ich, wenn es um Nadeln, Spritzen und Rosendornen geht.

Der gutgemeinte Versuch war leider Gottes fehlgeschlagen. Das Metall der Nadeln hätte ich ja vielleicht vertragen, aber deren Dicke und Länge nicht. 4x45 mm. Sie haben immer so gepiekt, wenn ich mich beim Schlafen auf eins meiner Ohren gelegt habe. Seitdem nimmt Walburga ihre Aku-Nadeln nur noch für Rouladen und Fischstäbchen am Spieß machen her, oder um Bilder von hübsch bemalten Glaskugeln an ihre mit Skalps von Kunden verzierte Wand anzunageln, die mit den von ihr vorausgesehenen Zukunftsaussichten nicht so ganz einverstanden gewesen waren. Dabei hat die Walburga doch nur zu ihnen gesagt: »Ich sehe dunkle Schatten über deinem Haupte. Dein Karma hat auch schon einmal besser gestrahlt! Und die Frau, der du blind traust, solltest du lieber sofort und mit Bargeld bezahlen, sonst kostet es dir, in naher Zukunft, deinen eh schon sehr lichten Skalp. Hugh!

Wenn jemand mal ein Kahlkopf oder eine Kahlköpfin über den Weg läuft, es muss nicht die Walburga schuld sein.

Vom Laserdrucker über Fischstäbchen zu Skalps. Das soll mir erst mal jemand nachmachen. Preisverdächtig!

Meine letzten Stunden vor dem Zubettgehen verbringe ich vor der 16:9 Glotzmaschine. Ich liege dazu natürlich auf der Couch. Im Stehen ganze drei Stunden Fernsehen? Bah, diese Krampfadern will ich nicht sehen. Die wären bestimmt noch dicker als Walburgas Akupunktierungsdingens …

Der Film-Titel, null Ahnung. Beim Vorspann war ich beim Pinkeln gewesen. In der kurzen Zeit war nicht nur schon der Vorspann mit Titel und Namen der Mimen und so gelaufen, auch war schon das Opfer grausam ermordet und im Eisfach neben den Fischstäbchen versteckt worden. Im Polizeirevier weiß also noch keiner, dass der Tote tot ist. Ermitteln tun sie aber trotzdem schon mal. Brandgefährlich. Der Fahrer eines E-Wagens hat sein Gefährt auf einem Behindertenparkplatz abgestellt, da die Gattin, die auf der Rückbank liegt und mit Fünflingen hochschwanger ist, Wehen bekommen hat. Laut letztem Ultraschallbild soll es sich um zwei Mädels und zwei Knäblein handeln. Beim fünften rätseln die Ärzte noch. Der werdende Vater ist sich aber sicher, dass es ein Junge wird. Der Vater spielt leidenschaftlich gern Schafkopf. Das könnte man zwar auch zu dritt spielen, also Vater und zwei Söhne, Mädchen spielen lieber mit Puppen oder in Mutters Kleiderschrank, doch zu viert macht Kartenspielen mehr Spaß. Wie dem auch sei. Ein diensteifriger Polizist hat dem Fahrer ein Strafmandat über x-Euro ausgestellt, wogegen der werdende Vater so laut dagegen anwettert, dass man im Revier nun das Sondereinsatzkommando von Europol auf den Schirm ruft.

Werbung!

Ich zappe mit der Fernbedienung ebenso hastig herum, wie mit ich mit den Füßen zapple. Doch egal auf welchem Kanal ich auch lande – *Werbung!* Die beiden einzigen Kanäle, auf denen niemals Werbung läuft, sind der Ärmel-Kanal und der Canal Grande. Auf dem Canal Grande singen die Gondoliere davon, dass die Sole ihnen alleine gehöre. Auf dem Ärmel-Kanal kraulen Schwimmer/innen um die Wette, wer als der erste Mensch den Kanal von Frankreich nach England, ohne Ruderboot und Marschverpflegung, durchschwimmen kann. Dass sie mit dem Rekordversuch ein bisschen spät dran sind, hat man ihnen nicht gesagt. Die Teilnehmer würden es dann am anderen Ufer schon merken, weil die Engländer sie nicht an Land lassen, da sie erst prüfen müssen, ob die Schwimmer als EU-Bürger ein Visum benötigen.

Der Film ist aus. Ich hab mir aber zwischen der siebten und sechsundachtzigsten Minute noch neun weitere 90-Minuten-Spielfilme angesehen. Die Kindelein kamen allesamt gesund zur Welt – im falsch geparkten Wagen. Der fünfte Fünfling ist ein Mädchen. Der Vater muss den Strafzettel nicht zahlen. Zum einen wegen der höheren Gewalt, zum anderen sei der Vater mit drei Töchtern, die keinerlei Interesse an Schafkopf hätten, bereits gestraft genug. Das Sondereinsatzkommando von Europol hat aber den Polizeibeamten, der es per Telefon verständigte, wegen des ständigen Rauschens in der Leitung falsch verstanden. Die bis auf ihre Zähne, teilweise auch auf ihr Gebiss, mit schwerem Gerät ausgerüsteten Männer sitzen nun auf der Fähre nach Grönland. Die Grönländer Feuerwehr muss sich in Kleintümpelshausen niederlassen. Jedoch nicht ganz freiwillig. Grund: Schlauchboot kaputt. Und die Fähre hat das Einsatzkommando bis auf den letzten Platz belegt.

Ich gehe ins Bett, knipse das Licht aus und wünsche mir eine gute Nacht. Diese wünscht mir zwar nichts dergleichen zurück, ich schlafe aber trotzdem gut.

10

Good day, sunshine.

Das ist der Klingelton meines Weckers, den ich aber bald ändern werde. *Resi, i hol di mit meim Traktor ab.* Oder in: *Guten Morgen liebe Sorgen, sei ihr auch schon alle da.*

Die Erde hat mich wieder! Und das bereits seit um drei Uhr nachts. Heute war ich, und das trotz der teuflischen Uhrzeit, aus meinem Bett gesprungen – wau! Ich war so derart saugut und flink drauf gewesen, mein Badezimmerspiegel hat nicht mal mitbekommen, dass ich mich rasiert und gekämmt hatte. Um ein Haar wäre ich zwei Minuten zu früh am Arbeitsplatz gewesen, hab das Malheur jedoch verhindern können, indem ich vor der Türe noch eine gepafft hatte. Die Arbeitszeit war genauso schnell um gewesen, wie ich mich rasiert hatte.

Mein drittes Frühstück, eines vor der Arbeit, eins während der Arbeit, sowie das Endlich-wieder-Daheim-Frühstück, ist fix verschlungen, da meine heutige Liste sehr lang ist.

1. Elektromarkt

2. Krimi schreiben

3. Früh schlafen gehen

Auf meinem Weg zum Linienbus läuft mir eine Nachbarin in die Arme. Wann sie denn endlich meinen Krimi käuflich erwerben könne, will sie wissen. Ich stelle mich dumm. Hä, was für einen Krimi, antworte ich. Ich würde zwar gerade an etwas schreiben, es sei aber keinen Krimi. Das Geheimrezept von meinen weltberühmten *Spaghetti alla Alfredo* würde ich zurzeit überarbeiten. Dies könne sie in drei Monaten in allen Bauchhandelsbuchgeschäften persönlich oder online kaufen. Sie kontert kratzbürstig, sie wisse aus erster Quelle, dass ich ... darum würde ich auch regelmäßig auf der einsamen Insel ... das habe ihr der Fischhändler ... Nachbarin Ende.

Ich sehe dann noch, wie sie einen Haken gen Fischhändler schlägt. *Oje, armer Kerl*, denke ich, *in deinen Schuppen will ich jetzt aber nicht stecken.*

Mein Bus ist fast leer. Fahrer, drei Stempelautomaten, eine jüngere Mutter mit einem noch jüngerem Kind, drei Kontrolleure*innen und ein Ehepaar, das zwar die Rente erreicht hat, aber nicht leben kann davon. Er hat eine Fiedel dabei, sie hat ihre Stepp-Schuhe an den Füßen und einen breiten Sombrero auf dem Haupt. Sie stehen immer am Verkehrsknotenpunkt, wo sich viele Gelenkbusse, Tram- und U-Bahnen kreuzen.

Wo sind jetzt gleich wieder die Tintenpatronen? Das frage ich mich, als ich den Elektromarkt betrete. *Aja, hinten links, neben den Druckern*, antworte ich mir und schwenke daher nach der Schranke links herum. Vorbei an der Abteilung für Verlängerungs-, Satelliten-, Fernseh- und Radiokabeln. Wie lange es die wohl noch geben wird? Jetzt, wo doch schon fast alles per Bluetooth, W-Lan oder App funktioniert. Wireless, so sagt man, wenn man keine Kabel mehr benötigt. Welche Patronen in meinen Drucker passen weiß ich. Da ich aber nur eine schwarze benötige, schaue ich bei den bunten Kollegen erst gar nicht auf deren Preis. Meine Hoffnung, die Patronen für schwarz/weiß Ausdrucke könnten im Angebot sein, wird mit dem Blick auf das Preisschild herzlos zunichte gemacht.

Hilft aber nix, ich brauch trotzdem eine.

Ich bin schon auf dem Wege gen Kasse, da packt mich von hinten eine unsichtbare Hand und zerrt mich mit aller Gewalt in genau jene Abteilung, in der Drucker aller Art ausgestellt sind. Wie der Hauptfeldwebel der Kleintümpelshausner Armee zieht mich die unsichtbare Hand durch drei Gänge. Bei einem Drucker, natürlich Laser, bleib ich stehen und lese die Informationstafel, auf der in fetten Zahlen der Endverkaufspreis ohne Chance auf Skonto steht. Mir sind nicht nur die vielen Zahlen vor dem Komma zu fett! Die Leistung des Geräts haut mich auch nicht vom Hocker. Bei der dritten Runde bleibe ich vor jenem Laserdrucker stehen, mit dem ich zuvor schon einmal geliebäugelt hatte. Ich pfeife den Herr in Kittel heran. Sein Familienname steht lesbar auf dem Schild, das an der Brusttasche angetackert ist, dennoch rede ich ihn nicht damit an. Er fragt, was ich denn alles drucken würde. Kochrezepte ohne Bild, lüge ich wie gedruckt. Was hätte ich sonst sagen sollen? Wenn ich meiner neugierigen Nachbarin schon nicht verrate, dass ich an einem Mega-Krimi schreibe …

Als der kompetent Herr sieht, dass ich meine Kundenkarte und die schwarze Tintenpatrone in der Hand habe, flüstert er mir zu, ob ich die neue E-Mail für Kundenkarteninhaber mit den Preissensationen schon gelesen hätte. *Voll der Hammer! Krass!* Er jubiliert es so laut, dass man ihn sogar noch hinten in der Staubsaugerabteilung hört. Auch den Laserdruckern würde es an ihren Preiskragen gehen, flüstert er plötzlich und kriecht dabei fast in mein linkes Ohr. Ich mache einen tiefen Diener, dann gehe ich an die Kasse, bezahle die Patrone, die in keinen Revolver hineinpasst, haste rasch zum meinem Bus und lass mich vom Busfahrer nach Hause chauffieren. Dort werfe ich umgehend meinen PC.

Kaffee, eine Zigarette, dann ist der Kasten so weit, dass ich mich in mein E-Mail-Konto einloggen kann. Die Frage nach der Nummer meiner Kundenkarte beantworte ich wie aus der Pistole geschossen anstands- und problemlos.

Krass! Voll der Hammer! Geil! Leck mich ...

Genau der eine Laserdrucker, den ich am liebsten noch im Markt geheiratet hätte, ist im Angebot. Zu einem Preis, dafür krieg ich bei meinem Fischhändler noch nicht einmal eine 2-Gramm-Dose Kaviar.

Meiner Kundenkarte sei Dank!

Ich nehme einen gelben Klebezettel zur Hand und schreibe Namen sowie Artikelnummer des Druckers darauf. Sicher ist sicher. Das Ganze klebe ich an den Ort, wo ich am häufigsten hingaffe, an meinen Kühlschrank. Gleich neben den Magnet, der eine Miniaturschildkröte darstellt.

Selig grinsend leg ich mich auf meine Wohnzimmercouch, wo ich während des wohlverdienten Mittagsschlafes von ... nein, nicht vom vielleicht bald neuen Drucker träume. Vom Krimi, an dem ich nun schon seit fast vier ganzen Monaten, immer an Tag Eins, arbeite.

Den Rest meines Tages verbringe ich danach wie gewohnt. Schreiben, googlen, Kaffee ...

Mit dem Krimi komme ich gut voran. Ich schreibe erst mal alle sauf, was mir in den Sinn kommt. Um die Feinarbeit will ich mich später kümmern. Nach drei Stunden grübeln, tippen und schwitzen speichere ich ihn ab. Bevor ich den Computer herunterfahre, schaue ich noch mal rasch im Internet vorbei. Ich tippe einen Suchbegriff ein, vertippe mich aber und nicht die Seite, die ich gemeint hatte, macht sich auf, sondern eine völlig andere. Es geht auf ihr darum, wie man aus Geld noch viel mehr Zaster machen könne. Die Seite sieht perfekt aus, fast schon zu perfekt. Daher misstraue ich ihr, auch dem, was einem da so alles versprechen wird. Ich scrolle bis runter ans Ende der Seite, um nach Betreiber, seiner Postanschrift und dem Gütesiegel zu sehen – ohne Erfolg.

Glasauge sei wachsam! Walburga sagt stets: Glaskugel sei ehrlich! Ausgerechnet sie sagt das!

Wachsam. Mein Blick ist überall und Rasiermesser scharf, ich lese mir die Werbung durch, die mich im Schlaf und im Handumdrehen reicher machen will, als ich jemals im Leben Geld ausgeben könne. Ich erlaube mir einen Spaß und tippe *Anmelden* an. Am Anfang ist alles ganz normal. Name, Titel, Geb.-Datum, Geb.-Ort. Straße, Hausnummer. Die Nummer natürlich in einen Extrafeld. Habe mich früher stets geärgert, dass all meine Päckchen auf Hausnummer siebenundsiebzig und nicht auf der 7 gelandet sind, da ich eine 7 in Straße, eine in Hausnummer eingegeben hab. Hab ich aber jetzt im Griff. Postleitzahl, Stadt, Land, Fluss, Beruf. Telefonnummern von Handy, Festnetz Arbeit und Erbtante. Newsletter-Abo. Dann folgt was, was die Alarmglocken läuten und Sirenen aufheulen lässt. Ich brauche kein Passwort oder sonst was eingeben und von ihnen bestätigen lassen. Ich brauche nur auf *Senden* klicken. Das Geld für die wundersame Geldvermehrung soll ich auf ein Konto in … ganz weit weg überweisen. Ich feixe die Seite an und tippe so lang auf die Rückwärtstaste, bis das Formular wieder genauso leer ist wie mein Kühlschrank. Zur Sicherheit lösche ich noch den Browserverlauf, dann mache ich den PC aus. Da ich gern mal übervorsichtig bin, ziehe ich noch am Router den Stecker und kappe das Kabel, das durch unsere ganze Straße führt. Aber nur das Telefonkabel, das zu den ungeraden Hausnummern gehört. Sollte was Dringendes sein, geh ich einfach zur Nachbarin. Zu der, die auf Nummer 12 wohnt. Die ist total nett, fragt schon gar nicht mehr, wenn ich bei ihr klingle. Nach meinem „Not-Anruf" macht sie mir Kaffee- schwarz mit nix drin. Lecker – der Kaffee auch.

Nicht wahr? Und wie wahr das ist! Habe Bekannten davon erzählt. Und die waren sich allesamt einstimmig einig. Das mit dem Vorsichtig sein hätte ich sehr gut gemacht. Aber das mit der netten Nachbarin von Nummer 12, die Kaffee-Love-Story würden sie mir nicht glauben, ich würde ein bisschen übertreiben. Ich und übertreiben, lachhaft!

Die neue Druckerpatrone hatte ich während einer leckeren Tasse Kaffee reingebaut. Hatte dazu nicht mal in den Keller gemusst, um den Werkzeugkasten wieder hochzuholen. Das Zählwerk danach auf Null gesetzt, Probeausdruck, fertig.

Und obwohl ich heute unheimlich viel geschafft hatte, ist der morgige Tag auch schon wieder mit Sachen verplant, die ich dringendst erledigen muss.

1. Laserdrucker kaufen -vielleicht.

2. Schreiben – ja, ganz sicher!

3. n. n.

Beim Abendessenmachen fällt mir auch wieder ein, nach was ich vorhin das weltweite Web durchstöbert hatte. Nach dem Wetterbericht hatte ich schauen wollen. Eigentlich blöd, den schau ich mir doch eh tagtäglich gleich im Anschluss an die Abendnachrichten an. Aber zumindest weiß ich jetzt, es ist besser, seine Bankgeschäfte bei einem leibhaftigen Bankberater zu tätigen als online auf die Schnauze zu fallen.

Das Wasser, in das ich jetzt die kesselfrischen Weißwürste gebe, kocht. Damit sie mir nicht platzten, es sind fünf Stück, ziehe ich den Topf von der heißen Herdplatte. Deckel wieder auf den Topf und dreizehn Minuten ziehen lassen. Damit ich während dieser Zeit nicht nur dumm herumstehe, decke ich schon mal den Wohnzimmertisch. Ich könnte auch in meiner Küche essen, aber von dort aus sehe ich nicht zum Fernseher. Und bloß den Ton lauter machen und bilderlos schauen, nur damit ich drüben in der Küche speise, ist mir zu doof. Zudem könnte ich einen immens wichtigen Werbeblock verpassen. *Jetzt kaufen! Sie werden hin und weg sein! Neu! Das Beste, was sie jemals …* und was da nicht noch alles palavert wird. Untersetzer für den Topf! Dabei fällt mir sofort dieser eine Spruch ein: Jeder Topf findet seinen Deckel. Ja, ich finde ja auch stets zu jedem meiner Töpfe die passende Abdeckung, ich muss nur manchmal suchen. Teller flach, Messer, Gabel. O ja, ich gehöre zu den Leuten, die ihre Weißwürste mit dem Besteck, nicht mit den blanken Fingern essen. Eine richtige Zeremonie mach ich daraus, hab sogar ein extra Weißwurstmesser, dessen Klinge noch nie etwas anderes als Naturdarm von Weißwürsten berührt hat. Ich hab auch eine Pfanne, die

137

ich nur zum Pfannenkuchen machen hernehme. Die kleinere Pfanne ist für Rühreier zuständig. Der süße Hausmachersenf, der aus Bayern, darf bei Weißwürsten nicht fehlen. Dass ich Brenzen, warum auch immer, nicht gut vertrage und somit zu den Würsten helles Brot essen muss, das tut mir nach all den Jahren noch immer im Herzen weh. Aber was soll's, es gibt weiß Gott Schlimmeres. Weißwürste mit Ketchup und Pumpernickel zum Beispiel.

Die Tafel ist gedeckt, die Glotze hat sich inzwischen auch warmgelaufen. Die Würstl auf den Tisch stellen, hinhocken, dann wird geschlemmt. Nach dem dritten Bissen kommt mir meine neugierige Nachbarin in den Sinn. Die, die ihre Ohren nie voll genug kriegen kann. Ich hatte ihr doch weißgemacht, ich würde an meinem Kochbuch schreiben und in 3 Monaten veröffentlichen. Oder waren das sogar drei Jahre? Egal. Jetzt kommt mir meine Lüge gar nicht mal verkehrt vor. Ich habe zwar ein von mir selbst verfasstes Kochbuch, in dem auch schon Rezepte wie *Pasta alla Alfredo* und *Käsekuchen ruck-zuck* stehen, aber das ist handgekritzelt. Da ich meine Runen selber kaum entziffern, *entbuchstabeln* kann, müsste ich es erst in eine lesbare Form bringen. Auf Deutsch: Seite formatieren, Kochbuch hat ein anderes Format als Krimi. Die drei Rezepte eintippen, drucken, dann nur noch buchbinden und verscherbeln – wie die sprichwörtlichen warmen Semmeln. Nur müssen zudem bunte Bildchen ins Buch. Was wiederum bedeuten würde, ich müsste erst mal lernen, wie man Bilder in die Rezepte mit einfügt. Null Ahnung, habe ich noch nie gemacht. Und eine neue Farbpatrone bräuchte ich dann auch. Die jetzige Patrone ist nur noch Viertel voll. Oder dreiviertel leer. Aber ich möchte mir doch einen Laserdrucker zulegen. Meinen Krimi will ich auch endlich mal fertig kriegen, und an der Mittelaltergeschichte schreibe ich auch noch. Uff, und das alles an Tag Eins!

Als ich jetzt meinen Computer noch mal hochfahre, ist der Tisch schon längst abgeräumt. Das Fernsehen sendet gerade Nachrichten. Politik, Wirtschaft, Gemischtes aus aller Welt, Sport, Wetterbericht. Morgen soll es schön werden.

Warum ich den PC um diese späte Zeit noch einmal hochfahre? Wegen der Kundenkarte, die vom Elektromarkt. Nach zwanzig Uhr kann ich bereits sehen, was andere Kunden erst morgen wissen. Zum Beispiel den jetzt noch strenggeheimen Hammer-Preis von Laserdruckern. Mein Modell, das ich mir Markt angeschaut hatte, und am Nachmittag im Internet, ist morgen wirklich radikal im Preis gesenkt. Aber nur für einen Tag! Am Nachmittag hatte ich dem Hammer-Angebot noch getraut, aber jetzt glaube ich es. Ich schiele zu meinem alten Drucker, der so tut, als würde er das Bild vom Laserdrucker, das gerade groß auf dem Monitor leuchtet und strahlungsarm strahlt, nicht sehen. Ich kann es ihm nicht verdenken, dass er jetzt denkt: *Floh, ich höre dich trapsen.* Ich habe Mitleid mit ihm, logge mich wieder aus dem E-Markt aus und fahre den Computer herunter, nachdem ich alle Verlaufsdaten gelöscht habe. Sicher ist sicher!

Weil ich durch meine Schreiberei heute schon selbst genug Krimi gehabt habe, zieh ich mir einen Spielfilm, eine richtige Schnulze rein. Mit Schnulzen meine ich jene Art von Filmen, in denen kein Mordermittler mehr Straftaten begehet als ein

139

böser Bube selbst. Z.B. Unerlaubtes Betreten der Wohnung, nicht genehmigtes Abhören oder verfolgen des Täterhandys. Beweismittel manipulieren und unterschlagen, Täterin in der Nachtbar angraben. Wie zum Beispiel Kommissar Hans. Der Kommissar Hans! Hans Hansen, der den Auftragskiller, den Willi Willisen einfach niedergeballert und dessen Komplizin Natascha in den Knast von Kleintümpelshausen reingesteckt hat, gleich nachdem er mit ihr im Stundenhotel gewesen war. Seit Kommissar Hans die Raucherei aufgehört hatte, kaut er täglich an einem Zahnstocher herum. Mal an einem aus Kiefernholz, am nächsten Tag dann aus Tanne, Mittwoch ist sein Obsttag, da ist sein Zahnstocher aus Elstar-Apfelbaumholz. Aber eins haben die Dinger alle gleich, sie stammen nur von Bäumen, die notgeschlachtet wurden, weil sie in einer Nacht und Nebelaktion vom hundsgemeinen Borkenkäfer befallen wurden. Aus den benutzten Zahnstochern baut Hans Hansen herrliche Modelle. Im Maßstab 1:10. Eiffelturm, Colosseum, Kölner Dom und den Hamburger Hafen hat er bereits fertig. Am Kleintümpelshausner Fußballstadion ist er gerade dran, hat aber ein Problem mit der Baubehörde. Die will ihm keine Genehmigung erteilen. Holzbau – Brandgefahr!

Das kennen Fußballfans ja. Reporter auch.

Bananenflanke zum Mittelstürmer. Oje, jetzt wird es aber brandgefährlich ... die Hütte brennt!

Eine Schnulze, also ein romantischer Film, ist keineswegs als Beleidigung gemeint. Ganz im Gegenteil, ich sehe sie mir zwischendurch gern an. Englands Küste, uraltes Herrenhaus, von drei ledigen Mädchen bewohnt. Der Killer: Eine Möwe, die sich in den von Gischt bedeckten Atlantik stürzt, um sich ihr Mittagsmahl zu angeln. Die Intrigen, die die drei Mädels auf Lager haben, und mit denen sie ständig versuchen, sich gegenseitig auszuspielen, sind zwar nicht die feine englische Art, aber spannender als so mancher Krimi.

Kurz vor Ende des Films kriegen sie sich dann doch noch. Die jüngste Schwester der drei Herrenhausbesitzerinnen und der kürzlich erst wieder angereiste Nachbar, der früher schon mit den zwei anderen Schwestern ein Techtelmechtel gehabt hat, laufen aufeinander zu, umarmen und verzeihen sich, was die zwei anderen Schwestern dazu bewegt, sich in einer der unzähligen Online-Partnervermittlungen anzumelden.

Wir kriegen uns jetzt auch. Ich, Kopfkissen und Bettdecke. Tolles Trio! Mein hellbrauner Kuschelbär pennt im Sommer auf dem Nachtkästchen, gleich neben dem Wecker, bei dem ich aber den Weckton nun doch nicht ändern werde. Das Fell meines Bären fuselt nicht nur furchtbar, es wirkt auch nachts wie eine Heizung. Muss ich im Sommer nicht haben.

Gute Nacht, Bär. Gute Nacht, Laserdrucker!

11

Halt die Klappe!

Ich meine nicht meinen Teddy, sondern meinen Wecker, den es sichtlich freut, dass ich jetzt aufstehen muss, während er und der Kuschelbär in einer halben Stunde eine sturmfreie Bude haben werden. Ich will mir gar nicht ausmalen, was die beiden tun, während ich mir in der Arbeit den Buckel krumm und bucklig buckle.

Wie immer erscheine ich pünktlich zum Dienst. Alles wie gehabt. Ich buckle, werkle, schufte, schwitze. Hau weg, was das Zeug hält. Plötzlich fragt mich mein Chef, ob ich Kekse gegessen hätte, die es in keinem Supermarkt zu kaufen gäbe. Und das nur, weil ich die ganze Zeit an meinen Laserdrucker denke und dabei grinse wie Kommissar Hans Hansen, wenn er einen Borkenkäfer sieht. Nein, antworte ich dem Chef. Ich würde immer so grinsen, er habe es die letzten dreißig Jahre nur nicht bemerkt. Jeden Tag würde ich mit Freude um drei Uhr nachts aus dem Bett springen, um endlich wieder in die Arbeit zu dürfen. Von mir aus könne man die Sonntage ruhig abschaffen, sage ich im Scherz. Was macht er? Nimmt mich beim Wort und rennt gleich nach oben. Oben ist bei uns da, wo die ganz großen Tiere hocken. Personal-Dino und so. Die Meinungen über den Scherz gehen bei meinen Kollegen auseinander. Manche feixen, andere haben Angst, dass sie nun auch sonntags um drei aufstehen müssen. Der Chef beruhigt dann die Zweifler. Antrag auf Sonntagsarbeit abgelehnt!

Ein Mitarbeiter, ich habe viele Kollegen*innen, fragt mich nach dem wahren Grund für mein listiges Grinsen. Wenn ich ihn ihm jetzt nennen würde, so wüsste in einer halben Stunde die ganze Firma, dass es heute in einem bestimmten E-Markt einen bestimmten Laserdrucker zu einem übermächtig günstigen Hammer-Preis gibt. Weil ich aber nicht will, dass sich alle Kollegen plötzlich gar nicht wohl fühlen und daher eher nach Hause gehen, um noch vor mir in der Druckerabteilung des Elektroriesen zu sein, erzähle ich diesem wissbegierigen Kollegen die Story vom lahmen Pferd.

Wieder daheim schiebe ich mir rasch zwei Scheiben Toast mit Putensalami-hauchdünn zwischen die Kiemen, dann eile ich, geschwind wie der Wind, zum Bus. »*Er erreicht den Bus mit Müh und Not, der Fahrer ...*« Na, nicht ganz der Goethe, aber der hatte sein Gedicht auch in einer anderen ganz Zeit verfasst. Möge Meister Goethe mir den kleinen Ausrutscher bitte verzeihen. Früher war eben doch alles viel besser!

Ich schnaufe, muss mich setzen. Da ich ganz hinten eingestiegen bin und dort alle Fensterplätze besetzt sind, gehe ich nach vorne. Ein Panoramaplatz ist noch frei. Ich setze mich. Nach rechts, links, oben, überall sehe ich hin, nur nicht nach vorn. Ein breiter Sombrero versperrt mir die Sicht. Der Herr, der neben dem Sombrero sitzt, hält eine Fiedel in der Hand und ist gerade dabei, sie zu stimmen. Das nächste Mal, denke ich mir, wenn du mit dem Bus fährst, nimmst du Ohrstöpsel oder Kopfhörer mit. Nachdem er das auf Hochglanz polierte Teil, ich tippe Kirschholz, gestimmt oder eher verstimmt hat, sagt er zu seiner Holden, es sei langsam an der Zeit, dass sie ihren Standplatz ändern. In zwei Tagen hätten sie die nächste Million zusammen. Nicht schlecht, grinse ich. Sollte ich mir vielleicht statt einem Laserdrucker einen Sombrero und eine Fiedel zulegen? Der Fiedler meint weiter, er kenne in der Innencity einen bevölkerten Platz, an dem … Sie lässt ihn nicht ausreden, schiebt ihren Sombrero ein Stück hoch und giftet ihn an. Dubai oder Hollywood-Boulevard/ L.A., wo anders würde sie ihren Sombrero nicht auf die Straße legen. Er ist für Kleintümpelshausen. Er habe in der Morgenausgabe der Morgenpost gelesen, gestern Abend bei einem Absacker, da könne man richtig Kohle scheffeln. Man bräuchte dazu bloß den vierstelligen Geheimcode von der Kleintümpelshausner Nationalbank. Ich hab einen Bekannten, der kennt jemanden, der Erick Ericksen kennt, plaudert der Fiedelmann weiter. Der Erick hat acht Semester höhere Mathematik – Fachrichtung vierstellige Banktresor-Codes studiert. 70% der Beute würde der Erick Ericksen bloß verlangen. Sie meint, siebzig Prozent seien Wahnsinn. Mehr als 66 1/3 wären nicht drin. Allein schon wegen ihres Kredites für die Villa am Wannsee und dem Futter für die Goldfische, die bloß astreines Blattgold futtern würden. Den Tresor selber knacken, das sei ihre Alternative. Bei seinem furchteinflößenden Gefiedel würde sich jeder Banktresor freiwillig öffnen.

Leider kriege ich nicht mehr mit, auf was sie sich einigen. Sie steigen zwei Stationen vor mir aus, ich erst am E-Markt. Zwar hat dieser noch nicht auf, aber mit mir warten bereits zwanzig Kaufwillige. Jeder hält die Kundenkarte parat in der Hand. Ich nicht. Ich lasse das Plastikteil aus der Brusttasche meines grau-blauen Polohemds rausblitzen. Polo-Shirt, nicht

Auto. Habe doch keines. Dann öffnet sich das Doppeltor wie von Zauberhand. Ich denke sofort an Walburga. Nur ihr habe ich von dem Drucker erzählt. Sie hat es aber schon gewusst, wegen ihrer frisch polierten Glaskugel …

Der freundlich fachkundige Berater der Druckerabteilung erkennt mich augenblicklich wieder. Wie oft ich die Hotline angerufen hätte, um die schwarze Ersatzpatrone einbauen zu können, fragt er mich listig grinsend. Doch ich überhöre den Sarkasmus und frage nach dem Laserdrucker zum Hammer-Preis. China – vier, sechs Wochen Lieferzeit. Ich zücke die Kundenkarte, um damit den Drucker zu bestellen. In vier bis sechs Wochen hab ich auch locker den Krimi fertig, so mein vorausschauender Gedanke.

Das Grinsen, was ihm nun ihm Gesicht festgefriert, werde ich so schnell nicht mehr vergessen. Er zeigte dabei zu einem hohen Stapel Kartons, der sich hinter mir auf einer hölzernen Euro-Palette befindet. Abgabe aber nur in Haushaltsüblichen Mengen, feixt er. Maximal drei Laserdrucker pro Person, die im selben Haushalt leben. Bei einem Sechspersonenhaushalt wären das 18 Drucker. Ich bin nicht gierig und ordere daher nur einen. Er stellt eine Rechnung für ein einziges Gerät aus. Das sei Papierverschwendung, meint er. Bei drei Druckern, einem Laptop, i7 natürlich, einem 180 cm Flachbild-HDTV sowie einem 36 Meter USB-Verlängerungskabel, würde sich der Ausdruck einer Rechnung rentieren. Ich klemme mir den Karton unter einen meiner muskulösen Arme, gehe damit zur Kasse, danach zum Bus, um die Heimfahrt anzutreten.

Meine Heimfahrt verläuft reibungslos. Bis auf die winzige

Kleinigkeit, dass mir gleich die Arme abfallen. Mal links den Karton unter der Achsel, mal rechts. Dann wieder links, und so weiter. Leider gibt es, so viel ich weiß, keine Hosenträger für Laserdrucker, sonst hätte ich mir das sauschwere Teil auf den Buckel geschnallt. Lieber einen Rücken kaputt als beide Arme. Nur noch ein paar wenige Schritte a 80 cm, dann habe ich es geschafft – und bin geschafft.

Ich sperre die Haustür auf, trete ein und noch bevor ich die Schuhe ausziehe, stelle ich den Karton ab. Um meine Schuhe auszuziehen, muss ich mich nicht bücken. Machen übrigens die wenigsten Leute, sich bücken. Es sei denn, man hat High Heels an, die mit Schnallen eng gebunden sind. Oder Stiefel, die bis an die Knien gehen. Da einfach nur so rausschlüpfen ist nicht. »Schatz, kannst du mir mal schnell mit den Stiefeln helfen? Nein, sie sind nicht eine Nummer zu klein. Sie sind eingegangen, als du Hirnbeiß nicht aufgepasst hast und ich wegen dir in die Pfütze reingetreten bin. Hättest du mich wie ein edler Ritter über die Pfütze hinweggetragen, dann …«

Kaum habe ich meine Treter aus, werde ich überfallen. Ich kenne die drei Übeltäter sogar: Hunger, Durst, Nikotinsucht. Da ich völlig machtlos bin gegen sie, besänftige ich erst die Sucht, indem ich mir an dem eben geöffneten Küchenfenster stehend einen Glimmstängel anstecke. Da mein Kühlschrank in Griffweite steht, angle ich mit der rechten Hand geschickt einen Pfirsich-Maracuja-Joghurt raus. An die Thermoskanne mit dem gestern Abend gemachten Coffein-Getränk, komme ich leider nicht ganz hin, sonst hätte ich drei Hummeln mit einer Mückenklatsche erschlagen können. Und das, obwohl ich nur zwei Hände habe! Zigarette in der Klappe, Joghurt in der linken Pfote, den Kaffee rechts.

Mein Telegebim, manche sagen Telefon dazu, das soeben läutet, als gebe es kein Morgen mehr, könnte ich mir locker zwischen Ohrläppchen und Schlüsselbein klemmen. Da ich jedoch gerade mit was Wichtigerem beschäftigt bin, lasse ich es läuten, rauche erst in Ruhe zu Ende, dann rufe ich zurück. Praktisch, dass man heutzutage bei den Fernsprechapparaten im Speicher sieht, wer einen beim Joghurt essen stören will. Früher hätte ich mir sicher stundenlang den Kopf zermürbt, hätte ich einen vielleicht eventuell wichtigen Anruf verpasst, weil nicht schnell genug am Telefon war.

Ich drücke auf „*Wahlwiederholung*", weiß aber schon, wer sich gleich melden wird. Und dass ich dann lange Zeit nicht mehr zu Wort kommen werde.

»Hallo, Fredy, ich bin dran, Walburga. Und … hast du ihn? Wie sieht er aus? Genauso, wie ich ihn im meiner Glaskugel sah. Gestern Abend, du weißt schon … Aber deshalb rufe ich nicht an. Du weißt doch, ich schreibe noch mit Hand. Es geht um folgendes …«

Sie labert mir dann die Ohren voll, und zwar alle beide, ein Ohr nach dem anderen. Sie schwafelt, sie habe sich eine neue Lampe zugelegt. Eine indirektes Licht für oben auf den Kleiderschrank. Fünf augenfreundliche LED-Lämplein hätte das hübsche Teil. Leider habe der Bausatz kein Anschlusskabel mit dabei. Mit Räucherstäbchen und Kerzen würde sie sich ja auskennen, aber nicht mit elektrischem Strom. Ob ich ihr helfen könnte, es sei ihr drei Glückskekse wert.

Wundert mich eh, dass sie bislang noch nicht versucht hat, den Handy-Akku an der Steckdose aufzuladen. Und sie sagt Ledlampen, nicht L-E-D-Lampen. Jeder wie er meint. Dafür kann ich nicht mit Tarotkarten in die Zukunft schauen.

»Ich komme morgen auf einen Sprung vorbei, Walli.«

»Spring achtsam, Fredy. Passe auf dein Sprunggelenk auf, meinen die Sterne von morgen. Der Widder steht morgen im abnehmenden Mond und kreuzt den Andromedanebel.«

»Danke für deinen Tipp, Walburga. Dann zieh ich morgen vorsichtshalber meine Ritterrüstung an. Man sieht sich!«

Ich stelle den Karton samt Laserdrucker ins Wohnzimmer. Ganz hinten ins Eck, was aber nicht recht viel hilft. Ich spüre stechende Blicke in meinem Genick. Sie kommen vom alten Tintenstrahl-Drucker. Sie sagen: *Ich bin stinksauer!*

Ich will schon ins Schlafzimmer gehen, um das Strandtuch aus dem Schrank zu holen, das ich im Urlaub stets über die Sonnenliege werfe. Würde ich jetzt damit den alten Drucker abdecken, wäre er blind und könnte nichts mehr sehen. Doch dann packt mich das schlechte Gewissen. So viele Jahre hat er mir jetzt die Treue gehalten, und tut es noch immer. Dass er die Probeblätter meiner Schreibkunst nicht gedruckt hat - mein Fehler. Also gehe ich nicht ins Schlafzimmer, sondern in die Küche. Mir war eingefallen, dass ich das heutige Blatt meines Mondkalenders noch nicht abgerissen hatte. Sonst tu ich das immer, wenn ich von der Arbeit zurückkomme. Doch aus irgendeinem Grund hatte ich es heute vergessen. Als ich es entferne, ich bin gern einen Tag im Voraus, sehe ich, dass auf dem ellenlangen, schlanken Monatskalender daneben, in

Rot was eingetragen ist. Am Samstag. Heute ist Donnerstag.

Der Schreibkurs!!!

Kinder, Kinder, wie die Zeit vergeht. Kaum schreibst man vier Monate den ersten Tag am Krimi, sind schon wieder vier Monate vorbei. Ich warte am Küchenfenster drauf, dass sich mein rasender Puls wieder normalisiert. Ich helfe ihm dabei, indem ich mir eine der selbstgestopften Zigaretten anzünde. Wenn schon mein sauer verdientes Geld in die Lüfte pusten, dann wenigstens günstig.

Den Aschenbecher könnest du auch mal wieder ausleeren, denke ich, als ich nach gut drei Minuten das Fenster wieder schließe. Der weit ausgestreckte Arm sagt, dein Puls ist jetzt bei zweiundachtzig angekommen. Supertollspitze! Wenn er es arg eilig hat, bringt er es schon mal auf hundertsechsundfünfzig Schläge! Pro Minute, nicht Tag. Das wäre doch jetzt die Gelegenheit, um die Teppiche mal wieder auszuklopfen. Einen Teppichklopfer habe ich, nur keine Teppiche. Nur den kleinen Läufer, der von der Wohnzimmertür aus gen Fenster führt. Der Rest ist Parkett. *Haha,* lache ich über mich selber. *Wenn die Walburga das nächste Mal zu mir kommt, frag ich sie, ob ich sie auf das Parkett bitten dürfte. Dabei leg ich die CD mit den Wiener Walzern vom Walzerkönig Strauss ein.*

O Gott, ich und tanzen? Alle Füße würde ich mir brechen. Und die Walburga hätte danach Platt-Senk-Spreiz-Füße.

Ich stelle mit den Wecker. Nein, der Tag ist noch nicht um. Ich will mich nur ein halbes Stündchen aufs Ohr hauen. Aber nicht mit dem Wecker, das tut weh! Es müsste somit heißen: Ich hau mein Ohr aufs Kopfkissen, um ein halbes Stündchen zu nicken.

Good day, sunshine!

Die halbe Stunde ist vorbei und ich fühle mich wie … wie gerädert, gepfählt, gevierteilt, geteert und gefedert.

Im tiefsten Tiefschlaf war ich, als des blöde Ding geschellt hat. Ich hätte ihn auf Kurzschlaf, 15 Minuten stellen sollen. Wie soll ich mit dem benebelten Schädel etwas Vernünftiges zu Papier bringen? Drucker-Papier, nicht kariertes.

Da mir selbst zwei doppelte und extrastarke Espressi nicht auf die Beine helfen, entscheide ich notgedrungen, dass mein Computer heute arbeitslos bleiben wird. Stattdessen schnapp ich mir Block und Kuli, lasse mich auf die Couch plumpsen und überlege, was ich am Samstag alles mitnehme. Ich muss an alles denken, darf nichts vergessen. Er könnte der Tag der Tage meiner Schriftstellerkarriere werden. Damit sich meine Gedanken besser verknüpfen können, erhebe ich mich, gehe noch einmal in die Küche und hole mir ein Glas Wasser und eine Eisen-Brausetablette, die ich am Wohnzimmerfester ins Wasser werfe. Das Münchener Leitungswasser ist so derart kristallklar, dass ich darin sogar die bayrischen Alpen sehen kann. Wären die Pyrenäen nicht gar so verdammt weit weg, könnte ich diese von der Küche aus sehen. Dass Eisen nach Kirschen schmeckt, ist nicht ungewöhnlich. Vor allem dann, wenn Brausetabletten mit Kirscharoma und etwas Vitamin C aufgepeppt sind.

Das leere Glas stelle ich auf den Couchtisch, ich lege mich dahinter, nehme das Schreibzeug zur Hand und schreibe auf, was mir so in den Sinn kommt. Viel! Das liegt aber nicht am

Eisen. Das braucht ewig bei mir, bis es der Körper aufnimmt. Meine Liste wird länger und länger. Der Nachmittag läuft in eine andere Richtung. Damit ich die Liste morgen, wenn ich all die Sachen, die ich eben notiert habe, einpacke, nicht lang suchen muss, lege ich sie auf den Wohnzimmerschrank. Auf den Platz, wo auch mein Geldbeutel liegt. Und da Block und Stift schon nun mal parat liegen, komme ich auf eine geniale Idee. Manche Leute schützen ihre ganz privaten Dateien per Passwort. Zum Beispiel Krimi-Manuskripte. Das werde ich auch machen, aber nicht mit einem Passwort. Ich werde mein wertvolles, unbezahlbares Manuskript mit einem eigens und von mir entwickelten Code verschlüsseln.

Mit einem Nano-Code!

Er ist so winzig nano-klein, dass er mit dem bloßem Auge nicht zu sehen ist. 480 Seiten Roman passen auf ein einziges Din A 5 Blatt und ist somit x-mal kürzer als Stenografie! Der Code ist eine Mischung aus Morsezeichen und Binär-Code.

Strich, Strich, Punkt, Null, Null, Eins, Punkt, Null, Strich.

Auf dem Computer sieht das Ganze dann so aus:

10010111010

Was übersetzt heiß:

Guten, Tag. Ich heiße Fredy und schreibe zurzeit an einem Krimiroman, der die gesamte Literaturwelt zum Staunen und Jubeln bringen wird. Sage und schreibe erst vier lächerliche Monate schreibe ich nun schon den ersten Tag am meinem Manuskript, das mich so derart fasziniert ...

Die Übersetzung würde noch einundsiebzig Seiten lang so

weitergehen. Um den Code PC-fähig zu machen, brauche ich nur noch die entsprechende Software zu programmieren und eine Tastatur mit den Zeichen und Zahlen basteln. Blöd, dass ich den Werkzeugkasten wieder in den Keller getragen habe. Ach ja. Satzkommas, Satzendepunkte und andre Satzzeichen werden in dem Nano-Code nicht geschrieben. Das erschwert die Übersetzung, ist also ein zusätzlicher Schutz.

Ich will mich ja nicht selber loben, aber meine Ideen sind schon genial. Doch da man den Tag nicht vor dem Abendessen loben soll, freue ich mich später. Liste geschrieben, Code erfunden, was fehlt noch? Fenster putzen? Nein, der nächste Regen kommt bestimmt. Warum also soll ich ihm die Arbeit wegnehmen. Rausschauen kann ich doch noch. Und wenn's wirklich mal sein sollte, mache ich halt das Fenster auf. Bin ich diese Woche nicht mit der Treppe dran? Schon, aber heut ist erst Donnerstag. Sonntags putzen ist eh besser. Da bin ich stets ausgeschlafen und ausgeruht. Frisch, fromm, fröhlich, vogelfrei, dazu ein fröhlich Lied auf den Lippen, so putze ich stets die Stufen der Treppe. Teppiche hab ich auch keine, die ich draußen im Hof über die Klopfstange werfen und richtig vermöbeln könnte. Geschirr abspülen lohnt sich auch noch nicht. Lesen! Ja, ich könnte ein Buch zur Hand nehmen und darin schmökern. Richtig gemütlich auf die Couch lümmeln, Käffchen am Tisch, eine Dose Salzstangen dazu – perfekt!

Ich liege auf der Couch, Kaffee und Salzstangen am Tisch, und lese in einem der drei Bücher weiter, die ich angefangen hatte. Mach ich immer so. Wegen der Abwechslung. Ich hab mich für den Mittelalter-Roman entschieden. Die spannende

Story spielt in Venedig. Im Buch wird auch beschrieben, wie sie es geschafft hatten, die Häuser ins Wasser zu bauen, ohne dass ewig die Keller vollgelaufen sind. Aber die Autorin … ha, endlich wieder mal ein Satz, bei dem ich nicht Autor*in schreiben muss! Schampus für alle!

Was, schon fünf Uhr? Ich hatte eben auf meine italienische Wohnzimmeruhr geschielt. Ob man das schmucke Teil dort wirklich hergestellt hat, wage ich fast zu bezweifeln, weil die Beschreibung, in der steht, welche dem Produkt nicht beiliegenden Batterien man benötigt, damit die Uhrzeiger sich im Kreis drehen. Sie ist in gut dreißig Sprachen gedruckt. Auch in Chinesisch, US-englisch, GB-englisch, Schweizerdeutsch und Hochdeutsch. Nur Bayrisch, Kölsch, Sächsisch und Platt sind nicht dabei. Ich hatte mir aber zu helfen gewusst, hatte, als ich zum ersten Mal Batterien eingelegt hab, mich einfach an dem Bild orientiert, auf dem die Fahrtrichtung der beiden Batterien abgebildet war. Das Bild jedoch war nicht in allen Sprachen gedruckt gewesen. Aber selbst dann, wenn bei dem Batteriebild nicht + und – mit dabeigestanden wäre, hätte es mich nicht aus der Fassung gebracht. Im Physikunterricht … oder war es Chemie? Schon da hat man uns Lausebengel/innen gelehrt, dass da, wo die Batterie am Ende eine Nase hat, dass dieses der Pluspol sei. Ich hatte den Lehrer gefragt, ob das andere Ende dann der Südpol ist. Er hatte weder gelacht noch mir geantwortet. Eine saftige Strafarbeit hat der Schuft mir aufgebrummt. Einhundert mal schreiben: *Ich darf keine dummen Fragen stellen.*

Ich hatte eben schon immer das Zeug zum Schriftsteller.

Mit Strafarbeit fängt es an, mit Bestsellern geht es weiter.

Fünf Uhr, das ist bei mir nicht die Tea-Time. Um die Zeit rufe ich immer meine Ma an. Hallo, wie geht's? Hast du auch so beschissen geschlafen letzte Nacht? Sie meint darauf: Ja, über mir war wieder die Hölle los. Die hatten sich gestritten, dass gleich die Fetzen … Ich sage dann, das wären nicht ihre Nachbarn, sondern ein Gewitter gewesen. Sie: Ah, darum ist die Polizei nicht gekommen, hab mich schon gewundert.

Nein, Ma ist nicht plemplem, sie ist völlig normal, und die beste Ma der Welt – ever! Eigentlich könnte ich ihr das Buch widmen. Verdient hätte sie es allemal.

Hallo, Ma. Kochbücher hast du ja bereits zur genüge, also widme dir dieses Buch.

Für Ma – dein weltberühmter Sohn Fredy.

So, jetzt ist genug sentimentalisiert. Bei unserem täglichen Telefonanruf verrate ich ihr natürlich nicht, dass ich ihr eben dieses bildende Buch gewidmet hab. Sie wird sicher staunen, wenn ich ihr ein handsigniertes Exemplar und einen Strauß Blumen in die Hand drücke. Aber spätestens dann, wenn sie im Buch jene Stelle liest, wo der Killer Willi Willisen seine irre Amokfahrt startet, wird sie mich in die Klapsmühle einweisen lassen.

Bah, was für ein Tag Eins. Feierabend!

Abendessen, Couch, Mattscheibe, schlafen gehen.

12

Heute hatte ich den Spieß mal umgedreht. Ich war schon vor meinem Wecker wachgewesen. Ganz leise hatte ich mich im Bett aufgesetzt, war mit dem Mund hautnah an ihn herangegangen, hab ganz tief Luft geholt und dann hab ich ihn derart laut angebrüllt, dass ihm hören und sehen vergangen war.

Nun komme ich gerade von der Arbeit zurück, richte mir mein drittes Frühstück her und überlege dabei, was ich zuerst machen soll. Drucker aufstellen oder den Rucksack packen? Nein, ich mache heute keinen Ausflug ins Gebirge. Ich leide an der sogenannten Schwindelhöhe. Je weiter ich droben bin, desto dreister meine Schwindeleien. Diese zum Beispiel: Tut mir echt leid, Walburga, aber ich muss heute unbedingt …

Der Rucksack ist für das morgige Schriftstellertreffen. Die Einpackliste hab ich ja schon geschrieben. Bin mir aber ganz sicher, dass ich was vergessen habe. Vielleicht fällt es mir ja beim Drucker aufstellen noch ein. Ich räume den Frühstückstisch ab. Dann hole ich den Karton mit dem Drucker aus der Ecke. Noch meldet er sich nicht zu Wort. Den alten Drucker meine ich. Um den Karton auch auf dem Tisch platzieren zu können, dort ist wenig Platz, mache ich welchen. Nach einer halben Stunde Gerümpel wegräumen ist eine Fläche von ca. 80x80 cm freigeschaufelt. Ist nicht ganz so riesig wie unser Chiemsee, aber für den Karton samt Drucker reicht jetzt der Platz. Ich will schließlich nicht Windsurfen auf dem Tisch.

Dann hole ich mein Skalpell. Dieses hat schon eine Menge Operationen hinter sich, das gute Teil. Butterweich dringt es in das Klebeband ein. Kein Tropfen Blut ist bisher geflossen. Zumindest nicht bei den Briefkuverts und Ravioli Dosen, für die ich es gern hernehme. Bei meinen Fingern schon. Einmal war der Schnitt so tief, ich hatte gedacht: *Den Finger kannst du vergessen, wenn du ihn dir nicht gleich wieder annähst.* Ich hatte ihn dann mit der 7er-Nadel und Titan-Fäden …

Gar nicht so einfach, einen neuen Drucker aus dem Karton zu bekommen. Wegen Styropor. Es steckt so verdammt eng im Karton drin, dass ich ihn nur Millimeter um Millimeter und mit viel rumgezerre hochkriege. Aber ich bin hartnäckig und schaffe es. Jetzt befinden sich die zwei dicken Styroporteile, die den Drucker vor Transportschäden schützen sollen, in Freiheit. Mit dem linken Ellbogen stupse ich den Karton vom Tisch. Dann entferne ich erst das weiße Styropor, dann die Kunststofffolien, die den Drucker vor Kratzern schützen sollen, sollte man beim Rausziehen aus dem Karton ein Skalpell in den Fingern haben.

Drucker, Stromkabel und Bedienungsanleitung liegen auf dem Tisch, der leider notwendige Müll auf dem Parkett. Ein erster Blick auf das quadratische, optisch hübsche Gerät sagt mir, der Drucker hat all die Transportwege, die er seit seiner Geburt hinter sich hat bringen müssen, unbehelligt überlebt. Kein einziger Kratzer, keine sichtbare Delle. Ich drehe mich kurz um und krame im Karton, den ich inzwischen mit dem Fuß gen Wohnzimmertür gekickt hatte. Kein Druckerkabel drin. Macht aber nix, ich hab noch zwei in Reserve. Das kann nie schaden, sich von wichtigen Dingen einen kleinen Vorrat zu halten. Darum hab ich stets noch mindestens vier Joghurts im Kühlschrank, wenn ich einkaufen gehe. Könnte doch mal vorkommen, er ist ausgegangen oder das MHD ist zu kurz. Ist mir schon passiert. Da hatte ich zwei Jogi mit sehr kurzer Restlaufzeit erwischt und hatte dann am nächsten Tag zwei Pfirsich-Maracuja-Joghurts gegessen. Das Ende des Liedes: Vitaminschock! Bin das nicht gewohnt, an nur einem Tag so viel Obst zu essen.

Einem Tag? Genau. Ich schaffe es schon noch, dass ich in nur einem Tag ein weltberühmter Schriftsteller werde. Auch wenn es Silvester oder Ostern wird, aber ich schaffe es. Ich weiß auch schon wie. Ich radiere aus all meinen Kalendern, die bei mir so rumhängen, einfach die Datums aus. Heißt das jetzt Datums oder Datume? Ach, egal. Jenen Kalendertag, an dem ich zu schreiben begann, den Tag Eins, lasse ich drin.

Genial!!!

Den Computerschreibtisch muss ich nicht aufräumen. Er hat L-Form, er geht über Eck. Rechts ist die kurze Seite. Den Laser stelle ich auf die linke Platte. Auf der steht auch schon eine kleine, orangefarbene Leselampe. Der Tintenstrahl steht mittig, ganz rechts steht so eine Art Notenständer, in den ich wichtige Notizen klemme. Davor liegen, wenn ich sie gerade mal nicht brauche: der spiralisierte Kleinkaroblock und etwa drei bis fünf Kugelschreiber – royal-blau.

Ist das nicht ein hübsches Pärchen, denke ich. *Wie Romeo und Julia. Gut, dass ihr nicht auf einem Balkon steht.*

Verbinden Sie das Druckerkabel mit dem Computer, steht

in der Bedienungsanleitung. *Na, wenn du das befiehlst, mach ich das doch sofort.* Da das Kabel USB ist, hab ich auch kein Problem, einen leeren Steckplatz zu finden. Früher wäre ich jetzt ganz schön am Schlauch gestanden. Dann hätte ich erst mal die Schrauben des Druckerkabels an dem alten Drucker lösen und am Laser wieder anschrauben müssen. Doch heute gibt es Drucker, die brauchen nur USB. Und ein Stromkabel, damit sie Saft kriegen.

2.: Verbinden Sie nun das mitgelieferte Netzkabel mit dem Drucker und einer geeigneten Stromquelle. Schalten sie erst den Computer, dann den Drucker ein. Vergewissern Sie sich, dass Ihr Computer mit dem Internet in Verbindung steht. Es erscheinen nun Schritt für Schritt-Anweisungen, denen Sie unbedingt folgen sollten. Andernfalls laufen Sie Gefahr, dass Sie im Garantiefall keine Garantieansprüche geltend machen können.

Haha. Das sind ja rosige Aussichten. Soll ich den Drucker jetzt unter Beisein eines Notars aufstellen und einrichten?

Ich traue mich einfach und schalte den Drucker an dem an der Rückseite angebrachten Ein/Aus- Schalter ein, und warte darauf, dass nun ein schönes Bildchen der Druckerfirma auf dem Monitor erscheint. Pustekuchen. USB-Kabel kaputt? Es war doch noch nicht mal in Gebrauch, war sogar noch in der Plastikfolie, ehe ich es ausgepackt und in Computer und den Drucker gesteckt hatte. Hm? Ob der alte Drucker die Finger im Spiel hat? Doch der ist aus, hätte also gar keine Kraft, um dem Laser und mir ein Bein zu stellen. Doch dann … was ist das denn? Rechts unten am Monitor, da, wo sich ein kleiner

Pfeil gen oben befindet, ist eine 1 erschienen. Mitteilung. Es muss sich also was getan haben. Ich gehe mit der Maus drauf und klicke die Eins an. *Das neue Gerät ist einsatzbereit.* Das sind also die Anweisungen, denen ich bedingungslos folgen soll! Wissbegierig wie mein Hirn nun einmal ist, lade ich nun eine kleine Textdatei und gehe auf: *Datei drucken*.

Ssst. Ssst. Ssst.

Bah! Ja lüg ich denn! Hau mir doch einer die Pfanne über den Schädel. Der Kasten druckt! Und das Ganze sogar noch in einem Affenzahn. Würde es bei Olympischen Spielen einen Wettbewerb in ausdrucken geben – Goldmedaille!

Ich bin so begeistert, dass ich jetzt unbedingt den Härtetest machen muss. Ich schalte den Tintenstrahl zu, lasse ihn also an unserer Konferenz teilnehmen. User, Drucker, Printer. Ich will herausfinden, wie gut oder nicht sich die zwei verstehen. Ich spiele Schiedsrichter. Wer zickt – fliegt raus! Aber nicht aus dem Fenster. Ab auf die Ersatzbank -Stecker ziehen! Ich bin aber dann mehr als erstaunt. Die beiden machen nicht nur eine spitze Figur, wenn sie nebeneinanderstehen, sie bleiben auch friedlich. Wenn ich was drucken will, sagt der eine zum anderen: *Willst du oder soll ich? Ach, mach mal. Hab gerade erst ne nagelneue schwarz/weiß Patrone gekriegt, die muss ich erst richtig einlaufen, sonst werden die Ausdrucke etwas unscharf.* Woraufhin der Laserdrucker erwidert: *Tja, du bist eben nicht mehr der Jüngste! Schau mich an. Ich bin on top, voll aktuell. Nix mehr Patrone. Kartusche trägt man heutzutage. Hält ewig. Ist so, wie Permanentaugenbrauen. Einmal gemacht ... Angeber!*, meckert der andere. *Kannst du Farbe?*

Na also, dann rede nicht so einen Stuss. Und wie sieht es mit Einscannen und Kopieren aus? Nur schnell drucken können genügt nicht, du Luschen! Und von wegen du bist on top, du hast ja nicht mal Wireless-Lan und Bluetooth. Ich zwar auch nicht, ist mit aber total wurschtig. Ich liebe mein USB-Kabel, es ... es verbindet irgendwie.

War wohl nix mit friedlichem Zusammenleben. Aber das gibt sich schon noch. Und solange nicht einer der beiden auf die Idee kommt, er könnte den anderen ans Starkstromkabel des Küchenherds anschließen, null Problemo. Ich jedenfalls bin froh, dass ich jetzt zwei Drucker mein Eigen nenne. Zu jeder Zeit die immer richtige Waffe bei Fuß. Schnell, bunt, copy, scan.

Ich lasse die zwei Streithanseln in Ruhe weiter zoffen und dumme Sprüche klopfen. Ich geh derweil rüber in die Küche und öffne da das Fenster. Frische Luft schadet nie. Ich sauge ganz viel davon ein, dann folgt sofort der Glimmstängel. An alle, die nicht rauchen – *Bitte nicht nachmachen!* Esst lieber Pfirsich-Maracuja-Joghurts.

Dann schnappe ich mir mein Schnurlostelefon, drücke auf *„Pfeil links"* und das Buch der Kontakte macht sich auf. Ich tippe auf die 9 und Walburgas Name erscheint. Noch so ein sanfter Tastendruck, dann höre ich, dank einer Hörmuschel, dass soeben eine Verbindung aufgebaut wird. Als diese ihren Höhepunkt erreicht, macht es: *Tut. Tut.*

»Hallo, Fredy! Ich wollte schon eher abheben, aber ich hab gedacht, lass es erst mal klingeln. Hab nämlich schon vorher gewusst, dass mein Telefon gleich bimmeln wird. Du weißt schon, meine Glaskugel …«

»Ah, ist sie wieder zurück?« Sie hatte die Kugel zu einem Glasbläser gebracht. Die Verbindung zwischen ihr und dem Gespenst von Canterville war ständig abgebrochen. Das ist auch ein Meisterwerk. Ein literarisches und später verfilmtes Meisterwerk von Oscar Wilde. Genial und lustig.

»Ja, das ist sie. Die Polarlichter des Kugelnordpols waren zu schwach geworden. Jetzt sind sie wieder aufgeladen. Bist ja scheinbar recht zufrieden mit deinen beiden Druckern, wie ich aus dem Untoten-Reich hörte. Wolltest du mir sonst noch was sagen, Fredy? Ich hab's nämlich eilig. Gleich wird eine Kundin an meine Haustür treten, um den Totenkopf-Klingelknopf zu betätigen.« Plötzlich ertönt ein markerschütternder Schrei. »Aha, da kommt sie ja schon. Hoffentlich ist sie nicht vor der Türe ins Koma gefallen. Sie kommt das erste Mal zu mir. Die meisten, die zum ersten Mal bei mir Klingeln, fallen entweder in Ohnmacht oder kriegen einen Hörsturz. Ist aber auch verdammt laut die Glocke. Muss aber so sein. Wenn ich gerade per Glaskugel ein intergalaktisches Ferngespräch zur Venus führe, zu meiner Freundin Esmeralda di Horror, dann müssen wir ziemlich laut reden. Da kann man die Türglocke schon mal überhören. Hallo … Fredy?«

»Bin noch dran, Walburga. Habe auf Lautsprecher gestellt und den Hörer in die linke Hosentasche gesteckt. Ich packe. Morgen ist der Tag aller Tage.«

»Ich sehe … ich sehe … Oh, was freudig Erstrahlen ich in deinem Gesichtelein, Fredy. Morgen, nein heute wird dir das Lachen noch vergehen. Spätestens da, wenn du merkst, dass du noch bügeln musst. Du hast nämlich kein einziges Hemd im Schrank, das Q10 ist.« Walburga meint faltenfrei. Ist das Hemd Q10 gebügelt, hat es keine Falten mehr!

»Mist! Hast du nicht eine Freundin, die per Zauberstab … Sag ihr, ich würde fürs Fernbügeln auch mal um Mitternacht auf den Friedhof gehen mit ihr. Fledermäuse gucken.«

»Nö, vergiss es, Fredy! Putzige Fledermäuse angucken ist zwar romantisch, aber selber bügeln macht schön. Tschüss!«

Ja, du mich auch!

Ich schalte die Drucker aus, die sich inzwischen verstehen, als hätten sie heute die Diamantene Hochzeit. Den Computer fahre ich runter und den Verpackungsmüll bringe ich zu den Tonnen, wo ich ihn sehr gewissenhaft und getrennt entsorge. Dann packe ich meinen Rucksack. Schreibzeug, evtl. Laptop und gute Laune, mehr war damals auf der Anmeldeseite des Schriftstellerkurses nicht gestanden. Oder?

Ich packe ein: Mein Schreibzeug, 0,5 Liter Wasser in PET, Lebkuchen (ist schon Anfang Oktober!), das neue Buch des Bestsellerautors, Fotoapparat, und weil es ja gar so schön ist, noch drei Reservekugelschreiber. Laptop habe ich nicht. Hab aber, als ich mir die Laserdrucker angeschaut hab, mit einem Auge auf die Schenkeltaschen geschielt. Praktisch sind sie ja die Laptops. Man kann sie überall mit hinnehmen und sie dir auf die Schenkel legen. Mach das mal mit einem Tower! Hab ich noch was vergessen? O ja, die Anmeldebestätigung, ohne die ich nicht am Kurs teilnehmen kann. Das Original stecke ich in den Rucksack, eine Kopie kommt gefaltet in die Geld-börse. Die zweite Kopie landet, aber erst morgen Früh, in der linken Brusttasche des noch nicht gebügelten Hemds. In dieselbe Tasche kommen auch meine Raucherutensilien Den Bleikristallaschenbecher nehme ich nicht mit, weil der Kurs in einem geschlossenen Saal stattfindet, nicht auf der grünen Wiese. Fertig!

Bügelbrett aufstellen, Eisen leise anheizen. Leise anheizen heißt, ich drehe den Regler nicht bis zum Dampfbügeln. Das schwarze Hemd auf das Brett – los geht's. Und wie so vieles, findet die von mir so gehasste Bügelei auch im Wohnzimmer satt. Damit diese drei, vier Minuten halbwegs erträglich sind, leg ich eine CD von Nickelback in den Player. Toller Sound. Ihre Akkorde sind perfekt. Ich bügle im Takt, und singe mit. Hört sich an, als würde ich eine Tür, deren Scharniere eingerostet sind, ständig auf und zu machen.

Uiii, krrch. Uiii, krrch.

Hemdenglättungsapparat ausschalten. Hemd (100% Bio-Baumwolle) auf einen Bügel hängen. Brett und Eisen jedoch nicht sofort wegräumen, zuerst abkühlen lassen. Dauert bei mir drei Tage. Das Brett benutze ich während der Abkühlzeit im Wohnzimmer, um darauf jene Sachen zwischenzulagern, die mich am Wohzimmertisch stören würden. Solche Dinge wie Papierkram, der bei der Krimischreiberei anfällt.

Willi klaut drei Liter Blut.

Sobald ich die Szene dann geschrieben habe, könnte dieser gelbe Selbstklebezettel eigentlich im Papiermüll landen. Tut er aber nicht, da ich ständig aufstehen und rüber in die Küche müsste. Da steht meine Papiertonne. Die Tonne ist viereckig und ein Pappkarton.

163

Feierabend und Freitag. Für mich jedoch kein Grund zum Jubeln, da ich meistens sechs Tage arbeite. Dann sind es die anderen, die mit dem nackten Finger auf mich zeigen. Schaut euch den an, muss am Samstag um drei Uhr nachts raus! Ab und zu, hin und wieder einmal samstags frei. Wenn ich viel Glück habe, ist dann Freitag oder montags Feiertag. Langes Wochenende, das ist fast schon wie Urlaub. Wenn ich aber Pech hab, fragt mich einer der Chefs*innen, ob ich an diesem freien Samstag in die Arbeit kommen könnte. Und wenn ich Nein sage, da heißt es nicht mehr könnte, sondern du musst. Ist kein anderer Dummer da, Fredy, die Kollegen haben sich alle genau diesen Samstag schon vor Monaten als frei genehmigen lassen. Du kriegst dafür an einem Mittwoch frei. Aber nur dann, wenn es an dem Tag junge Hunde regnet und faule Eier hagelt. Sollst schließlich was haben von deinem freien Mittwoch.

Bin ich etwa aufgeregt? Nein, ich doch nicht! Das hat Zeit bis morgen. Ich weiß auch schon, was ich mache, sobald ich das Schreibkurshaus betreten habe. Das Herren-Klo suchen!

Immer dann, wenn ich sehr aufgeregt bin, brauche ich ganz rasch ein WC. Selbst wenn ich mich freudig aufrege. Warum dies so ist, konnte mir bislang noch kein Aborthologe sagen. Habe das Schreibkursgebäude bereits im Web durchleuchtet. Alles hatte ich gefunden, nur keine Toiletten.

Freitag – Crimetime. Auf dem röhrenlosen Flachbild, nicht am PC-Monitor. Couch, Flachbild an, genießen – oder so. Es fängt gut an. Hatte meine Schreiberei vor drei Monaten auch. Nun bin ich im vierten Monat – nicht schwanger. Gut, dass ich nicht nur den Nano-Code habe, ich habe auch eine eigene Zeitrechnung. Nach der bin ich noch immer im Tag 1. Ganze fünf Minuten sind seit letztem Monat vergangen. Tja, bei mit tickt die Uhr anders. Vor allem langsam. Ganz langsam.

Der Krimi ist gut und nicht übertrieben. Nach einer Stunde gerade mal zwei Leichen. Eine davon geht auf das Konto von der Kommissarin-Gehilfin. Notwehr!

Eine beim Einsatz unbeteiligte Frau war mit ihrem pinken Mini-Schwein spazieren gegangen. Die Gehilfin hatte in der linken Hand eine frische Zwiebelmettwurst-Semmel, in ihrer rechten eine Waffe gehabt. Da war das Mini-Schwein auf sie zugestürmt, hatte geknurrt und gefaucht wie ein T-Rex! Die Gehilfin hatte eiskalt abgedrückt. Der Kommissarin-Gehilfe hatte nicht mehr rechtzeitig eingreifen können, hat aber dann der Schweinchen-Besitzerin einen Strafzettel verpasst, weil sie die wilde Bestie nicht an der Leine geführt hat. Ich sage zu männlichen Polizisten lieber Kommissarin-Gehilfe. Assi, das hört sich an, als wäre er nur ihr Gehilfe.

13

Halb sieben Uhr. Seit drei Stunden bin ich hellwach. Bin so aufgedreht, als hätte ich schon vier Kannen Kaffee intus. Ich fühle meinen Puls – schon zum achten Mal in acht Minuten. Geht so. War schon mal niedriger. Er ist genauso nervös wie meine Beine. Ich hab mitgezählt. Genau 42195 Meter bin ich seit dem Aufstehen schon gelaufen. In der Wohnung. Immer zwischen Schlafzimmer, Küche und Wohnzimmer hin und her. Der Flur ist meine Formel 1-Gerade, da kann ich richtig Gas geben. Boxenstopps leg ich auf dem Klo ein. Wie schon mal gesagt, wenn ich nervös bin, muss ich ständig aufs WC. Aber ich muss mich trotzdem loben. Für das, dass ich gerade voll am Rad drehe, habe ich total wenig gepafft. Kaum mehr als sonst. Hab aber nicht mitgezählt, musste ja mein Hirn als Schrittzähler freihalten. Zwei Sachen auf einmal funktioniert nicht. Schon gar nicht bei Zahlen.

Was ergibt: 3756+17:901+12,89-53 1/3, was kommt raus bei: 0,00675+48,66-999765+1/7?

So, ausrechnen, aber gleichzeitig, nicht nacheinander!

Warum ich drauf bin wie Speedy Gonzales? Heute ist doch der Tag, am dem ich wissen werde, ob ich es drauf habe, die Schriftstellerei. Oder ob ich mir eine Glaskugel zulegen soll. Ich sehe was, was du nicht siehst!

Wie wird das sein, wenn wir Kursteilnehmer brav auf den Stühlen sitzen, vielleicht sogar so, wie damals in der Schule.

Immer zwei an einem winzigen Tisch, an dem man sich die Knie anhaut. Dann kommt der Lehrer herein. In unserem Fall der berühmte Schriftsteller. »Guten Morgen, Herr …«

Sicher werden wir uns ihm vorstellen. Namen und so. Was soll ich sagen? Soll ich vor versammelter Mannschaft sagen: »Hallo, ich bin der Fredy und hab heute um eine Minute nach Mitternacht angefangen, einen spannend genialen Bestseller zu schreiben. Bin also noch neu in der Buchbranche.« Oder solle ich sagen: »Guten Tag, die Herren, küss die Hände die Damen. Ich heiße Alfred, bin nicht so alt, wie ich aussehe und würde gerne die Kunst des Schreibens erlernen.«

Mal schauen, hab ja noch Zeit. Gefrühstückt hab ich schon, der Rucksack ist gepackt und der Puls hat sich auch wieder beruhigt. Von 10 A.M. bis fünf am Nachmittag soll der Kurs dauern. Das macht nach Adam Ries, und minus einer Stunde Mittag, sechs Stunden büffeln, pauken und Hirn zermartern. Mir raucht jetzt schon der Schädel.

Das ist es also, das Haus in dem du jetzt gleich … das Klo suchen wirst. Genau dies denke ich, ehe ich die Eingangstür mit zitternder Hand öffne und langsam eintrete. Ich geh hoch in den ersten Stock. Dies zu tun hatte mir nicht die Walburga vorausgesagt, es war in dem Beiblatt zur Anmeldung gestanden. Ich will mich gerade umschauen, da sehe ich eine offene Tür, vor der eine Frau steht. Um die vierzig Jahre schätze ich sie. Sie winkt mich heran und fragt mich nach dem Namen. »Alfred Kreusel«. Sie schaut auf das Klemmbrett, das sie in der linken Hand hat und hakt mich auf einem Zettel ab.

»Ah, *Sie* sind der Herr Kreusel. Der Kreusel, der achtzehn

Mal nachfragt, ob er noch auf der Liste steht?«

»Ja, genau der. War das falsch? Ich hab halt gedacht …«

»Herzlich Willkommen. Suchen Sie sich drin einen Platz, Sie sind der Erste. Frühaufsteher?«

»Jein. Auch nervös wie Sau!«

»Wir beißen nicht! Der Autor Herr … übrigens auch nicht. Auf den Tischen stehen Gläser und Wässer. Kuchen gibts am Nachmittag. Den wird euer Hirn auch brauchen. Das Mittagessen müsst ihr selber zahlen. Dazu geht ihr in das Ristorante ums Eck. Ist aber nicht rein italienisch, es gibt auch bayrisch. Die Familie betreibt das Wirtshaus in der vierten Generation und beherrscht noch das Urbayrische, das man ja heutzutage kaum noch hört. Leider. Bongiorno. Servus, du Bazi.«

Ich bin entzückt. »Danke!« Ich trete ein, mache aber dann nicht den Fehler, den ich am ersten Schultag gemacht hatte. Ich setzte mich nicht weit hinten auf den linken Platz, da ich damals dachte, dort sieht die die Lehrkraft nicht. Es gibt aber in dem Saal auch keine Reihen und Zweiertische. Die Tische stehen in U-Form. Ich setze mich an der langen Fensterreihe genau in die Mitte. Ehrentribüne.

Der Saal füllt sich, besser gesagt die Plätze. Zehn Stück an der Zahl. Jede/r, der kommt, nickt stumm und setzt sich auf die vier Buschstaben, die eigentlich fünf sein müssten. Setzt dich auf deinen Arsch! Das sind 5 nicht vier.

Gleich wird er hereinschweben, denken wir alle. Macht er jedoch nicht. Er lässt sich auch nicht von vier Untergebenen, die wie im Mittalalter angezogen sind, auf eine Sänfte in den

Saal tragen. Er kommt locker-flockig herein. Jeans, Freizeit-schuhe und hochgekrempeltes Hemd. Sein Blick schweift in die Runde, ein sanftes Lächeln im Gesicht. In der Hand hält er ein in Leder gebundenes Notizheft, das er auf seinen Tisch legt, auf dem auch schon jede Menge Papierkram und etliche Bücher liegen. Kein Beamer, nur eine einfache Dreibeintafel mit großkarierten Blättern. In mir jubelt es laut. Ich habe den kleinkarierten DIN A4 Block, er großkarierte Blätter. Schon mal eine gewisse Ähnlichkeit. Sicher hat er auch kleinkariert angefangen, bevor er so berühmt geworden ist.

Er stellt sich kurz vor. Dann sind wir an der Reihe. Es geht, von mir aus gesehen, vorn rechts los. Ich höre genau zu, was die Leute vor mir so von sich geben. Na ja, wenn die auch so geschwollen schreiben wie sie reden …

Dann bin ich fällig. Reden ist Silber, ein bisschen reden ist auf Goldkurs, denke ich mir. Dann fange ich an, ohne davor aufs Klo zu müssen. Ich bin also null aufgeregt.

»Ich heiße Alfred, bin Münchner«, es sind auch Leute von außerhalb da, quasi Gastschüler, »und ich schreibe an einem Krimi. Eigentlich bin ich ganz zufrieden, aber wirklich rund läuft er nicht. Dass ich dem Bösewicht und einem Guten die gleichen Vornamen gebe, sowas darf einfach nicht passieren. Das verwirrt die Leser. Aber auch mit dem Drumherum habe ich noch Probleme. Darum bin ich hier. Meine Leser/innen sollen beim Schmökern zufrieden nicken, nicht verwirrt den Kopf schütteln.«

»Das gefällt mir, Alfred«, sagt der Autor und nickt. »Wenn ich an meinen ersten Roman denke …« Er grinst.

Nachdem sich der/die letzte/r Schüler*in bekanntgemacht hat, erzählt der Schriftsteller kurz etwas von sich, dann geht er zum Lehrstoff über. Jeder bekommt ein Blatt, auf dem ein kurzer Text steht, den wir uns durchlesen sollen. Danach will er wissen, was uns daran stört. Ich hebe den Arm, schnippe aber nicht mit den Fingern. »Alles«, sage ich. »Langweiliger geht's nimmer.« Wieder nickt unser Lehrer. Dann sollen wir anhand des Übungsblatts in nur zehn Minuten eine packende Kurzgeschichte schreiben. Wieder bin ich Klassenbester. Es ist einer mit dabei, der hat nix geschrieben. Bräuchte er nicht, er wolle eine Familienchronik schreiben. Darin würde sicher kein Paar vorkommen, das im Gebirge spazieren gehe und in Gefahr gerate. Wieder lächelt der Autor, aber anders.

Mittag sitzen wir gemeinsam beim bayrischen Italiener. Es sieht genauso urig aus wie die Bedienung spricht.

»Was woizn dringa? `S zum Essn mach ma nachada.«

Pizza, Spaghetti Carbonara, Vitello tonnato, Schweinsbraten, Gulasch, Schnitzel und Kaiserschmarrn. Und das auf nur einer Speisekarte in ein und demselben Restaurant. Genial!

Ich nehme eine große Cola mit Zucker und die Carbonara.

»Fuchzen fuchzig«, meint Resi. Ob die Bedienung damals mit Vornamen wirklich so geheißen hatte, keine Ahnung. Sie dürfte aber auf den Nachnamen Hintermoser oder so ähnlich gehört haben. Ausprobiert hatte ich dies jedoch nicht, als ich ihr die von ihr eben verlangten 15, 50 Euro plus Trinkgeld in die Hand gedrückt hatte.

Den Nachmittag hatten wir mit einigen weiteren Übungen, Fragen stellen sowie Kaffee mit Kuchen verbracht. Kurz vor siebzehn Uhr war es überstanden. Für den Autor, der sich in Gedanken über zwei, drei seiner Schüler sicher gefragt hatte, warum die in den Schreibkurs gekommen waren. Sie hätten genauso gut bei sich zu Hause in der Wiese Gänseblümchen pflücken können. Nicht den kleinsten Hauch von Talent. Für mich jedenfalls war der Tag wie der Lottojackpot. Lehrreich, interessant, lustig – rundherum gelungen. Der Autor hat sich aber auch wirklich reingehängt. Man hat gemerkt, dass er mit Leib und Seele Schriftsteller ist. Mit Leib und Seele stets bei der Sache sein, sagte er am Ende zu uns. Wer es nicht könne, der solle besser erst gar keinen Stift zur Hand nehmen.

Der Autor will sich eben verabschieden, da hol ich meinen Fotoapparat und seinen neuen Roman aus dem Rucksack.

»Würdest du mir bitte dein neues Buch signieren? Und ein Foto machen mit dir und mir ... zur Erinnerung an heute?«

»Freilich, Alfred, komm her. Bring einen Kuli mit, ich hab mein Zeug schon eingepackt. Was soll ich reinschreiben?«

Ein Raunen durchströmt den Saal. »Mist, an sein Buch hab ich blöde Kuh natürlich nicht gedenkt!«, klagt eine der Kursteilnehmerinnen. Der Autor winkt jene Dame zu uns, die vor Beginn gemeint hat, ich soll mir drinnen einen Platz suchen. Ich vertraue ihr meine Kamera an, der Autor und ich lächeln, dann macht es: *Klick.* »Mach noch zwei, drei Bilder, nur falls das erste Bild nichts geworden ist«, bittet er die Fotografin. Ich grinse noch mehr. Ich könnte jodeln. Würde ich das tun, bis Südtirol und an den Gardasee würde man mich hören.

Klick. Klick. Klick.

Dann ist für mich Ostern und Weihnachten zugleich. Der

Autor sagt etwas zu mir, das ich nie mehr vergessen werde.

»Du hast das Zeug zum Schriftsteller, Alfred. Bleib dran!«

Und wie ich das machen werde – jetzt doch erst recht! Wir verabschieden uns, ich fahre nach Hause und muss dabei die ganze Zeit über an den Satz denken. »Du hast das Zeug …«

Überglücklich packe ich meine Rucksack wieder aus. Die Kamera und das handsignierte Buch leg ich auf den Computertisch. Es ist mir schon zu spät, um die Bilder auf den PC zu überspielen. Morgen ist Sonntag, da habe ich den ganzen Tag Zeit, um es in aller Ruhe machen zu können. Jetzt hätte auch gar nicht den Kopf dazu. Der quillt nämlich schon über vor lauter Infos über die Schriftstellerei. Mit dem Kopf heute Nacht einschlafen, könnte etwas schwierig werden.

Irgendwann schlafe ich ein.

14

Ahhh, tut deeer guuut!

Gemeint ist mein erster Schluck Kaffee, der mir die Kehle runterläuft und ich ihn genieße, als hätte ich schon jahrelang keinen mehr getrunken. Da Sonntag ist und ich mir für heute vorgenommen hatte, das Haus nicht zu verlassen, reicht eine Katzenwäsche völlig aus. Hab ja genug Dusche aus der Dose im Bad stehen. Manche sagen Deo dazu. Walburga hätte sich fast in die Hosen gemacht, als sie das zum ersten Mal gehört hat. Ob ich ein neues Duschbad hätte, hatte sie mich gefragt, als sie mich mal an einem Sonntag besucht hat. Ja, hatte ich gesagt, mein neues Duschbad kommt aus der Dose. Pfft, pfft, schon bist du geduscht. Aber Vorsicht, nicht wie ich machen, in die Augen sprühen. Zum einen brennt das Zeugs höllisch, zum anderen werden die Augen nicht besser davon.

Frühstück gibt es auch nur to go. Toast mit Salami auf dem Weg rüber ins Wohnzimmer.

»Ich wünsche euch einen wunderhübschen guten Morgen, Jungs!« So nett begrüße ich all meine elektrischen Freunde, die mich aber scheinbar nicht vermisst hatten. Erst fahre ich den Computer hoch. Bei der Zigarette am Wohnzimmerfenster schaue ich mir auf der Fotokamera die Bilder mit mir und dem prominenten Autor an. Aber auf dem winzigen Monitor der Kamera ist nicht viel zu erkennen. Die Gesichter schon, aber sind die Bilder auch scharf? Das werde ich jetzt gleich sehen. Ich nehme die Speicherkarte raus. Ja, die Kamera ist schon digital! Nix mehr mit Film entwickeln.

Riesen Problem-Alarm!

Wo ist am Computer der Schlitz für Speicherkarten? Dass er einen, sogar mehrere davon hat, weiß ich. Aber wo ist er? Ist schon ewig her, dass ich mal Bilder vom Fotoapparat auf den Tower überspielt habe. Grübel, grübel. Front oder Heck? Ach, die Klappe! Also Front. Ich bücke mich, mein Rücken bedankt sich. Wie ein Bückling komme ich mir vor, als ich die Klappe suche - und auch bald finde. Sie ist per Druck mit dem Zeigefinger zu öffnen. O Wunder, sie öffnet sich sogar. Ich führe die Karte in das für sie vorgesehene Fach, und ich warte. Warte wieder mal, dass am Computerbildschirm eine bejahende Anzeige erscheint. Nix kommt! Karte raus, Karte rein. Uiii! Ja, natürlich will ich meine Fotos auf dem Monitor angezeigt haben. Frag nicht so blöd, hatte ich doch beim letzten Mal auch schon mit Ja beantwortet!

Sehr schöne Fotos … wäre nicht ich mit drauf. Shakira, die Sängerin mit dem genialen Hüftschwung, und die Judith von den Nachrichten, die mit ihrem spitzbübischen Lächeln, bei dem mir das Herz aufgeht, ja, dann wären die Bilder perfekt. Doch mein Leben ist eben kein Wunschkonzert, in dem ich mich einfach neben meine Traumfrauen setzen kann.

Ich kopiere … mein Computer kopiert auf meinen Befehl hin alle die schönen Bilder in einen Ordner Namens „*Fotos*", der sich auf irgendeinem Sektor der Festplatte befindet. Hab mal eine Festplatte komplett zerlegt. Der PC hatte den Geist aufgegeben, ich nicht. Er ist im Recycling gelandet. Man hat aus ihm Kochtöpfe und Angelhaken oder Mini-Roboter ohne Festplatte gebastelt. Können auch Knöpfe für Küchenschubläden daraus geworden sein. Oder Schneeketten.

Die Widmung im Buch des Autors ist kurz gehalten - aber persönlich. Was mich noch immer immens erfreut. Ich ziehe die Sim-Karte aus dem Schlitz, schließe den Deckel am PC und baue besagte Karte wieder in die 4-MP Kamera, die ich auch gleich wieder an ihren gewohnten Platz lege. Ordnung muss sein! Was ich jedoch nicht immer wörtlich nehme. Ich spiele nämlich gern Ostern und Weihnachten. Mal suche ich den royal-blauen Kuli, den ich dann irgendwann entweder in der Dose mit den indigo-blauen Kulis oder im Kühlschrank, gleich neben den fruchtigen P-M-Joghurts, wiederfinde. Bei dem Weihnachten-Spiel muss ich nichts suchen. Da lege ich einfach all die Dinge, die ich seit Langem vermisse, am Vorabend unter meinen geschmückten Weihnachtsbaum. Wenn dann an Heiligabend das zarte Glöckchen klingelt und das Christkind durch die offene Balkontür zur Nachbarin auf Nr. 12 fliegt, und ich all die tollen Gaben unter dem Baum sehe, freue ich mich wie ein Schneekönig. Eigentlich schade, wo ich doch so gerne suche. Frei nach dem Motto: Wer Ordnung hält, ist selber schuld. Aber Weihnachten gibt es noch mehr Geschenke. In der Adventszeit gehe ich schoppen, kaufe mir ein Buch, einen Kulischreiber und einen spiralisierten Kleinkaroblock. Die Sachen lasse ich mir noch vor Ort als Weihnachtsgeschenke einpacken. Mit Christmas-Schleifchen und einem Kärtchen, auf dem steht: *Für Fredy*. Daheim stelle ich diese Geschenke für mich selbst … nein, ich habe nicht das ganze Jahr den Christbaum stehen. Bis Mitte, Ende Februar, denn dann muss schon wieder die Osterdeko her. Grinsende Häschen, niedliche Küken, in Fernost bemalte Plastikostereier, die früher, in einem anderen Leben, PET-Flaschen für Wasser und so weiter gewesen waren. Am Weihnachtsabend packe ich die Geschenke von mir an mich mit weiten, erwartungsvollen Augen aus. Rotztücher zum schnäuzen halte ich da schon in der Hand. Zuvor wird lecker zu Abend gegessen, das Geschirr gespült und in die warme Badewanne gehüpft. In ein Fichtennadelschaumbad. Dänische Edeltanne-Art, so steht es zumindest auf der Magnum-Flasche. An der schnuppere ich, als wären da Gewürzspekulatius und Dominosteine drinnen. Aber es riecht nach Hoch-Schwarzwald. Südhang. Herrlich!

Erst wenn die Nachrichtensprecherin um Punkt sechs Uhr anfängt, packe ich meine Geschenk aus. Und ich freue mich jedes Mal. Wie damals als Kind, als die Ritterburg unter dem Baum gestanden hat. Ob ich nächstes Weihnachten …

So, Weihnachten wäre jetzt schon mal geklärt. Dieses Jahr bringt mir das Christkind eine Ritterburg.

Die Bilder sind auf dem Computer, die Kamera wieder im Wohnzimmerschrank und das handsignierte Buch des ruhmreichen Autors steht neben unsignierten Büchern. Jetzt kann ich auch loslegen. Aber mit was? Der gestrige, für mich sehr lehrreiche Tag ist schon verdaut. Was ich bei dem alles Kurs gehört, gelesen und geübt habe, sitzt in meinem Gedächtnis, wie festbetoniert. Eigentlich könnte ich ja an meinem Krimi weiterarbeiten. Gut dreihundert Seiten habe ich nun seit dem ersten Tag 1, der auch heute wieder ist, schon geschrieben.

Zwei Morde gibt es bisher. Meine Leser wissen auch, wenn das Werk denn auch endlich einmal auf den Markt kommen würde, wer der Übeltäter ist. Doch sie rechnen nicht mit meiner Arglist. Ich habe in die Story Stolpersteine gelegt. Halt! Nicht zu viel verraten, sonst ist doch die Spannung weg!

Ich hab doch gestern einen Spickzettel geschrieben, oder? Ich finde ihn im Geldbeutel. Nachdem ich erst den Rucksack auf links gedreht hatte. Kurs für Vermarktung, steht auf dem Wisch, den ich aber wegen meiner miserablen Sauklaue fast nicht *entbuchstabeln* kann. Ich gehe über den Browser in die Suchmaschine, die Webseiten besser finden kann als ich den royal-blauen Kuli. „*Kurse für Autoren*", lautet das Suchwort. Eigentlich Blödsinn. So einen Kurs habe ich ja gerade hinter mir, ich will nicht schreiben, vermarkten ist angesagt. Wenn mein Buch denn endlich mal …

Ich will eben ein neues Schlagwort eingeben, da sticht mir etwas ins Auge. Nicht das Langschwert von Ritter Willi Graf von Willisen. Es ist der Link zu einer Seite, auf der weitere Schreibkurse angeboten werden. Und da ich überhaupt nicht, niemals, nie, keinesfalls Neugierig bin, mache ich diese Seite auf. Der Kurs, der meine nicht vorhandene Neugierde weckt, findet nächsten Monat, also im November statt. Und er wird von einer Frau gehalten, deren Name mir irgendwie bekannt vorkommt. Ich bin mir sicher, dass ich mit dieser Frau schon mal zu tun hatte. Ein flüchtiger Blick zu meiner gut sortierten Hausbibliothek und mein Verdacht bestätigt sich. Es handelt sich um jene Autorin, deren Krimi ich vor einiger Zeit in den Fingern und gelesen hatte. Sie hat schon viele Bücher an den

Mann*in gebracht. Auch an Leser/innen.

Bah! Ich habe gerade eine genial fantastische Idee. Wegen dem Mann/Frau, Autoren*innen, Köchinnen und Köche und was man sonst noch so alles mit /* sagen und schreiben soll. *Früher, da war alles viel besser.* Viele Leute*/&%(=)innen, die wie auch ich, in eine bestimmte Ära reinkommen, sagen den Spruch gern: *Früher, da war alles viel besser.* Zu ihren Kindern, Enkeln, dem Chef, ihrer Haistylistin, ihrem Figaro, der Köchin und dem Herdbachelor. Dem Busfahrer, der bei jeder Haltestelle anhält, der rasenden Formel 1-Fahrerin. Ich weiß, wie man sich diese ganze viel Arbeit mit dem doppelt Schreiben sparen kann. Spart Tinte und schont die Umwelt. Und die Tastatur, auf der ja eh nur rumgehackt wird wie auf einen Prügelknaben, die wird auch geschont.

Herr/ Herrin.

Wenn wir uns nicht wie die Amis mit you, sondern uns mit Herr und Herrin anreden, ist das Problem gelöst. Einfach die Vornamen nicht mehr sagen, nur Herr oder Herrin.

Hallo, Herr! Ah, Servus, Herrin!

Und das, obwohl man schon seit dem Kindergarten per Du ist. Wenn ich zum Beispiel meine neugierige Nachbarin mit: Tag, Herrin Huber-Meier-Weber-Schmidt-Schmied-Wepps-Kleinschmitz, anrede, dann weiß ein jeder, der uns heimlich beobachtet, dass ich eben eine Frau begrüßt habe. Ihre sieben Familiennamen trägt die dumme Nuss, weil sie auch genauso oft verheiratet war. Nein, ich weiß was Besseres. Ich schreib ihr einen Brief, in dem ich sie auch so anreden werde.

Sehr geehrte Herrin Huber-Meier-Weber- ...

Ich hab gestern gesehen, dass sie ein Salatblatt, statt es in die im Hof stehende Biotonne zu werfen, in den Fahrradkorb von Herrin Kleinfuss gelegt haben. Und dem Herrn Eisinger haben Sie seine Klingel mit dem von Ihnen selbstgeschriebenen Namen Herrin Wolf-Hackbock zugeklebt, damit er seine allnächtlichen Besucherinnen nicht mehr empfangen kann. Womit Sie sich aber selbst ins Knie geschossen haben. Oder wollen Sie leugnen, dass sie jede Nacht, auch bei Sauwetter, mit der Videokamera auf dem Garagendach stehen, von wo aus Sie beste Sicht zum Herr Eisinger haben, um ihn und die jeweiligen Damen mit ihrem Nahaufnahmemodus zu filmen. Sollten Sie mit den Frechheiten und Schweinereien nicht augenblicklich aufhören, dann werde ich meine Informationen, die ich in Ton und Bild erfasst habe, an einen Ihnen bestens bekannten Schriftsteller weiterleiten. Dieser wird daraus ein Skandal-Buch machen und weltweit verlegen. Der Titel des Buches:

Die Dunkle Seite der Herrin Huber-Meier-Weber- ...

Sobald die Quatschtante den Brief gelesen hat, wird meine Türglocke klingeln wie einst der Glöckner von Notre-Dame in Paris die Glocken geläutet hatte. Und wenn ich dann mit Unschuldsmiene die Türe öffne, wird sie mich fragen, ob ich auch einen komischen Erpresserbrief bekommen hätte. Ohne Absender und Fingerabdrücke. Und Speichelreste vom Brief Zukleben habe sie auch keine mehr sicherstellen können. Ich erweise mich dann natürlich als Retter in der Not. Nehme ihr den Brief ab und verspreche ihr, dass ich mich umgehend mit meinen Freunden bei Hawaii 5-O, Schottland Yard und auch

179

den Geheimdiensten von Grönland und Kleintümpelshausen in Verbindung setzen werde. Den gemeinen Übeltäter würde ich höchstpersönlich in Bronze gießen. Die Statue könne sie sich in den Vorgarten stellen. Gleich neben die Statuen ihrer sieben so plötzlich verstorbenen Ehegatten.

Besagter Kurs findet also im November statt. Das passt, da ist Schmuddelwetter. Und was könnte es bei Nebel, feuchter Bettwäsche, die sie vier Tagen im Garten rumhängt und dort nicht trocknen will. Was könnte es Wundervolleres geben, als mit zwölf Gleichgesinnten/innen in einem gut beheizten Raum herumzusitzen, um sich von einer bekannten Autorin erklären zu lassen, wie man schreibt. Ein Buch, keinen Aufsatz über die großen Ferien in Südtirol. Ich, der in so Sachen wie Schreibkurse zu belegen, längst ein alter Hase bin, gehe also auf die Infoseite, um da zu erfahren, es sind noch zwei Plätze frei. Einer genügt mir aber. Obwohl? Ich könnte doch die Walburga fragen, ob sie nicht ein Buch über Glaskugeln, Tarotkarten, Räucherstäbchen, boshafte Flüche und Kräuter, die sich zum Vergiften eignen, schreiben will. Ich sofort ans Telefon. *Klingeling.* Wäre super wenn ... Oje, sorry, Fredy. Ein andermal liebend gerne, stottert Walli höchstverdächtig herum, aber genau an diesem Tag habe sie schon etwas vor. Merlin würde zu ihr auf Besuch kommen. Ich könnte ja nach dem Kurs bei ihnen vorbeilugen. Sie habe schon ein bisschen in ihrem Kochbuch geblättert. Fledermaus auf Krötenpüree mit würziger Teufelskralle-Eisenhut-Soße würde sie abends kochen. Nachtisch: Bittermandel-Schokopudding mit selbst gezüchteten Tollkirschen und gehobelten Wildschweinkrallenblättchen. Als Entree gebe es eine Kugelfischsuppe mit al

✒ 180

dente gekochten Adlereiern. Kugelfischsuppe hätte sie noch eingefroren. Der letzte Gast, der hiesige Gerichtsvollzieher, habe davon nur drei Löffel gegessen. Er habe ganz plötzlich über mittelschweres, eher heftigstes Bauchweh gejammert. Seitdem habe sie nix mehr gehört von ihm. Er sei aber auch schon sehr alt gewesen. So zwischen hundertdreiundfünfzig und siebenhundertdreizehn.

Ich buche dann nur einen Einzelplatz, schwöre aber zuvor der Walburga Rache. In Gedanken natürlich, ganz mini leise. Walburgas Glaskugel hat nicht nur gute Augen …

Ich drucke aus. Drei Blätter sind es. Das Original und zwei Fälschungen. Für meinen neuen Laser war dies die Premiere. Ein paar Probeausdrucke hab ich nach seiner Installation mit ihm schon gemacht, doch die zählen ja nicht. Das ist bei ihm wie bei mir der Tag Eins meiner steilen Autorenkarriere und dem Kalender, der statt 365 Tage nur noch einen Tag hat.

Diese drei Blätter werde ich, voraussichtlich demnächst, in die Ablage für Kursanmeldungen legen. Muss ich aber zuerst kaufen, hab nur welche für dies und das. Danach schließe ich das Fenster. Computer, nicht Wohnzimmerfenster. Und weil ich zwei Fenster geöffnet hatte, bleibt davon eins offen. Das mit den Kursangeboten. Der Mauszeiger ist auch schon auf dem besten Weg zum X (Das X ist eine Abkürzung, schließt schneller. Wenn man Pech hat und das falsche X wählt– alles futsch!). Zu dem Schreibkurs hat sich ein Kurs für Vermarktung von Büchern geschlichen. So ein Lümmel!

Reinschauen kostet nix, denke ich und klicke die Seite an. Der Kurs ist Anfang Februar. Ich buche ihn. Das wäre doch gelacht, wenn ich meinen Bestseller nicht an einem Tag fertigbrächte! Ob dieser Tag heute oder … Egal, es wird immer Tag Eins sein. Egal ob im Februar, März, April …

Kurzes Kaffee- und Zigarettenpäuschen, dann gehts schon munter weiter. Alle Fenster sind zu geixt, jetzt auch das eine im Wohnzimmer. Krimi laden, die letzten Sätze noch einmal überfliegen, so finde ich den Anschluss schneller. Ich bin bei einem brenzligen Part hängengeblieben, der mir etwas Kopfzerbrechen bereitet. Sollte der Mörder das Opfer einfach nur abknallen oder es diesmal wie einen Unfall aussehen lassen? Ersteres wäre schneller geschrieben. Knarre an den Schädel, abdrücken – mausetot. Die zweite Variante wäre da natürlich etwas anspruchsvoller. Für mich, und die Leser, unter denen sich sicher auch Leserinnen befinden. Noch sind sie es nicht. Ich kann mich nicht entscheiden. Also nehme ich einen von meinen gelben Selbstklebemerkzetteln zur Hand, kritzle ein paar Stichpunkt drauf und klebe ihn auf das leere Karoblatt, auf dem mittlerweile X solcher gelber Zettel kleben. Ich hab die bisherigen Stichpunkte noch nicht in das Geschehen mit eingebaut. Oder einfach nur vergessen, die bereits erledigten Zettel wegzuwerfen. Aber das hat Zeit, ich schreibe doch erst nach meiner Zeitrechnung die dritte Stunde am Krimi. Drei Seiten schreibe ich noch, dann speichere ich ab. Die Kopie hinterlege ich in meiner Wolke. In der befinden sich bereits ein paar andere Kopien und Fotos, die ich wahrscheinlich die nächsten Wochen, Monate und Jahre nicht anschauen werde, da sie mich auch da nicht groß interessiert hatten, als ich sie digitalisierte. Das ist wie mit dem alten Gerümpel im Keller. Aus den Augen …

Computer ist aus, der Bauch ist voll und der Kopf leer, da geht heute nix mehr rein. Halt, Widerspruch! In einen leeren Kopf passt sogar sehr viel rein. Aber weil ich kein Buch über die Anatomie und Biologie der Menschheit schreibe, erspare ich mir das Grübeln, was man in einen leeren Kopf so alles reinpacken könnte. Stattdessen schalte ich den Flachbild ein, wozu ich mich noch nicht mal von der Couch erheben muss. Ein sanfter Druck auf die Fernbedienung, schon erscheint ein Bild. Perfektes Timing. Noch drei Sekunden, dann beginnen die Abendnachrichten.

Die Kamera schwenkt auf die Ansagerin, die heute wieder mal unwahrscheinlich bezaubernd, faszinierend aussieht. Sie wartet noch auf das Kommando der Regie, das ihr unsichtbar ins hübsche Ohr übermittelt wird. Ein smarter Blick auf die Zettel, die vor ihr auf dem hochglanzpolierten Pult ruhen. In mir steigt die Spannung, meine Nerven sind angespannt wie dünne Drahtseile. Einmal dezent räuspern, dann sind die drei Sekunden sind um und ihre sympathischen Stimme begrüßt die Zuseher/innen.

»Guten Abend, meine Herrinnen und Herren. Wie immer, das Wichtigste zuerst.« Plötzlich kommt eine Hand ins Bild und schiebt ihr ein weiters Blatt zu. Als sie es rasch und ohne anzufassen liest, werden ihre hübschen Augen immer weiter. »Hallo, Regie?«, fragt sie und zeigt hebt den eben erhaltenen Wisch in Kamera 1. Nein, das sei kein übler Scherz, kommt es aus dem Regieraum über Lautsprecher. Die Stimme hatte leicht vibriert.

»Wie mir der Regisseur soeben mitteilt, konnte er, da auch

wir seit gestern schnelles Internet haben, die gleich folgende Eilmeldung weltweit an alle Fernseh-, Radio- und Webstationen weiterleiten.« Ihr überaus charmanter Blick, der sonst dem eines zarten, unschuldigen Engels gleicht, scheint genau an der Kamera vorbeizugehen, was jedoch am Kameramann liegt, der die nun gleich folgende Nachricht bereits kennt und daher die Kamera verrissen hat. Doch er merkt es selbst und korrigiert den Fehler. Die Sprecherin war kurz irritiert, doch sie ist Profiin. Eine echt coole Socke, wie man so schön sagt. Wobei die Betonung auf *schön* liegt. Ein smartes Lächeln in die Kamera, dann liest sie vor.

»Eilmeldung! Alarmstufe Rot! Wie uns unser Strohmann vor wenigen Augenblicken aus dem Leuchtturm von Emden per abhörsicherem Nano-Code mitteilt, ist ein Schnellruderschlauchboot aus Grönland in Kleintümpelshausen gelandet. Eine Delegation, bestehend aus Bürgermeister, Bademeister und dem 8-fachen, auch derzeit amtierenden Weltmeister im Eiswürfelweitwurf waren an Bord. Die Kleintümpelshausner Bürger haben jedoch mit Hilfe von verschiedenen Handwerken, umgehend eine achtzehn Meter sechsundzwanzig hohe Stadtmauer gebaut. Die dreizehn Wehrtürme werden in circa fünf bis zehn Minuten fertig sein. Damit diese auch standhaft bleiben, werden sie noch mit bereits gebrauchten, aber noch in sehr gutem Zustand befindlichen Zahnstochern, gestiftet von Kommissar Hansen, verstärkt. Noch weiß man nicht, um was es den Grönländern bei dem überfallartigen Erscheinen geht. Unser in Kleintümpelshausen stationierter V-Mann ist aber dabei, es auszuspionieren. Eben sitzt er, unter Einsatz seines Lebens, bei Ella Baronesse Freiin zu Thun und Fisch, und versucht fieberhaft, bei Eiscafé und lecker Käsekuchen, neue Einzelheiten zu erfahren. Da der Käsekuchen aber erst auftauen muss, was bekanntlich in Südost-Grönland länger dauert als im sonnenverwöhnten Kleintümpelshausen-West, kann dies noch ein paar nervenaufreibende Stunden dauern. Den Käsekuchen hatte die Frau Gemahlin des Vorsitzenden der Grönländer Feuerwehr nach dem Backen eingefroren, da sie nicht gewusst hatte, dass ihr Gatte noch heute in das weit entfernt liegende Friesland reisen müsse. Ein Krisentreffen der EU soll noch vor Mitternacht stattfinden. Der Treffpunt für die 2684 Abgeordneten, die für den Kreis: Leer-Emden-Grönland-Kleintümpelshausen zuständig sind, ist zwar noch strenggeheim, aber am Hamburger Fischmarkt hat eben ein mit Kaviar und Champagner beladener Ozeanriese angelegt. Bei dem Schiff soll es sich laut Augen-Ohren-Zeugen um die Queen Walburga I. handeln. Was jedoch bislang noch nicht bestätigt ist. Der Riesen-Pott soll 2684 Ledersessel und eine größere Anzahl grüner Tische an Bord haben. Ob dem Eilantrag der Reeperbahn KgOFLHgAgMbH mit unbeschränkter Haftung, heute durchgehend geöffnet haben zu dürfen, auch zugestimmt wird, bleibt abzuwarten.«

Sie lächelt. Süß! Herzerwärmend! Ich schmelze.

»Und jetzt, weitere News. München: Der „Alte Peter" wird nicht in „Junge Petra" umbenannt. München: Es wird keine Magnetschwebebahn geben. Dafür ist jetzt geplant, dass man alle Reisenden per Heißluftballons, die vom Marienplatz aus starten sollen, zum Flughafen zu bringen. Die Passagiere, die an Höhenangst leiden, müssen blickdichte Augenbinden und

Ohrenstöpsel tragen. München: Die Debatte über die Städte-partnerschaft zwischen München und Kleintümpelshausen-Nord stocken. München: Das Wetter.« Und wieder wird die Ansagerein von der Regie unterbrochen. »Nein, Judith, der Münchner Wetterbericht fällt heute aus. Macht aber nix, die Bayern machen ja eh immer, was sie wollen. Sie gehen sogar in kurzen Lederhosen auf die Zugspitze, wenn es dort regnet, stürmt und Schnee schneit bis ins Tegernseer Tal. Nimm den Wetterbericht von Rio de Janeiro, Judith. Die Zuseher/innen freuen sich sicher, wenn auf unserer Wetterkarte die Sonne auftaucht. Wir blenden dir auch ein Bild vom Zuckerhut ein, dann können die Zuschauer schöne Selfies machen.«

»Wetter: Rio: Sonne, 34 Grad, trocken. Achten Sie auf die Leber, wenn Sie an der Poolbar oder der Copa Cabana sitzen. Sobald aus dem Emdener Leuchtturm Neues kommt, senden wir von dort eine Live-Sondersendung. Schönen Abend, die Herrinnen und Herren.«

Bah, das ist ja vielleicht ein Hammer! Ich bin baff.

Ich reibe mir beide Augen und sehe, wie die nett lächelnde Sprecherin das morgige Wetter verkündet. Die Nachrichten, auf die ich so gespannt gewartet hatte, hatte ich verpasst. Ich bin kurz zuvor eingenickt und hab nur Scheiß geträumt. Dass ein Schnellruderschlauchboot aus Grönland … Ich schalte um. Ui! Oh! Traumschiff – Malediven. Da kriege ich immer Fernweh. Was ich an den Malediven so liebe? Da braucht man keine Fenster zu putzen. Und die Dusche ist im Freien. Da kann man pritscheln und planschen, wie man will, keinen stört es. Dass man seinen Nachbar, der unter einem wohnt, ertränken könnte, während man so genüsslich duscht, kein Thema. Unten ist nix. Nur oben. Strahlendblauer Himmel.

Eineinhalb Stunden träume ich vor dem Fernseher sitzend von staubfeinem Korallensand, wolkenlosem Himmel, Haie füttern, schnorcheln und einem köstlichen Abendbuffet, das keine Schlemmerherzen-Wünsche offen lässt. Abspann. Ich greife zu der Taschentücher-Box, die griffbereit auf meinem Wohnzimmertisch steht, doch sie ist leer. Vor dem Film war sie noch halb voll.

Tschüss, Malediven, bis nächstes Mal.

Ich schalte den Flimmerkasten aus und trotte langsam ins Bett. Morgen ist schon wieder Montag. Man freut sich, dass endlich Sonntag ist, da ist er auch schon wieder vorbei. Aber das ist mit allem so, was schön ist, es vergeht rasend schnell. Das merke ich besonders dann, wenn ich morgens in meinen Spiegel schaue.

Ich stecke den Kopf ins Kissen und schlafe ein.

15

Bei der Arbeit war alles ganz normal. Wirklich alles? Nein, nicht ganz. Eine Kollegin in Urlaub, eine krank. Und die, die mit mir die ganze Arbeit schmeißen sollte, hat keinen Bock gehabt, hatte genauso schnell gearbeitet, wie sie dumm in der Gegend herumgeschaut hat. Wenn sie nicht gerade mit ihrem Handy beschäftigt war. Hatte versucht, sie mit lustigen Sprüchen anzutreiben, hat aber nix gebracht. Ich bin zur Chefin. Könntest du bitte der Herrin … in den Hintern treten, hab ich mich beschwert. Die Chefin hat mir den Vogel nicht gezeigt, aber an der Schläfe hat sie sich gekratzt. Und sie hat gemeint, würde sie das jetzt machen, würde Herrin … drei Wochen lang krankfeiern. Ich solle etwas mehr Gas geben. Habe ich natürlich nicht. Was war das Ende dieser Tragödie? Morgen, wenn meine anderen Kollegen und Mitarbeiterinnen aus der Freizeit zurückkommen, ersticken wir in Arbeit.

Auf meinem Nachhauseweg gings munter weiter. Ich hatte gedacht: Pah, das schaffst du ja locker, leider zu früh gefreut. Fünfzig Meter hatten mich noch von zu Hause getrennt, doch dann war es auch schon losgegangen. Das Sauwetter, das für München vorhergesagt gewesen war. Mir der Wetterbericht von Rio lieber gewesen, aber den hatte ich Schlafmütze ja verpennt. Jetzt als blinder Passagier auf dem Traumschiff auf dem Weg zu den Malediven, das wärs.

Dann ist mir beim Frühstücken die halbe Semmel mit der

Putenbierwurst auf den Boden gefallen. Selber schuld! Was muss ich Hirnbeiß auch mit der Semmel vom Wohnzimmer rüber ins Schlafzimmer laufen und dabei über meine eigenen Beine stolpern. Die Semmel hab ich trotzdem gegessen. Die 3-Sekunden-Regel! Bei 4 Sekunden hätte ich sie nicht mehr vernascht. Zu viele Bakterien oder so. Ich hätte die Semmel auch alternativ in die Waschmaschine stecken können, dann wären eventuell an der Wurst klebende Viren und Bakterien voll kaputtgegangen. Ob es die Semmel allerdings überlebt hätte? Keine Ahnung, hab ich bisher noch nicht ausprobiert. Dampfstrahler? Solarium? Haha, das wäre echt lustig. Legst dich mit einer blassen Wurstsemmel ins Solarium und nach dreißig Minuten hast du eine geröstete Semmel, die aussieht, als habe sie auf den Malediven Urlaub gemacht.

Aber das war noch nicht alles. Als ich die Waschmaschine einschalte, fliegt die Sicherung raus. Die ist jetzt wieder drin und die Maschine schnurrt wie ein Kätzchen. Naja, eher wie ein Kater, der sich in der Tür alle vier Pfote einquetscht. Ah, die Wäsche, sie hängt nicht mehr auf dem Speicher. Ich weiß nicht mehr, wann ich sie runtergeholt habe, aber getan hatte ich es sicher. Ich glaube, ich hatte sogar darüber berichtet. In dem Absatz mit der Bügelei, die für mich noch immer zu den unnötigsten Erfindungen der Neuzeit gehört. Darum sage ich doch: Früher war alles viel besser. Säbelzahntiger erlegt, Fell abgezogen, schicken Body und Schuhe genäht ... Die Nadel erfand man lange vor dem Rad. Aus dem Fleisch hatten sich ich und meine Neandertalersippschaft Münchner Bratwürstl, Wildgulasch oder Jäger/innen-Schnitzel alla Säbelzahntiger gemacht. Oma und Opa Neander hatten am liebsten Knochen abgenagt, mit denen unser Nachwuchs dann Mikado gespielt hat. War auch ein echter Streber drunter. Der damische Depp hat mit den übrigen Knochen moderne Kunst gemacht. Aber nur mit den kleinen, nicht mit Oberschenkel oder Hüftschale. Hatte sie zuerst in den Händen geschüttelt, danach hat er sie auf dem Boden ausgelegt. „*Runen*" hat er die Kunst genannt. Runen hat er sagen können, aber für Tyrannosaurus Rex hat sein Flugsaurierhirn nicht gereicht. Alt geworden ist er auch nicht. Der Vollidiot ist beim Höhle frisch rausweißeln von der selbstgebauten Leiter aus Mammutstoßzähnen gefallen.

Gerade wuselt ein Oachkatzl, (bayrisch für Eichhörnchen), über die noch nicht schneebedeckte moosgrüne Wiese. Wäre auch etwas früh. Es ist noch gar nicht Winter. Ich stehe am Wohnzimmerfenster und prüfe, ob mein blauer Dunst royal oder Königsblau ist. Er ist nebelgrau. Dem flinke Räuber mit seinem langen, buschigen Schwanz habe ich schon oft zugeschaut. Die letzten Tage hat er Moos und so Zeug gesammelt wie verrückt. Haus bauen. Er ist ständig gerannt, sobald sein kleiner Mund mit Grünzeug voll war, hatte ihm Frau Eichhörnchen gesagt, wo sie die Küche und die drei Kinderzimmer hinhaben wolle. Jetzt sammelt er aber für den nahenden Winter Nüsse. Eicheln und andere Leckereien, die er danach irgendwo im Park vergräbt. Ich gehe in die Küche und grabe einen Pfirsich-Maracuja-Joghurt aus. Den Schönheitsschlaf hab ich schon zwischen jetzt und vorhin gehalten. Geholfen hatte der auch diesmal nix. Aber immerhin etwas ausgeruht bin ich jetzt. Meine Pechsträhne scheint auch um zu sein. Ich stolpere nicht mehr über die eigenen Füße, die Sicherung ist auch noch drin. Als ich den Computer hochfahre, explodiert er nicht.

Heute ist Mittelalter dran. Ich lade mir „*Eichenschön*" und lese die letzten Sätze. Ich muss nicht mal überlegen, wie es nun weitergehen könnte mit dem heiter-spannenden Roman, da fangen meine Finger auch schon zu tippen an. Eine Seite nach der anderen füllt sich mit Buchstaben. Fast zehn Seiten schaffe ich heute in nur drei Stunden. Normalerweise sind es vier bis sechs. Wie ich schreibe? Ich tippe erst mal alles, was mir so in den Sinn und Unsinn kommt, in den Computer ein. Natürlich nur das, was zum jeweiligen Roman passt. Kommt aber durchaus einmal vor, dass ich im Eifer des Gefechts was schreibe, das wenig Sinn ergibt. Solche Szenen lösche ich, bevor ich am nächsten Tag weiterschreibe, denn da fällt mir der Blödsinn meist erst auf. Dann, wenn ich die letzten Seiten noch einmal Wort für Wort überfliege, oder wenn ich am Ende die Korrekturarbeit vornehme. Drei bis vier Mal gehe ich das Manuskript komplett durch. Das ist eine total nervige Arbeit. Man kennt die Geschichte schon auswendig, weil du sie ja selber geschrieben hast, musst sie aber dennoch X-Mal durchgehen. Und jedes Mal fällt dir noch was Neues auf oder ein. Ich hab mal … Ups! Das war jetzt so ein Fehler. Ein sehr grober sogar. Der Hinweis mit dem Schreiben und Korrigieren, der hätte erst am Ende dieses lehrreichen, geistig wertvollen Buchs erscheinen sollen. Ich lasse es trotzdem stehen. Nicht aus Trotz, ich habe nur Angst, dass ich genau diesen einen Abschnitt vergesse, am Schluss noch mal einzutippen. Keine Fragen offenlassen hat uns der berühmte Schriftsteller gewarnt.

»Stellt euch vor, ihr kauft ein neues Buch, schlagt es hastig mit neugierigen Augen auf und lest dann folgendes:

Seite 61: ein grausamer Mord passiert! Toll, supi, jubelt da doch wohl ein jeder Krimifan/fanine. Der arglistige Killer … nennen wir ihn einfach mal Willi. Er versteckt die Tatwaffe. Letze Seite - vor dem Epilog. Willi schießt mit der Tatwaffe auf Kommissar Hansen, obwohl die Waffe seit Seite 61 im Versteck ist. Hä, wann hat er *die* denn rausgeholt? Genau das fragt sich die gesamte Lesergemeinschaft, wenn sie mit dem Krimi durch ist. Doch ihre Frage bleibt unbeantwortet. Hätte sich der Mörder zum Beispiel auf Seite 309 eine neue Waffe besorgt, kein Problem. Aber mit einer Waffe schießen, die in einem Versteck … Also, Augen auf beim Schreiben.«

Das erinnert mich an die beiden gleichen Vornamen. Was hatte ich mich da smaragd-grün und royal-blau geärgert. Ist mir aber dann nicht nochmal passiert.

„Königreich Eichenschön", ist auf dem PC wie auch in der Wolke abgespeichert. Das kann sich also jetzt mehr nicht in Luft auflösen. Da ich ja gerade den Professor Klugscheißer mime, noch ein Tipp. Früher, in den ersten Minuten meines noch immer andauernden Tag Eins, hab ich die Kopien nicht zusätzlich in der Wolke, sondern auf USB-Stick gespeichert. Ist mir dann aber irgendwann zu dumm geworden, am Ende des Schreibtages extra aufstehen zu müssen, um den Stick zu holen, der drei Meter entfernt auf dem Wohnzimmerschrank lag. Oder, wenn ich mal ausnahmsweise vor dem Schreiben daran gedacht hab, dass ich nach dem Schreiben abspeichern will, musste ich trotzdem den Stick einstecken, ein Laufwerk

auswählen, den Dateinamen abändern und xy-Mal auf „*OK*"
tippen, ehe die neue Datei dann endlich auf dem USB-Stick
gelandet ist, damit ich das nächste Mal vergesse, dass ich am
Ende des Schreibtages den Stick brauche, um die neue Datei
auf diesem abspeichern zu können. Nervt brutal! Die Wolke
ist immer da, auch bei strahlendblauem Himmel auf den Malediven. Ach ja, noch ein Tipp: Kurze Sätze! Der Satz vorhin
mit dem Abspeichern war fast acht Zeilen lang. Grenzwertig
würde jetzt der weltberühmte Autor sagen. Da bekommt die
Drohung: *Jetzt mach aber mal nen Punkt!*, doch gleich eine
ganz andere Bedeutung.

Ich speichere meine Romane unterm dem ein und selben
Namen ab. Heute Eichenschön-1, morgen *-2, usw. Nach ein
paar Tagen dann unter Königreich-1 … Ob das etwas bringt?
Ich weiß es nicht wirklich, hab aber einige Male festgestellt,
dass, wenn ich mir beim Abspeichern zu wenig Zeit gelassen
habe, am nächsten Tag Fehler waren im Manuskript. Ich bin
aber sicher, dass ich mich beim Schreiben vertippt hab. Seit
ich eine Wolke hab, vor allem aber, wenn ich dem Computer
genügend Zeit gebe, um das Manuskript unter seinem neuem
Namen ordentlich abzuspeichern, klappe es auch. Also, nicht
hudeln, dann wird es auch was.

Himmel, die Post! So gegen zwei Uhr nachmittags hat sie
schon die Einwurfklappe meines Briefkasten passiert. Jetzt
liegt die Post oder Reklame noch immer im ~~Fluss~~ Flur. Ups!
Achtung, liebe Leser und Schmökerinnen! Verschreibfehler,
wie Fluss statt Flur nicht nur durchstreichen, löschen. Außer
der Killer geht einkaufen und streicht auf der Einkaufsliste

alles durch, was er schon im Einkaufswagen oder Körbchen hat. Milch? Hab ich. ~~Milch.~~

Wäre meine Klappe etwas größer, ich meine natürlich die Klappe vom Briefkasten, und hätte es sich beim Posteinwurf nach Glas angehört, so würde ich jetzt sagen, es handele sich dabei um die von mir schon lang und sehnsüchtigst erwartete Flaschenpost aus der Südsee. Ist es aber leider nicht. Und ich dachte schon, meine Inselschönheit hat Sehnsucht nach mir. Naja, vielleicht morgen. Die Hoffnung stirbt zuletzt!

Hurra! Werbung! Wer sollte mir auch sonst schreiben. Ich öffne sie, obwohl ich weiß, gleich wird die Papiertonne einen Freudensprung machen. Ich lese diesen knallbunt gestalteten Zettel sogar bis unten hin fertig. Und ich grinse.

... wurde maschinell erstellt, ist ohne Unterschrift gültig.

Die sind ja, lustig! Nirgendwo steht ein Name, warum also sollte eine Unterschrift drauf sein. Mustermann, Musterfrau, damit könnte ich leben, aber ganz ohne? Ich sag ja auch nicht zu meiner neugierigen Nachbarin: ... Na, nix gehört? Genau! Genauso liest sich auch ein namenloser Werbezettel.

Heute Abend gibt's was Leckeres. Pommes rot-weiß. Aber nicht Pommes, Ketchup-Majo. Heiße Himbeeren und warme Vanillesoße! Quatsch! Blödsinn! Gibt's doch gar nicht. Oder doch? Ich dachte nämlich eben an eine Kochsendung, die ich neulich sah. Da hatte wer etwas gekocht ... wenn man es so nennen will. Einem Profi*in würde man glatt das Restaurant zusperren. Aber wie heiß es so schön: Die Geschmäcker sind verschieden. Und wie!! Wenn ich das nächste Mal an einem Restaurant vorbeikomme, das Pommes to go hat, bestelle ich mir die mit heißen Himbeeren und Vanillesoße. Wenn's geht al dente, mit Pecorino-Käsekruste und Rosinen. Mal sehen, was das Personal dann mit mir macht.

Hallo, Klapsmühle, ich komme …

16

Kann das sein? Kaum sind wieder 24 Stunden um, habe ich das Gefühl, ein ganzer Tag wäre vergangen.

Aber nicht mit mir. Zum Glück hatte ich vor Monaten die geniale Idee mit meinen Kalendarien. Auf denen existiert nur der Tag, an dem ich beschloss, in einem Tag ein berühmter Schriftsteller zu werden. Ab dem Tag sind alle darauffolgenden Tage nicht mehr mit Datum und Wochentag angegeben, sondern nur noch mit Gänsefüßchen. Bis auf jene Tage, die vor dem ersten Tag Eins gewesen waren. Seither mache ich mir auch keine Gedanken mehr darüber, welcher Tag heute ist. Ob ich morgen wieder in die Arbeit muss … darf, erfahre ich entweder von den/der Nachrichtensprechern*innen oder ich schaue aufs Computerdisplay. Habe schon mal versucht, das Tagesdatum zum Stillstand und die Uhrzeit auf Zeitlupe zu bringen. Geht nicht. Es gibt auch noch keine App dafür. Hab ich schon gegoogelt. Vier, fünf Suchmaschinen habe ich von D wie Datum bis U wie Uhrzeit durchgewühlt. Nix. Ich könnte alle Zeitzonen ändern, indem ich in „*Einstellungen*" behaupte, ich lebe in Australien. Aber dann bekomme ich die Updates und die wichtigen Infos nur noch in Australien-Englisch. Was ein Problem wäre. Ich spreche nur zwei Sprachen. Gut Bayrisch - Hochdeutsch mit kleinen bis mittelschweren Fehlern.

Wenn ich über den Münchner Viktualienmarkt schlendere,

dort einen Hamburger/in treffe (Hamburger mit zwei Füßen, nicht mit Gurke), ich zu dem/der »Moin« sage, dann ist das noch lange keine Fremdsprache. Ich kenn das Moin auch nur vom Hörensagen. Krimiserien und so. Sonst könnte ich doch jetzt behaupten, ich kann perfekt Schwyzerdütsch. Hatte mal zu einer Schweizerin gesagt: Salü! Grüezi! Das habe ich aus der Schoki- oder Käse-Werbung. Könnte aber auch in einer Uhren- oder Berghüttenurlaubenwerbung gewesen sein.

„Grüezi und Salü! Mach mal Urlaub und brenne dir deinen Enzian in einer unserer vielen begehrten Berghütten in 6387 Metern Höhe selber. Melke um halb 5 Uhr morgens unsere schwindelfreien Hochalpin-Kühe und mähe von Hand unser frostsicheres Gras und füttere die Steinadler. Und das ganze Vergnügen kostet dich nur sagenhaft günstige 799.- Schweizer Franken pro und je Nacht/Tag. Im EZ 849.- Die An- und Abreise zu den Hütten (per Helikopter) kann optional gegen eine kleine Unkostenpauschale von nur 1299.- SFR hinzugebucht werden. Als kleiner Willkommensgruß erwartet euch ein Bergführer, der euch für ein kleines Taschengeld (499.-) zum Gipfelkreuz führt. Heringe, Eispickel, Steigeisen, sowie reißfeste Seile können ausgeliehen werden."

Diese Art der Werbung gibt es natürlich nicht wirklich. Ich bin mir aber nicht so sicher, ob ich mit diesem Beispiel jetzt keine Lawine losgetreten habe.

„Tauchen Sie mal ab. Am besten im Mariannen-Graben."

Puh. Da muss man aber ganz schön tief Luft holen, damit man die über 10.000 Meter unter Meeresspiegel schafft.

Da meine Arbeit eh bloß aus Arbeit besteht, versuche ich

ab sofort, diesen Teil wegzulassen. Spart Zeit und Tinte. Die Zeit nutze ich lieber für andere Dinge. An den Manuskripten weiterschreiben, Wäsche vom Speicher holen … Nur wenn ich Urlaub mache, erwähne ich die Arbeit. Ungefähr so:

Ah, endlich Urlaub!

Der Computer ist für jede Schandtat bereit. Ich auch. Also dann, ran ans Werk. Der Krimi naht sich seinem Ende. Beim „*Königreich Eichenschön*" tut sich zwar auch recht viel, bin aber erst bei ungefähr Seite 260. Vierhundert fünfzig soll bei mir ein Roman mindestens haben. Ein Kochbuch 3. Apropos Kochbuch. Die Pommes rot-weiß, die mit Himbeeren, stehen schon drin in meinem Kochbuch, das ich irgendwann einmal publik machen werde. Aber nicht auf dem Buchmarkt. Auch nicht in einer eigenen Kochsendung. Und auch nicht … ach, auf meinem Küchenschrank ist es gut aufgehoben. Man soll bekanntlich keine alten Bäume verpflanzen. Das Rezept von den Pommes habe ich um eine Variante erweitert. Pommes mit Wasabi-Knoblauch-Dip und Birne „Natascha".

Der Schriftstellerkurs, den eine Autorin leitet, er wird wie geplant stattfinden, sagt die Infoseite, die ich abonniert hatte, um stets auf dem Laufenden zu bleiben. In wenigen Tagen wird es so weit sein. Dem Rucksack hab ich schon zugezwinkert. Das Kursus-Haus ist gut zu erreichen. Ganz in der Nähe ist eine U-Bahn-Station. Auch ein Restaurant für den schnellen Appetit, eine Drogerie, eine Bank, gleich ums Eck herum sind eine Apotheke ein Bäcker und eine Metzgerei, in der es die besten Semmeln mit warmem Leberkäs am Platz geben soll. Verhungern kann ich also schon mal nicht.

Wo das Klo ist, das kann ich ja dann nachfragen, wenn ich dort bin. Beim letzten Kurs war Verköstigung (Selbstzahler) auf dem Plan gestanden, diesmal nicht. Daher werde ich ein, zwei Packungen Lebkuchen einpacken. Bin schon gespannt, wie lehrreich der Kurs sein wird. Er dauert zwei ganze Tage. Samstag, Sonntag. Zum Schlafen dürfen wir natürlich nach Hause fahren. Das Haus ist nur für Lernzwecke ausgerüstet, hat weder Königs-Suiten noch eine Bar, in die man sich am Abend setzen und flirten könnte.

»Lest zwischendurch auch mal Bücher von verschiedenen Autoren/innen«, so die weisen Worte des berühmten Autors. »So seht ihr, wie unterschiedlich Schreibstile sind. Jeder hat seinen ganz eigenen Stil, oder jeder sollte einen persönlichen haben. Abkupfern gilt nicht! Das ist nicht nur öde, erkennen tun es die Leser und Leserinnen sofort. Das zeugt von wenig Geist. Und wenn ihr euren Protagonisten Namen gebt, dann nehmt bitte nicht: Huber, Meier, Weber … Lasst euch etwas einfallen. Wer noch ein altes Telefonbuch besitzt, schaut mal rein. Da stehen Namen drin: Leinweber, Meierhofer, Huberbauer. Es müssen im Buch auch nicht jede Frau Uschi oder Chantal heißen. Bei Männern sind gerne Namen wie … fällt mit jetzt nicht ein.«

Da ich ja ein gelehriger Schüler bin, schalte ich meinen PC aus, hole mir einen Becher Kaffee und eines der Bücher, die ich vor einiger Zeit angefangen hatte zu lesen, lege mich auf die Couch und lese. Und ist stelle fest, dass ich plötzlich ganz anders lese. Ich achte nun zum Beispiel auf Dekowörter. Das sind solche Umschreibungen wie: schimmert, moosgrün und blutrot. Beispiel: *Das Schwert liegt nach dem Zweikampf in der Sonne.* Nee, soo nicht! *Nach dem Zweikampf schimmert das mächtige Schwert in der gleißenden Mittagssonne, färbt die moosgrüne Wiese blutrot.* Anschließend kommt der vom Zweihänder abgetrennte Schädel des toten Ritters ins Spiel. *... leeren Blick gen Himmel, flehen sie um Vergebung seiner Sünden. Zu spät! Der blitzsauber abgetrennte Schädel rollt schon im trockenen Staub und in stinkenden Fäkalien ...*

Ich lese wieder in dem Mittelalter-Roman. Die Geschichte spielt um Anno 1500, zum Großteil in Venedig. Die Autorin hat es echt drauf. Ich kann direkt spüren, wie düster die Zeit damals gewesen war. Düster und grausam. Die Liebesszenen sind kurz gehalten, verraten keine Details. Sie, die Autorin konzentriert sich auf das, was die Leser fesselt, in den Bann zieht. Aber selbst dann, wenn sie über einen Raum in einem der Häuser der Reichen und Mächtigen schreibt, blättere ich nicht einfach ein paar Seiten weiter. Das Buch ließt sich, als würde ich mir gerade einen Film anschauen. Solche Bücher liebe ich. Weder langweilig noch ein einziges Gemetzel.

Ich bin so in das Buch vertieft, dass ich die Zeit übersehe. Eigentlich hätte ich längst mein Gewand und die Brotzeit für morgen herrichten, kochen und essen sollen. Trotzdem lege ich das Buch nicht weg. Das eine Kapitel liest du noch fertig, dann klappst du es zu, sonst liegst du Mitternacht noch auf der Couch, sage ich mir. Eine halbe Stunde später mache ich es wirklich zu, erhebe mich und tu das, was ich vor weit über einer Stunde schon tun wollte.

Der Fernseher hilft mir, den Kopf abzuschalten. Für heute

muss Ruhe sein mit Denken, Schreiben und Lesen. Nur noch Nichtstun. Musikhören wäre jetzt nicht gut. Da hab ich dann, wenn ich schlafengehe, stets einen Song oder einen Takt im Kopf, und bringe ihn einfach nicht mehr heraus. Summe ihn sogar noch, wenn die Augen längst zu sind. Wenn ich dann irgendwann und nach dem ständigem, gequälten hin und her wälzen, endlich einmal einschlafe, merke ich es am Morgen beim Aufstehen. Stundenlang hängt mit diese viel zu kurze Nacht noch nach. Fühle mich gerädert …

Apropos gerädert. Da denke ich ans Mittelalter und an die Urzeitmenschen, unsere Vorfahren. Hätte die damals, als sie das Rad erfanden, gewusst, für was man diese runden Dinger im Mittelalter missbrauchen würde, hätte sie statt einem Rad wohl eher das Internet und die Pommesbude erfunden.

Es ist so weit. Heute, und morgen, findet endlich der zweite Schreibkurs statt. Ich bin kein bisschen aufgeregt. Ob das ein gutes Omen ist, wird sich später noch herausstellen.

Ich springe aus dem Bett. Waschen, anziehen, frühstücken, Blumen gießen. Ehe ich das Haus verlasse, schaue ich noch, ob die Katze ein frisches Wasser und den Futternapf voll hat. Hat sie nicht, hab nämlich gar keine. Nicht mal einen Kanari oder Wellensittich. Woher der Sittich seine Wellen hat, weiß ich nicht. Ich google aber auch nicht, was Klapperschlangen fressen. Kanari sind Musiker, ihr liebreizendes Geträllere ist wie Verdi, Jamaika- Reggae und Liverpool-Beat in einem.

Raus aus der U-Bahn, hoch ans Sonnenlicht. Der Himmel ist aber bedeckt, sieht verdächtig nach Regen aus. Wurscht, ich sitze ja jetzt gleich zwei Tage in der Schule. Rüber über die Straße, schon stehe ich vor dem Haus, das riesig ist. Viele Stockwerke hoch und breiter als jener Bus, mit dem ich zur U-Bahn gefahren war. Rein zur durchsichtigen Glastüre. Ein paar Schritte weiter stehe ich vor der nächsten Glastüre. Ich kann sogar durchschauen, aber mehr schon nicht. Sie ist zu. Eine böse Vorahnung schwirrt durch meinen Kopf. Hätte ich vielleicht heut Früh noch mal ins Web schauen sollen, ob sie den Kurs nicht doch noch kurzfristig abgesagt haben? Aber aus welchem Grund? Bedeckter Himmel ist keine Ausrede, um mir eine Zukunft als weltberühmter Krimi-Schriftsteller zu verbauen. Wenn ja, haben sie mir soeben den Tag versaut. Ich bin bald nicht mehr der Einzige, der so arg düster denkt. Nach und nach trödeln meine Mitschüler/innen ein und fragen mich, warum ich nicht reingeh. Weil mir die Füße in den Bauchstehen eins meiner liebsten Hobbys ist, grinse ich. Das kann ich gut. So blöd grinsen, dass die anderen wissen, dass ich sie gerade auf den Arm nehme … Doch dann naht auch schon die Rettung. Besser gesagt, eine Frau, die Kursleiterin, hetzt bei der ersten Glastür rein. Sie hat einen ganzen Packen Papierzeug unter der Achsel klemmen und wedelt mit einem Ring, an dem viele Schlüssel baumeln.

»Tschuldigung! Der Verkehr … und bis man in München einen Parkplatz findet. Kriminell!«

Sie sperrt auf. Das Klassenzimmer ist im ersten Stock. Ich fahre mit ein paar anderen und der Kursleiterin hoch in das besagte Geschoss. Per Aufzug, nicht mit dem Heißluftballon oder der S-Bahn. Der Rest joggt die Treppe hoch. Würde mir nicht einmal im Traum einfallen. Bin zum Lernen hier, nicht, um auf einer Stufe ins Stolpern zu geraten, damit ich mir die Kniescheibe oder die rechte Hand verstauche und dann die Teilnahme absagen muss.

Das Zimmer ist, wie eben alle Klassenzimmer sind. Es hat etwas sehr … Bedrohliches? Ungefähr so: »Fredy, wenn du die Ulla noch einmal am Pferdeschwanz ziehst, dann …«

Wir gehen zur Tür rein. Auf einem Tisch ist ein optisches Gerät aufgebaut. Den Laptop hat die Kurs-Autorin in einer Mappe, die sie in der linken Hand hält. Sie steht daher auch leicht schief. Die Autorin, nicht jene Dreibeintafel auf drei

Beinen, in die, wie auch schon bei dem ersten Kurs, Papier eingespannt ist. Heute ist es aber unkariert. Sie legt ihr Zeugs auf einen Tisch und bittet uns, Platz zu nehmen. Ich nehme wieder die goldene Mitte. Ganz nach dem Motto: *Wer mich nicht kennt oder sieht, hat eine riesige Bildungslücke!*

Der Kurs läuft so ähnlich ab, wie der erste. Nur etwas mehr schreiben tun wir. Schüler A liest seine soeben geschriebene Übung laut vor, die anderen beurteilen, aber nicht immer zur Freude des jeweiligen Schreiberlings.

Auch am Sonntag wird wieder eifrig geschrieben, gefeixt, oder auch nicht, gepaukt, gelernt und gebüffelt.

Müde – in Kopf und Rücken – komme ich wieder heim. Es war anstrengend. Zwei volle Tage Konzentration.

Schuhe aus, Rucksack ins Eck, dann Kautsching! Ich haue mich also auf meine gemütliche Couch (Kautsching). Sollte ich vielleicht ein Wörterbuch kreieren, im dem lauter Wörter stehen, die anders geschrieben als ausgesprochen werden?

So zum Beispiel: *Kautsching.* Siehe C: Couch. *Oachkatzl*: Siehe E: Eichhörnchen. *München*: Siehe B: Bayern, Landeshauptstadt, Weltstadt mit Herz.

Der Kurs war etwas anders, aber ebenfalls recht lehrreich. Eins habe ich ganz besonders gelernt, dass ich einen Laptop brauche. Dringendst! Ich weiß auch schon, wo ich mir einen kaufen werde. Beim Computerfachmann, der nicht nur alte Tower aufrüstet und repariert, sondern auch gebrauchte, gut erhaltene Geräte verkauft. Auch Laptops. Die nennt man ja inzwischen Notebooks. In der Not kauft Mann sich ein Buch, Frau auch. Notbuch=Notebook. Ich habe den reparierenden

Händler mal zufällig beim Stadtbummel entdeckt. Hab sogar seine Karte noch. Da werde ich doch morgen direkt mal vorbeischauen. Ich bin mir aber sicher, dass ich nicht nur vorbei, sondern auch reinschauen werde. Für den Anfang, nur zum Üben, tut es ein Gebrauchter. Ist wie mit dem ersten Auto.

Ich weiß auch schon genau, was mein Laptop haben muss. Einen Schlitz für die Speicherkarte meiner Kamera. Ich habe nämlich wieder Bilder gemacht. Von mir und der berühmten Schriftstellerin.

Wenn ich auf meiner Südseeinsel sitze, als weltberühmter Autor, der einen wahnsinnigen Bestseller geschrieben hat, da werde ich den beiden Kursleitern eine Flaschenpost mit den Fotos von schicken. Und dann werden sie sich rühmen: »Ja, ja, der Alfred, der Fredy, bei mir hat er das Schreiben gelernt. Wenn ich nicht gewesen wäre …«

Gute Nacht, Fredy. Schlaf gut, Größenwahn.

18

Die halbe Stadt bin ich nun schon abgelaufen, finde aber den Laden nicht mehr, in dem ich mir Laptops anschauen will.

Aha, da hast du dich also verkrümelt! Ich war mir beinahe sicher, du wärst ... früher, in welchem Früher? Ganz früher hatte München noch keine U-Bahnen. Und im Früher davor, gab es am Stachus noch Ochsenkarren und am Rindermarkt noch Rinder, die von ihren Bauern feilgeboten wurden. Und in dem ganz, ganz Früher als die Brontosaurus ...

Der Laden hat auf, ich gehe rein. Der Inhaber schaut mich flüchtig an.

»Sie waren schon mal da und haben sich nach den Laptops erkundigt, stimmts?«

Ich bin baff und nicke. »Ja?! Das wissen Sie noch?«

»Klar. Sie hatten nicht mal gewusst, dass ... ich hab gerade welche da. Für was brauchen Sie ihn? Gaming?«

»Nein, nix daddeln, Bücher schreiben. Wenn er auch einen Druckeranschluss und einen Kartenleser hat, perfekt.«

»Drucken per Kabel. Geht auch per Bluetooth.«

Ich wollte schon fragen, ob er nebenbei Zahnarzt sei, lasse dies aber vorsichtshalber bleiben. Er zeigt mit drei oder vier Laptops und erklärt mit die unterschiedlichen Vorlieben. Der eine habe die bessere Grafik, der andere sei stabiler und so. Ich tippe auf den Laptop, den er mir empfiehlt. Wie damals beim Laserdrucker kaufen. Früher, als ich noch nicht wusste, dass ich zum Wechseln der schwarzen Patrone keine Säge brauche. Für die bunte übrigens auch nicht. Die habe ich vor ein paar Wochen, also heute, ausgewechselt.

Er fährt das Gerät hoch, zeigt mir, dass ein relativ aktuelles Betriebssystem drauf ist, macht noch ein paar Einstellungen, verrät mir aber nicht, warum. Danach bezahle ich den Preis, der weder gesalzen noch gepfeffert ist. Er packt ihn ein, legt noch das Ladekabel und eine Gratismaus mit in die Tüte.

»Ist ein halbes Jahr Garantie darauf. Wenn was sein sollte, anrufen oder selber vorbeikommen. Tschau. Ah ja. Wenn Sie heimkommen, machen Sie am besten gleich ein Backup und erstellen eine Rettungs-DVD.«

»Klar doch, nichts leichter als das!«

Backup? Rettungs-DVD? Sind das Böhmische Dörfer?

Daheim stelle ich meine Tüte vor dem PC-Schreibtisch ab. Dann hole ich das schlaue Computerbuch aus dem Regal, in dem ich auch umgehend zu blättern beginne. Gekauft hab ich mir den fetten Schmöker mit den bunten Bildern zwar schon vor langer Zeit, reingeschaut habe ich noch nie. Zu was auch, mein alter Tower-PC läuft ja noch mit der Vorgängerversion des Betriebssystems.

Dank Stichwortverzeichnis finde ich fix, was ich wissen muss, um so ein Backup machen und eine DVD erstellen zu können. Aber nicht heute. Retten kann ich mich morgen auch noch. O ja, mich! Den Laptop stört es nämlich kein bisschen, wenn er mal einen Totalabsturz hinlegt, mich schon.

Der alte Computer … stimmt nicht, so alt ist mein PC nun auch wieder nicht. Er ist halt eine Zeitlang in Gebrauch, das heißt nicht, dass er deshalb zum Alteisen gehört, noch dazu, wo sein Gehäuse aus Blech ist. Wenn ich bei mir ein graues Haar entdecke, was zum Glück nur selten vorkommt, bin ich dann alt? Nö, vielleicht etwas verbraucht, aber alt? Alt ist ein Salat, wenn er den Kopf hängen lässt. Und die Burg Eltz. Sie sieht zwar noch frisch aus, ist aber viel älter als das Haus, in dem ich wohne, esse, scheibe und schlafe.

Ich stehe auf Ritterburgen. Besonders dann, wenn es darin spukt. Im großen Britannien zum Beispiel, wo ich aber noch nie war, da ist spuken an der Tagesordnung. Es gibt Führungen durch alte Burgen, damit die zahlenden Besucher das gespenstische Treiben hautnah miterleben können. Da klappert mal eine leere Ritterrüstung, dann bewegt sich auch mal wie von Geisterhand ein schwerer Vorhang. Und wenn ein Geist stöhnt und ächzt - gespenstisch! Ich hatte mal eine Sendung gesehen, toll. Das war, als ich Walburga noch nicht kannte. Am Tag nach der Sendung waren wir uns zufällig über den Weg gelaufen. Erst hatte ich gedacht, sie habe einen totalen Dachschaden. Doch dann habe ich gesehen, dass sie sich mit einer schwarzen Katze und einer Krähe unterhalten hat, nicht mit mir. Die furchterregende Eule auf der Schulter war auch nicht alltäglich. Aber wie sie mich anspricht und fragt, wie mir die Sendung über die Spukschlösser gefallen habe, hatte ich gedacht, die Frau hat etwas, die hältst du dir warm. Seitdem telefonieren wir beinahe täglich miteinander, außer sie ist gerade beim Eisenhut pflücken.

Ich arbeite also noch mit dem nicht mehr ganz so jungen, halb-alten PC weiter. Dank ihm weiß ich schon bald, was ich mit dem nicht alten Laptop tun muss, damit mich nicht eines schönen Tages ein gewaltiger Blitz triff, da er beim System hochklettern abstürzt.

Was war das? Ich habe gerade ein Geräusch gehört, es hat sich angehört, als würde ein Grizzly neben mir stehen. Doch ich bin umsonst erschrocken. Es war mein eigener Bauch. Er meint, ihm sei stinklangweilig, er habe nix zu tun. Ich kenne das. Wenn mir öde ist, brumme ich auch immer wie ein Bär. Und so erhebe ich meinen makellosen Revuekörper, lass ihn in die Küche schweben und stelle ihn vor dem Kühlschrank ab. Langsam, fast schon graziös, bewegt sich der rechte Arm und öffnet die Tür des auf plus 5 Grad eingestellten Kühlgeräts, zu dem auch eine Frostabteilung gehört. Diese ist unter dem oberen Teil und hat drei Abteilungen. Mein Arm streckt sich aus und meine rechte Hand nimmt mit dem Daumen und dem Mittelfinger einen P-M-J heraus … und stellt ihn wieder zurück. »Nein«, mahnt die Hand, »nicht immer dasselbe, dir ist nach Abwechslung, heute gibts keinen Pfirsichjoghurt mit Maracuja. Aprikose ist angesagt.« Ich hab tatsächlich so ein Milchprodukt mit Aprikose daheim. Er war ein Fehlgriff, als ich vier P-M-J auf einmal aus dem Kühlabteil im Supermarkt geholt hatte, doch jetzt stellt er sich als ganz nützlich heraus. Da ich die rechte Hand heute noch brauche und keinen Streik mit ihr riskieren will, sage ich zu der linken Hand, sie möge mir bitte einen Teelöffel aus dem Besteckkasten rausholen, damit ich den Apricot-Joghurt schlemmen könne. Hämisch grinsend macht sie es. Ich mache den Becherdeckel ab, das geht so easy wie Tintenpatronen reinbauen. Dann löffle ich genussvoll den Joghurt. Der leere Becher landet natürlich im Kunststoffmüll, der Deckel im Müll für Joghurtdeckel. Ich denke dabei an die mahnenden Worte meiner rechten Hand. *Du willst Abwechslung!*

Ich lasse den noch halbfrischen Tower-PC laufen, bau aber gleichzeitig den Laptop auf. Geht total cool. Einfach auf den Computertisch, die Klappe auf, in der ein Monitor eingebaut ist, aufs Startknöpfchen drücken und abwarten. Zigarette und Käffchen, schon ist der Laptop auf dem Gipfel, ist aber nicht mit einem Sessellift sondern von selber hochgefahren. Der Startbildschirm, sieht genauso aus wie das vom PC. Kacheln und Fliesen, unten sind verschiedene Symbole. Und weil mir der Computer-Reparateur-Verkäufer auch noch dazu geraten hat, ich solle ein Anti-Virenprogramm installieren, mach ich das, bevor ich dann das Schreibprogramm draufelade. Da ich dies alles beim Laptop seinem großem Bruder schon einmal gemacht hatte, kann ich es blind. Ich weiß das noch, als wäre es erst sechs oder acht Jahre her.

Die Viren sind ausgesperrt, sogar eine Brandschutzmauer, von Profis wie mir *Firewall* genannt, ist nun am Laptop. Das Schreibprogramm auch. Ich lade ein leeres Formular, das ich umgehend formatiere. In A4. Warum das neue Blatt? Warum ich nicht am Krimi oder an „Gerber Marie", meinem neuen Projekt weitertippe? Wegen der Abwechslung. Und weil ich auf den zwei Kursen gelernt hatte, dass ich zwischendurch auch einmal was anderes machen soll. Einfach so zum Üben mal einen Plot für einen Roman schreiben. Dann mache ich das, sagte der Bayer und legte los. Bei mir fängt es damit an, dass mir erst der Buchtitel einfällt, zu dem schreibe ich dann einen dazu passenden. Plot. Weil ich vorhin an Ritterburgen gedacht hatte, bleib ich auch gleich dabei. Neben mir sind: Schmierblatt und Stift. Ohne die beiden geht gar nix. Titel steht fest, die Darsteller und der Spielort sind zehn Minuten später notiert. Dann legen meine flinken Finger los. Das Hirn schickt Signale, die Finger tippen. Es flutscht wie Nieselregen. Leise, aber beständig. Nach gut einer Stunde ist der Plot geschrieben. Ich lese ihn und bin … total begeistert! Wau! Krass! Hammer! Plötzlich rücken meine zwei angefangenen, schon weit fortgeschrittenen Romane in die Abstellkammer, die man aber bei Computern Dateien nennt. Ich entschließe mich dazu, dass die eben von mir erfundene Geschichte Vorfahrt hat. Schon als mir der Titel in den Sinn gekommen war, hatte die neue Geschichte mich verhext.

„Die Gerber Marie und das Satansdenkmal"

Verrückte Ideen, wird gesagt, sind oft die besten. Ich habe gerade so eine verrückte Idee. Ich kontaktiere den berühmten Autor und erzähle ihm von der *„Gerber Marie"*.

Ich muss mich auf den A … setzen! Der glorreiche Autor, er will meinen Plot sehen! Live! Er schlägt mir einen für uns beide verkehrsmäßig günstig gelegenen Treffpunkt vor. Ich stimme sofort zu. Meine Hände zittern schneller als die Knie schlottern können. Ich kriege Schweißausbrüche, Herzrasen, Muskelkrämpfe, die blonden Haare stehen mir zu Berge. Der Mount Everest ist ein Zwerg gegen mein Haargebirge. Die Walburga kommt mir in den Sinn. Hab mal gesehen, wie sie sich das Haar toupiert hat. Kaputtgelacht hatte ich mich. Und jetzt? Jetzt lache ich über mich selbst. Aber ich kann es ohne Stielkamm.

Den Plot hatte ich bereits in weiser Voraussicht durch den Laserdrucker gejagt. Bei Roman-Plots reicht schwarz/weiß, sind ja keine Farbfotos drauf. Ich habe aber bloß einen Druck gemacht, der Sicherheitskopien-Wolke sei Dank.

Ich stelle mir eben vor, wie es auf so einer digitalen Wolke wohl aussehen mag. Ungefähr so: Überall stehen dort Bänke herum, so wie in einem Stadtpark. Es sind aber nur Einsitzer-Bänke. Auf jeder der Bänke sitzt jemand. Da sitzt der Gerber Marie-Plot, dort mein Krimi, er hat eine Pfeife im Mund und fachsimpelt mit Sherlock, der gerade des Weges gekommen war. Ah, da hinten sitzt ja der König Roderich und passt auf sein Königreich Eichenschön auf! Schreck, was ist das denn? Du bist doch ein Update. Weg mit dir, verschwinde, du hast hier nichts verloren. Die Wolke ist nur für VIP's! Nein, nein, spar dir die billigen Ausreden. Von wegen, der Bus zwischen Prozessor und Festplatte hat dich falsch abgeladen. Das ist doch nur ein Ammenmärchen. Ab jetzt, und pass das nächste Mal auf, in welchen Bus du steigst! Was für ein Update bist du eigentlich, und wer hat dir eigentlich erlaubt, dass du dich installieren darfst. Weiß ich, ob du nicht ein getarnter Virus bist, der meine Romane stehlen will, ohne dass ich es merke? He, Antivirenprogramm, komm doch mal schnell zu mir. Ich glaube, ich habe gerade einen Spion enttarnt. Warum ist dir der Schuft nicht aufgefallen, hast wohl gerade wieder mit der Firewall geschäkert. Einmal noch so ein krasses Vergehen, dann fliegst du hochkantig raus - und zwar Fristlos! Du weißt genau, tagtäglich krieg ich Anfragen von Virenprogrammen, die bei mir arbeiten wollen. Es sind alles gelernte Fachkräfte aus der Sicherheitsbranche. Bodyguards für Festplatten!

Puh, kaum passt du mal eine Sekunde nicht auf, schleichen in der Wolke auch schon Eindringlinge herum. Was mich als gebrauchter Hase aber nicht ärgern kann. Einige Mausklicks und schon ist auf der Wolke eine Bank frei.

Zeitsprung!

Ich soll doch aus meinem Plot von der „*Gerber* Marie" ein Buch machen, hatte mich der Autor bei unserem Treffen bis auf Wolke 7 hochgelobt. Wenn ich den Roman auch so toll hinbekäme wie den Plot … Dass ich sowas kann, hätte er mir ja schon damals beim Schreibkurs gesagt.

Jetzt schreibe ich an dem Manuskript für:

„Die Gerber Marie und das Satansdenkmal".

19

Nikolaus, Weihnachten und Silvester sind vorbei. Und das an nur einem Tag! Die Tage auf all meinen neuen Kalendern hab ich natürlich meiner eigenen Zeitrechnung angepasst.

Die „*Gerber Marie und das Satansdenkmal*", der Roman, der im Mittelalter spielt, ist fertig. Jetzt muss ich den Roman bloß noch ein paar hundertmal korrigieren. Bäh! Das ist eine Schweinearbeit, das Fehler suchen und Korrigieren. Ich weiß Schöneres. Pommes rot/weiß zum Beispiel. Pommes Frites aus roten Kartoffeln mit Schlagsahne. Neues Rezept!

Aber nicht nur mein Mittelalter-Roman, der in Tölz spielt, ist fertig. Auch diesen dritten Kurs habe ich schon hinter mir. Jetzt weiß ich, wie man einen Roman oder ein Rezeptebuch verlegt. Und auch, dass ich dafür Werbung machen soll. War mir aber schon vorher sonnenklar gewesen. Wie sonst sollen die Leute erfahren, dass ich einen Weltbestseller mit beinahe 500 Seiten auf den Markt bringe. Ich könnte es auch meiner wissbegierigen Nachbarin sagen, dann wüsste in noch nicht mal fünf Minuten die ganze Straße, dass ich einen Roman geschrieben habe, der alle Rekorde brechen wird. Ich könnte jedoch auch Handzettel drucken und per Heißluftballon über ganz Europa abwerfen, kein Problem. Doch, schon Problem. Ich rede zwar gerne heiße Luft, besitze aber keinen Ballon. Pah, dann verteile ich meine Werbezettel eben per Hand und fahre mit dem Fahrrad durch ganz Europa. Meine Hand hat doch gesagt, ich brauche Luftveränderung. Mist! Dann muss ich aber erst noch ein Visum für Großbritannien beantragen. Die restlichen Kontinente besuche ich per Schiff. In jedem Hafen, an dem der riesige Weltreisendampfer anlegt, leg ich ein paar Millionen Werbeblätter auf den Landesteg, da kann sich dann jeder selbst bedienen. Ich weiß nur noch nicht, ob ich die Werbung bloß in Deutsch und Englisch drucke, oder ob ich sie von dem Translator, der auf dem neuen Laptop ist, in alle Sprachen übersetzten lassen soll. Ist aber auch blöd. Nur einmal nicht aufgepasst, schon liegen am Pier von Male die Werbezettel in chinesischer oder brasilianischer Sprache. Zweiter Minuspunkt: Ich wäre ständig unterwegs, wann soll ich dann an dem nächsten Reißer schreiben? Naja, irgendwas Verrücktes wird mir schon noch einfallen. Ah, ich könnte die hübsche und sehr nette Nachrichtensprecherin …

Eine Bekannte von mir, die war einmal in New York, Jeans kaufen. Und die hat gesagt, sie habe da drüben die deutschen Nachrichten anschauen können. Cool!

Apropos News, ich könnte doch auch …

Ich mache es. Ich rufe in Kleintümpelshausen an.

Tut. Tut. Ich war noch niemals in New York …

»Hallo, hier bei Rathaus. Brunhilde am Gespräch.«

»Servus, Bruni, ich bin dran, der Fredy.«

»Ha, moin, Fredy! Wie geht's, wie stehts? Was macht dein Krimi? Du weißt, du hattest mir ein Freikapitel versprochen, Das Kapitel, wo der Killer in eine Eisdiele geht und Pommes rot/weiß bestellt. Bin schon gespannt, ob er …«

»Wie schaut es mit eurer Belagerung aus, Bruni? Müsstest du jetzt nicht am grünen Tisch mit der rosa Tischdecke sitzen und verhandeln? Oder seid ihr schon fertig? Was machen die Stadtmauer und das schnelle Internet? Hab gehört …«

»Auwei, auwei, erinnere mich bloß nicht daran. Ich hab *so* einen dicken Hals! Das rasante Netz wurde vom Senat abgelehnt. Die Baukosten für die Datenautobahn! Erst die ganzen Wälder rund um Kleintümpelshausen roden, der Deich muss trockengelegt werden, und die zwei Klapperstörche, die uns mit Nachwuchs versorgen, würden den Datenautobahnlärm nicht ertragen. Dort donnert eine dreißigtonnen Werbemail in Richtung Süden. Vom Großkreuz Köln-Bonn kommt eine Springflut an Cookies herangerauscht. Und schwarz-weiße Zebrastreifen und Ampeln müssten wir auch bauen, sonst ist wegen der Masse an Cookies unsere achtspurige Hauptstraße ständig verstopft. Dann hätte der Schulbus nach Leer ständig Verspätung und so weiter. Dabei ist doch noch nicht mal die eine Ampel, mehr haben wir derzeit nicht. Die ist noch nicht mal repariert. Du weiß schon, da, als der Willi Willisen den Verkehrsunfall ausgelöst hat mit seiner blöden Raserei. Die gewaltige Explosion, der Feuerball, der bis Grönland …«

»Schön, Bruni. Und wie siehts mit der Stadtmauer …«

»Puh! Beschissen! Die Mauer ist so gut wie fertig, aber die Wehrtürme … Hansen liefert einfach zu wenig Zahnstocher. Und wenn wir ein Paar kriegen, also zwei Stück, nehmen die Bauarbeiter sie dazu her, um sich Nase, Ohren und die Zähne auszupulen. Der Doktor Pitti Pittipatti, unser HNO, der auch Gicht, Bandscheiben, Plattfüße und Geburten behandelt und

Botox in den Arsch spritzt, damit du hinterher aussiehst, als hättest du ein Luftkissen-U-Boot in der Jeans. Er muss dann ständig operieren. Mal drei Zähne reißen, weil einer mit dem Zahnstocher versucht hat, selber drei eitrige Zahnwurzeln zu behandeln. Einer hat sich den Zahnstocher bis ins Hirn raufgeschoben. Doktor Pittipatti hatte zwar das spitze Holzdings, nachdem er diesem Idiot die Schädeldecke aufgemeißelt hat, entfernen können. Aber jetzt meint Hein Fährmann, er würde Uschi heißen, würde auf 449.- Eurobasis auf der Reeperbahn arbeiten. Naja, immer noch besser als Krabben pulen.«

»Ah, und wie siehts mit euren Kanonen aus, Uschi … äh, Bruni? Ihr sollt ja, wie ich hörte, den Glockengießer von St. Catherina aus den Dominosteinen engagiert haben.«

»Den Hofer Franz-Josef? Den habe ich leider wieder heimschicken müssen. War echt ein schmucker Bursche, aber was will ich mit Kanonen, die jede viertel Stunde „Kuckuck rufts aus dem Wald" und die volle Stunde das „Patrona Bavariae" läuten? Aber ich habe eh gerade, bevor du antelefoniert hast, Fredy. Da hatte ich einen Eilantrag gestellt, dass man in die sechsundneunzig Schießscharten der Stadtmauer doch lieber winterharte Kräuter wie Schnittlauch und Petersilie pflanzen soll. Der Oberbürgermeister ist aber für Hopfen.«

»Du, Bruni, tut mir echt leid, ist auch hochinteressant, was du mir da berichtets, aber ich muss wieder. Ich habe gesehen, auf meiner Festplatte ist ein Bit verrutscht. Bis dann!«

»Ja, machs auch gut, Fredy. Kannst ja das wacklige Bit mit einem Zahnstocher oder Schaschlik-Spieß festmachen.«

»Ich habe doch die 7-Gang-Solar-Bohrmaschine, Bruni.«

 217

Oh, Mann! Oh, Frau! Oje! Ich muss mir aufschreiben, dass ich die Bruni die nächsten zwanzig Jahre nicht mehr anrufe.

Mist! Hab nicht gefragt ... ach, das nächste Mal. Morgen.

Ein Neustart steht bevor. Geplante Uhrzeit: 15:32. Wollen Sie den Computer jetzt neu starten?

Der Laptop hat, als ich dieses äußerst spannende und hochintelligente Gespräch mit Brunhilde geführt hab, ein Update heruntergeladen. Soll ich oder nicht? Ihm den Neustart jetzt schon erlauben? Wenn ich's nicht tue, ist er dann kaputt? Die Frage nach dem Neustart hatte wie eine Drohung geklungen. Entweder, du lässt mich jetzt umgehend neu starten, oder ich verpetze dich bei deiner Mutter!

O nein, mein Guter, das traust du dich nicht! Wenn doch, dann drehe ich dir den Internet-Hahn zu!

Mein Laptop startet neu durch, ich schau derweil rüber in die Küche, finde dort aber nichts, was mich anlächelt. Weder Shakira noch Judith, die attraktive Ansagerin. Eigentlich war ich rübergegangen, um mich nach etwas umzusehen, was ich mir heute Abend kochen könnte. Carbonara, Hirschgulasch, Bolognese. Aber der Hirsch ist noch tiefgefroren, und für die Bolo-Soße fehlt mir das Rindergehacktem für die Carbonara der Schinken. Aber eine Dose gefüllte Teigtaschen in Tomatensoße hätte ich noch. Eigentlich ist sie die eiserne Reserve. Und das soll sie auch bleiben, also lasse ich sie zu. Plötzlich schmunzelt mich doch noch wer an, und wie er es tut. Richtig mit Genuss. Er gehört zu meinen besten und zuverlässigsten Freunden. Ohne ihn wäre ich sicher schon so manches Mal hungrig zu Bett gegangen. Mein Toaster. »Um siebzehn Uhr dreißig«, sage ich zu ihm, »will ich essen. Kannst ja derweil schon mal ein bisschen vorglühen. Ich bring dann Bierwurst, Cervelat und Emmentaler hauchdünn mit.« Er legt kein Veto ein, heißt somit, ich habe ihn überredet. Doch bis 17.30 Uhr ist noch hin. Eine Stunde elf Minuten, um genau zu sein. Da mein Laptop inzwischen selig ist mit seinem neuen Update, setze ich mich vor ihn in meinen Drehstuhl und überlege, ob es sich noch lohnt, das Manuskript von der „*Gerber Marie*" zu öffnen. Da bei mir, wenn ich nicht eben hochkonzentriert an einem Roman schreibe, meist das Radio läuft, kommt mir ein Lied ins Ohr, das ich schon lange nicht mehr gehört hatte. Es inspiriert mich dazu, meine E-Mails zu checken. Ich muss aber nicht gleich die Welt retten, das überlasse ich lieber Tim Bendzko, der hat das besser, viel besser drauf.

Das kleine Kästchen, in dem sich eine 9 befindet, sagt mir soeben, dass in meinem Postfach neun neue E-Mails liegen. Nicht zu verwechseln mit jenem Emaille, mit dem man seine Sachen verschönern kann. Die erste Mail verspricht mir zehn Prozent Rabatt. Ich müsse dazu lediglich irgendeinen Artikel meiner Wahl bestellen – noch heute. Ich aber spare mir satte 100 %, indem ich nichts bestelle, stattdessen die Nachricht in den Papierkorb katapultiere. Bei der nächsten E-Mail sind es sogar zwanzig %. Und Tschüss! Auch die anderen Mails lese ich, ehe sie dann ebenfalls im elektronischen Altpapier landen. Nur eine nicht. Sie ist vom berühmten Autor. Er will wissen, wie ich vorankomme. Gut, schreibe ich zurück und verschiebe die Anfrage in den Ordner, wo die darin gelager- ten Mails nie gelöscht werden, außer ich tu es. Ist so von mir in „*Einstellungen*" eingestellt. Manchmal bekomme ich auch erfreuliche Nachrichten, dass ich im Monat zig-tausende von Euros verdienen könne zum Beispiel. Fürs nix viel tun. Diese Mails landen in einem Ordner namens „*Spam*", nachdem ich sie als solche meinem Mail-Anbieter gemeldet habe.

Ich fahre den Laptop runter. Die zwei Drucker hatten heute frei. Radio aus. Als ich anfange, frisches Gewand für morgen herzurichten, klopfe ich mir ans Hirn. Ich habe doch morgen, Samstag, und Sonntag und Montag frei! Sonntag ja sowieso, die beiden anderen Freitage sind für Überstunden, von denen ich stets welche in Reserve habe. Auf der Plusseite natürlich. Ist wie mit meinen fruchtigen Joghurts, die gehen mir ja auch nie aus. Doch für die brauche ich nur zum Einkaufen gehen, nicht buckeln und ackern wie ein vor eine Egge gespannter Ochse. Das ganze Kommando wieder zurück, die nächsten 3 Tage ist Jogging-Anzug angesagt. Das Polo landet wieder im Kleiderschrank. Drei Tage kann ich mich nun voll und ganz auf das Korrigieren meines Mittelalter-Manuskriptes von der „*Gerber Marie*" konzentrieren.

Sollte ich vielleicht vorsichtshalber die Türglocke und das Festnetzt ausschalten und mein Handy auf stumm schalten? Den Vibrationsalarm habe ich schon lang nicht mehr an. Ich hatte mal gedacht, mein geliebter Kühlschrank gehe über den Jordan, da er ständig ein sehr komisches, nerviges Geräusch von sich gegeben hat. Es war aber nur das blöde Handy, das auf dem Küchenbuffet neben ihm gelegen hatte.

Wenn jemand einen Satellit sieht, der durchs Weltall eiert, als habe er einen Vollrausch oder einen Plattfuß. Das ist nur mein Vibrationsalarm, der nicht weitergeleitet werden kann, weil ich ihn blockiert hab.

Das Dinner nehme ich im Wohnzimmer ein, die Flachbild-Mattscheibe läuft schon. Toastbrote mit Belägen essen geht zwar schnell, hat jedoch einen Nachteil, dass ich mich nach zwei Scheiben Toast wieder gequält erheben muss, um den Toaster nachzuladen. Passen nur zwei rein von den viereckigen Dingern. Zu den Toasts trinke ich lecker Pfefferminztee. Kamille-, Hagebutten-, Fenchel-, Anis- oder Kümmel trinke ich nur dann, wenn mein Magen wieder mal rebelliert.

Das Handy ist auf stumm und sprachlos geschalten, kann nicht mehr schellen, sollte mich jemand/in anrufen. Jetzt nur noch das Festnetz …

Ring, ring. Klingelingeling, hier kommt der Eiermann …

Nein, das ist natürlich nicht der Klingelton meines fest im Gang stehenden Telefons, bei dem man mit dem Hörer durch die ganze Bude laufen kann. Aber hätte ich jetzt geschrieben:

Rrring, rrring, rrring.

Das wäre arschlangweilig gewesen. Notgerungen gehe ich ran.

»Hallo, Fredy!«, meldet sich eine Stimme, die einer nahen Verwandten gehört. Es ist nicht die Walburga, denn mit der bin ich weder verwandt/in noch verschwägert*in.

»Ah, du bist es!«, erwidere ich mit verdrehten Augen. »Ich wollte eben gerade zum Hörer greifen, um dich anzurufen«, lüge ich, dass sich gleich alle Dachschindeln verbiegen. Ich will sie auch gleich mit einer gewandten Ausrede abwürgen, doch dazu komme ich nicht mehr.

»Gehst du morgen ganz zufällig einkaufen, Fredy?«

Genau das wollte ich nicht. 3 Tage lang Jogging-Kluft und keinen Meter laufen, das hatte ich mir vorgenommen.

»Ich habe schon einen Zettel geschrieben, was ich brauche. Ist nicht viel.« Ich weiß genau, was sie in der Regel so alles braucht. Wird eine Weltreise für mich. In dem Laden das, im nächsten dies. Und das Dings, das darf nur vom Fleischhauer Schlagmichtot sein. Plötzlich schwenkt sie um »Stell die vor, was mir heute passiert ist! Die Nachbarin, von der du immer behauptet, sie ist neugierig. Mei! Die ist vielleicht neugierig! Aushorchen hat sie mich wollen, die dumme Nuss. Fragt sie mich doch glatt, wann das Buch erscheint, an dem du gerade angeblich schreibst. Weiß ich gar nix von. Schreibst du? Ah, du hast ja schon als Kind Gruselgeschichten erfunden. Deine Schwester plagen heute noch Alpträume. Ich hab ihr gesagt, sie soll die Nachrichten schauen und die Tageszeitung lesen, dort würden sie den Erscheinungstermin deines Buches dann bekanntgeben. Wie heißt es denn … dein Buch?«

»Kochen mit Fredy!«, gebe ich fix zurück, als am anderen kurz Luft geholt wird.

»Oh, wie nett. Ach, du hast ja als Kind schon immer gerne am Herd gestanden, um dir ständig die Finger zu verbrennen. Wundert mich eh, dass du überhaupt noch Fingerabdrücke hast. Die braucht man nämlich jetzt, wenn man ein amtliches Ausweisdokument mit digitalisiertem Passfoto beantragt.«

Ich dachte Feierabend, sie hat aufgelegt. Pustekuchen.

»Habe bloß schnell was getrunken, mein Mund war schon ganz trocken. Ah, wenn doch im Winter meine Wäsche auch so rasch austrocknen würde wie mein Mund beim Telefonat. Wo waren wir stehengeblieben?« Wir?? »Ach ja, du hast von deinem Kochbuch erzählt. Also. Brauchst morgen Früh nur zu klingeln bei mir, dann reich ich dir den Einkaufszettel und das Geld zum Fenster raus. Pah, hast ganz schön Glück, dass ich nicht im achten Stock ohne Aufzug wohne.« Freut mich auch immer, wenn ich ihr den Großeinkauf stets zum Fenster reinreiche. »Du gehst aber schon gleich um kurz vor 7? Klar machst du das, du stehst ja eh schon immer um drei Uhr auf. Das könnte ich eigentlich auch machen. Und dann gleich die Waschmaschine einschalten, vielleicht trocknet sie … Ach, bevor ich es noch vergesse. Wenn sie den einen Joghurt mit den vielen gesunden Bakterien *nicht* haben, dann bringst mir einfach einen mit Kirschen oder Müsli mit. Oder einen, den man erst zammischen muss.«

Fredy's Bayrisch-Lexikon:

Zammischen: Zwei verschiedene Substanzen zu nur einer Substanz zusammenmischen.

»Und vergiss die Tageszeitung nicht, Fredy! Ich möchte ja den Erscheinungstag deines Kochbuchs nicht verpassen.«

»Wars das dann?« Mist, das war nicht gut.

»Äh? Ach ja, jetzt, wo du es ansprichst.« Hää?? »Rate mal, von wem ich dir einen schönen Gruß sagen soll? Du kennst doch den Herr … egal. Der, dem du als Kind immer die Türklingel mit Ketchup und Hundescheiße vollgeschmiert hast. Der hat sich jetzt nochmal frisch verliebt. Er 92, sie 29. Aber wie sag ich stets: Wo die Liebe und der Geldbeutel hinfallen, dort hilft nur die Gütertrennung! Sie schwimmt im Geld und kommt aus einem weit fernen Land, das nicht zur EU gehört, sagte deine neugierige Nachbarin. Wie kann man heutzutage nicht zur EU gehören? Ich gehöre nicht nur zu der Union, in der, bis auf die Engländer, alle mit dazugehören. Ich bin auch im Klub, wo wir uns alle zwei Wochen treffen, um dort bei Kaffee und Kuchen eine flotte Sohle aufs Parkett zu legen.«

»Tanzschule?«

»Nein. Keine Schule. Musik, tanzen, flirten …«

»Diskothek?«

»Fast. So was Ähnliches. Egal. Wenn du einkaufen gehst, dann kannst du gleich mal …«

»Du, entschuldige, aber ich muss jetzt schlussmachen. Ich koche heute ganz groß auf. Ich habe Gulasch, Blaukraut und Semmelknödel auf dem Herd und bin ständig am Umrühren und abschmecken. Puh! Bin schon total durchgeschwitzt.«

»Lass es dir schmecken, Fredy. Und lass deine Fenster zu, sonst verkühlst du dich, wo du doch grade so schwitzt.«

»Mach ich. Tschüss!«

Bin ich froh, dass man beim Toasten die Fenster auflassen kann, ohne mir gleich eine Herz-Lungen-Mandelentzündung zu holen. Ah, das am Telefon eben, das war meine Mutter.

So, aber jetzt ziehe ich den Stecker!

Rrring, rrring, rrring! … kind or magic …

»Ja?!!«

»Hallo, Fredy. Ich bin's, die Walburga. Bist du gestresst? Du hörst dich zumindest so an.«

»Nein, Walburga, ich komme nur gerade vom Joggen. Bin aber heute nur Kurzstrecke gelaufen – 25 Kilometer.«

»Na, dann passt es ja, dass ich dich gerade jetzt anrufe. Ich erzähle, du verschnaufst, hältst die Klappe und hörst zu.«

»Gut, aber mach kurz, Eulen-Wally. Ich habe …«

»Die Eule auf meiner Schulter ist ein Kauz, Fredy!«

»Die Eulen-Wally hört sich aber besser an. Und außerdem. Hast du schon einmal einen Kauz nach Athen getragen? Was ist los?«

»Was los ist? Sag bloß, du hast es noch nicht mitgekriegt?«

»Was?«

»Äh … Mist, jetzt hast du mich mit deinen Eulen totaligst durcheinandergebracht. Ich rufe dich wieder an, wenn es mir wieder einfällt. War heavy wichtig. Crazy! Abgefahren!«

»Supi, bin aber erst wieder ab Montagmittag zu erreichen, Kauz-Wally. Habe das ganze Wochenende über ein Meeting. Nur die Top-Ten der Schreibkunst ist da. Ist streng geheim, bitte nicht auf deine Glaskugel schreiben!«

»Geht Sonnenfinsternis klar! Aja, hast recht. Eulen-Wally hört sich besser an. Bis Montag dann, Schreib-Fredy!«

Ja, Bongo! Geschafft! So, jetzt ruft keiner/in mehr an. Ich habe das Festnetz gekappt. Alle anderen schicken nur Text-Nachrichten aufs Handy, das in Wirklichkeit ein Smartphon und stummgeschalten ist.

Kautschig! Fernbedienung! Ruhe! Kein Telefon, auch kein Handy. *Nur ich, das Sofa und ... uiii, die nette, sympathische, bildhübsche Nachrichtensprecherin mit dieser tollen Stimme hat heute Dienst. Da muss ich jetzt gleich den Dolby-Ton auf Konzertlautstärke hochdrehen.*

Ding Dong!

Mist, ich hab die Türglocke nicht abgeschaltet!

»Tschuldigung die Störung, Herr Bestsellerautor Kreusel, aber hätten Sie vielleicht 2-3 Eier, 125 g Zucker, zwei Pfund Quark und ein halbes Päckchen Backpulver übrig. Ich kriege morgen Besuch und will einen Käsekuchen backen. Mit dem Rezept, das Sie morgen in der Zeitung veröffentlichen. Mein Schwager Giovanni arbeitet nämlich ganz zufällig bei dieser Zeitung, da kann er heute schon sehen ...«

»Tut mir ja echt leid, Herrin, aber ich bin gerade am Küche renovieren, ich hab noch nicht einmal eine Dose Teigtaschen im Haus. Rufen Sie halt den Lieferservice an und lassen sich Käsekuchen tiefgefroren kommen. Er ist dort seit heute nach meinem Rezept von morgen gebacken.«

»Toll! Supi! Ach, wenn ich Sie nicht hätte. Sie haben aber nicht wirklich vor, fest auf Ihre Insel in der Südsee zu ziehen, oder? Der Fischmann an der Ecke, der hat ...«

»Nein, ich reiße die Insel ab und baue sie im Maßstab 1:1 in meinem Garten wieder auf. Mitsamt der Südsee.«

»Und Ihre dunkelgelockte Inselschönheit, kommt sie auch mit? Ihr seid ein so bildhübsches Paar. Die Frau ... hat mir ein Foto gezeigt. Aber auf dem ist nur Ihre Insel. Grönland soll sie heißen. Diese Insel, nicht Ihre hübsche Braut. Wann ist Hochzeit? Wann werden wir die hellen Glocken hören? Sie geben aber schon ein großes Straßenfest. Mit Zelt, so wie auf der Wiesn. Und Blasmusik mit Pommes rot/weiß.«

»Aber klar. In elf Jahren, am 3. August 2032 um 11.00 Uhr ist Kirche. Jetzt muss ich aber mit der Küche weitermachen, sonst wird mir der Zement hart. Schönen Abend.«

»Ihnen auch, Herr Autor. Und danke für den Tipp mit dem Tiefkühlkuchen. Ich muss ja auch wieder weiter… Die Frau … und der Fischhändler sitzen in meiner Küche. Die müssen doch gleich wissen, dass Sie … Mei, ich freue mich ja schon so. Eine echte Insel mit einer Südsee im Garten, wer hat das schon. Blumenkinder! Soll ich Blumenkinder …«

»Nein, danke, die Kinder basteln wir uns selber. Ist ja noch etwas Zeit bis 2032. Dann sind die Vierlinge 11 …«

Krawumm!

Die Tür ist zu. Sollte ich sie zunageln?

Ich zurück auf die Couch. Toll, jetzt sind die Nachrichten um. Kann das liebe, spitzbübische Lächeln nicht mehr sehen, das die Sprecherin uns nach dem Wetterbericht stets auf die Fernsehschirme zaubert. Himmlisch. Zum dahinschmelzen.

Gute Nacht, Fredy. Gute Nacht Südsee.

20

Amseln singen, Lerchen zwitschern, Möwen lachen, Eulen eulen und die allerersten zarten Blättlein der Laub- Obst- und Tannenbäume rascheln im lauen Wind. Frühling! Die Sonne strahlt, als habe sie eine Überdosis Uran verschluckt.

Doch von dem alledem bekomme ich noch nichts mit. Ich war noch mal kurz eingedöst. Nun, wo ich die Augen erneut öffne, ist es sechs Uhr neununddreißig. Behauptet zumindest mein Wecker, dem ich gestern Abend ein Schweigegelübde auferlegt hab. Ich richte mich langsam auf und verbanne nun das letzte Sandmännchenschlafkörnchen aus meinem linken Auge. Ich schlüpfe in meine Puschen und …

Ohne Zeitsprung!

Ich habe mich, als ich in die Schlappen geschlüpft war, ins Wohnzimmer gebeamt. Kann ich. Beamen. Das kommt von dem Traum letzte Nacht. Toll! Cool!

Ich schlappe in die Küche, hole zwei leere Joghurtbecher. Den einen lasse ich in der Küche, den anderen stelle ich auf meinen Wohnzimmertisch. Danach geh ich wieder in Fredys Kochstudio, quetsche mich in den Jogi-Becher und schließe, nachdem ich im Becher sitze, den Deckel.

Ich spreche meinen Zauber-Beam-Spruch.

O Joghurtbecher, Jogi-Becher. Gib mir deine Macht! Lass sie mich an meinem ganzen Körper spüren. Von hier bin ich gekommen, nach dort lass mich wandern. Ich schau dabei in Richtung Wohnzimmer. *Hokuspokus, Pflaumenmus! Grüne Eule, schwarze Katze! Espresso, Cappuccino! Spaghetti und Pommes. Bei 3 lass es geschehen! Eins! 2 ...*

Bah, das war aber echt knapp! Luft!

Was war passiert? Ganz einfach, ich hatte vergessen zwei Luftlöcher in den luftdichten Deckel zu stechen. In meinem Traum hatte ich noch daran gedacht. Das nächste Mal gehe ich wieder zu Fuß ins Wohnzimmer.

Herrlich! Ich stehe am Wohnzimmerfenster und messe mit den Augen aus, wie viele Bäume ich abholzen müsste, damit Insel und Südsee Platz haben. Wenn ich richtig schätze, dann passt in den Garten auch noch eine Ritterburg. Den Amseln, denen ich davon erzähle, scheint mein Plan zu gefallen. Sie zwitschern mir ihre schönste Melodie ins Ohr.

Alle Amseln sind ...

Ein Krähherr, das ist eine männliche Krähe, er ist ein echt finsterer Zeitgenosse. Er wittert bereits fette Beute. Krähen gibt es auf jeder Ritterburg. Mal liegt da ein geköpfter König rum, dort die rechte Hand eines Knechts, der einen verwunschen Apfel geklaut hat. Die Krähe interessiert jedoch weder der Kopf noch die Hand, sie krallt sich im Sturzflug den verzauberten Apfel. Als sie hineinbeißt macht es Pling, dann sie ist ein krähender Frosch.

Gefrühstückt habe ich schon. Gleich nachdem ich aus dem Joghurtbecher herausgesprungen war. Die Landung war top. Dreifachsalti mit einer doppelten Kreuzschlitzholzschraube. Ich hatte auch kein bisschen gewackelt beim Aufsetzen.

Zwei weichgekochte „*Eier alla Alfredo*". Alfredo ist mein Alias in Italien. „Autorio grandioso" wird da mein Bestseller heißen. „Mordio al dente" der Untertitel des Krimis, der aber am heutigen Tag Eins noch immer nicht fertig ist.

Ich fahre den Laptop hoch und setze mich nieder. Der alte Computer, der lediglich ein bisschen alt ist, steht in meinem Schreibtisch. Unten links. Das lange Kabel zum Router, der draußen im Flur steht, steckt noch in ihm. Falls es bei einem Notfall am neuen Laptop mal ganz schnellgehen muss. Erste Hilfe, aber nicht per Herzmassage oder Blutübertragung. Bei Computern hilft nur der Online-PC-Doktor.

Ich checke meine E-Mails. Toll. Ein Wetterbericht, der für den nächsten Sommer sechs Monate Schnee voraussagt, der ist genauso interessant wie meine Mails.

Ach, ich könnte doch mal wieder ins Archiv gehen. Da war ich schon ewig nicht mehr. Ich gehe ins Archiv und muss erst mal kräftig husten. *Bah, ist das staubig!*

Meine Bibliothek ist nicht unten im Keller. Aber wenn sie es wäre, dann wäre sie ganz nicht so staubig wie das Archiv. Es befindet sich im Mail-Programm. Dort ist alles archiviert, was ich nicht löschen will. Aber so viel altes Zeug muss sich dort auch wieder nicht ansammeln. Ein Berg aus alten, längst verjährten Mails. Also ab damit in den Müll. Alle Mails, die älter als fünf Jahre sind, fliegen raus. Bis auf die E-Mails, die ich irgendwann doch noch mal brauchen könnte.

Fertig. Das Archiv ist geputzt. 3 E-Mails habe ich gelöscht. War aber echt schwer. Könnte doch gut sein, dass der 20%-Gutschein von 2007 in Anno 2029 noch mal aktuell wird.

Das Archiv putzen habe ich bei der Walburga abgeschaut. Die hat ein Archiv. Wahnsinn! Mit den Gutscheinen, die dort lagern, könnte man glatt steinreich werden. Wären sie nicht aus der Steinzeit.

Ich verschließe meinen elektronischen Briefkasten wieder, mache eine Pause, zu der ich mich ans Fenster stellen muss, da ich in geschlossenen Räumen nicht rauche. Dann hole ich mir das Manuskript von „Gerber Marie" auf den Bildschirm und lege mir das kleinkarierte Blatt zurecht, auf dem ich stets notiere, was bereits korrigiert ist. Immer dann, wenn ich mit der Korrektorei aufhöre, notiere ich, dass ich es zum Beispiel auf Seite 47 tat. So muss ich dann das nächste Mal, wenn ich weitermache, nicht lang suchen. Von dem Merkzettel gibt es keine drei Kopien, wäre nicht besonders umweltfreundlich, da Papierverschwendung. Zeitweise geht es auch gut voran mit dem Fehlerausmerzen. Doch hin und wieder komme ich an Stellen, wo es hinten und vorne hakt. Da hab ich dann nur zwei Chancen. Entweder diese ganze Passage neu schreiben oder komplett löschen. Meist lösche ich sie. Es ist nicht nur schwierig eine Szene umzuschreiben, bei der der Wurm drin ist, es hält zudem unwahrscheinlich auf. Einen Part ganz neu zu gestalten, geht wesentlich schneller.

Telefon und Handy, die mich gestern wieder mal beinahe um den Verstand gebracht hatten, habe ich schon am Morgen wieder auf hörbar eingestellt. Noch schweigen beide. Es ist aber auch noch verdammt früh heute Morgen. Es soll Leute geben, die pennen samstags und sonntags bis in die Puppen. Aber ich Dödel sitze schon um halb neun Uhr morgens beim

Manuskript überarbeiten. Aber ich will es auch nicht ändern. Ich bin eben ein früher Vogel. Mit Regenwürmern und dem Fliegen habe ich es aber nicht so besonders. Mich mit leeren Joghurtbechern von Ort zu Ort beamen ist mir lieber.

Rrring, rrring, rrring!

Ein rascher Blick zur Uhr, schon weiß ich, wer anruft und gleich fragen wird, ob ich ihren Einkauf vergessen hätte.

»Guten Morgen!«, melde ich mich scheinheilig, da ich an ihren Einkauf tatsächlich nicht mehr gedacht hatte. Aber ich bin nicht auf den Mund gefallen »Gerade eben ziehe ich mir die Schuhe an. Ich hab dich nicht vergessen, nur ein bisschen verschlafen, Ma.«

»Du und verschlafen? Bist du krank?«

»Ja, ich hab die Schwindel-Sucht. Geht aber schon wieder. Pressierts mit den Sachen, die du brauchst, oder kann …«

»Nein. Reicht, wenn ich sie in einer halben Stunde habe.«

Damit ich es auch in einer halben Stunde schaffe, reicht sie mir die Einkaufsliste gleich durchs Telefon. Ich schreibe mit, hatte sie mir aber viel schlimmer vorgestellt.

Nach neunundzwanzig Minuten hat sie ihren Krimskrams. Der Laden ist gleich ums Eck. Nach vierunddreißig Minuten, je sechzig Sekunden, sitze ich schon wieder am Schreibtisch. Den Laptop hatte ich vor der Einkaufs-Rallye auf „*Standby*" geparkt. Ich parke ihn aus. Alles noch da. Beruhigt tippe ich weiter. Da mal ein Komma weg, da fehlt ein h. Ich mache es rein, jetzt fehlt es nicht mehr. Zwei Stunden halte ich durch, mit den zwischendurch gemachten Pausen sind es sogar drei

Stunden. Langsam lässt die Konzentration nach. Zeit für eine längere Pause. Frische Energie tanken. Und die tanke ich am besten beim Schlafen. Tut echt gut so ein Mittagsnickerchen. Und schönmachen soll es auch noch. Ich glaub daran. Hat ja keiner gesagt, wie oft man sich mittags aufs Ohr legen muss, bis die ersten Auswirkungen erkennbar sind. Hab mal, bevor ich mich zu Mittag hingelegt hatte, mitten auf der Nase eine Falte gehabt. Einen Krater. Der Krater vom Ätna kann zwar toll Feuer spucken, aber ist längst nicht so tief. Und sehen tut man ihn auch nicht, wenn man den lavaspuckenden Berg von vorn, statt von oben betrachtet. Nach dem Mittagsschlaf war ich aufgewacht, hatte in den Spiegel geschaut und hab dann gesehen, die hässliche, mich total entstellende Falte ist weg. Hab sie dann im Kopfkissen wiedergefunden. Die Falte war keine Falte, sondern ein Haar. Wie das Ding auf meine Nase gelangt war? Ist wahrscheinlich am Morgen beim Frisieren runtergefallen und hat sich in der Zahnpasta festgekrallt. Die Zahnpasta war auf meine Nase geraten, da ich mich meist im Dunkeln aufhübsche. Bin mal erschrocken, als ich das Licht anmachen musste, weil mir der Schraubdeckel von der Zahn-putzpflegecreme runtergefallen war. Das Licht hatte ich fix wieder gelöscht, nachdem der Deckel gefunden war. Hatte mir dann den Schädel am Waschbecken angehauen. Autsch!

Den ganzen Nachmittag verbringe ich mit korrigieren. Ist anstrengend, nervig und freudig zugleich. Der Kopf qualmt, die Nerven sind gereizt, und doch freue ich mich drüber, dass ich wieder ein ganzes Stück weitergekommen bin. An einem Tag wie heute schaffe ich schon mal 30, 40 und mehr Seiten.

Mein Soll für heute ist erreicht, und so speichere ich das Manuskript unter neuem Namen ab. Die Kopie kommt in die Wolke. Da ich nicht neugierig bin, klinke ich mich in eines der sozialen Netzwerke ein. Manche User geben zu allem ihren Senf dazu, die anderen ihren Ketchup. Ich Vanillesoße. Aber man kann dort auch Bilder hochladen. Man ist also der Kandidat, die anderen Teilnehmer sind die Juri, die Beiträge knallhart beurteilt. In der Regel fallen ihre Benotungen sehr unterschiedlich aus. Von toll bis scheiße. Die Jury hat dafür oft ganz eigene Worte, die ich aber aus Jugendschutzgründen hier nicht wiederhole. Ich selbst poste heute nichts, ich setze mich an das Jury-Pult, gehöre aber zu den Juristen, die nicht bei jedem Posting den Daumen heben, ein Herzchen oder ein trauriges Gesicht vergeben. Kommentare schreibe ich in der Regel nur, wenn mir ein Beitrag oder ein Bild gefällt. Selten, dass ich mal etwas mokiere. Und wenn doch, dann tu ich es dezent, überlege gut, ob ich damit niemand auf den Zeh oder den Schlips oder Haargummi trete.

Mei, ist die süß! Hab eben das Bild einer jungen Katze auf dem Bildschirm. Die Posterin hat als Profilbild, wen wundert es, eine Katze. *Oh, das sind ja noch mehr putzige Bilder von dem wuscheligen Stubentiger.* Die Absenderin hat scheinbar ihr ganzes Fotoalbum online gestellt. Und bei jedem Bild ist ein netter Kommentar mit dabei.

Das ist Morli wenn er schläft. Das ist er, wenn er wach ist. Da frisst er gerade sein Lieblingsfutter. Pute mit Huhn. Das Gesicht machte er, wenn ich mich auf seinen Lieblingsplatz lege, der zugleich meine Couch ist. So schaut er, wenn er in den Gummibaum reingepinkelt hat. Da sitz er gerade vor der neuen, 899.- Euro teuren Gardine und durchlöchert sie mit seinen scharfen Krallen. Hihi. Da spritze ich ihn gerade mit dem Blumensprüher an, weil er die Satinbettwäsche ...

Ich enthalte mich der Stimme und schaue weiter. Dort ein Sonnenaufgang, dem umgehend von einem anderen User mit einem Sonnenuntergang kontra gegeben wird. Am schönsten finde ich die Bilder, die ganz spontan gemacht wurden. Ohne Bildbearbeitung und tausendmal vor dem Spiegel eingeübt.

Ups! Was ist das denn?! Da will doch tatsächlich jemand mit mir befreundet werden. Wenn ich auch will, soll ich die Anfrage positiv beantworten. Bevor ich dies mache, schaue ich mir die Person/in erst mal aus der Nähe an. Ich gehe auf den Namen, dann macht sich die Seite des Schreibers auf. Es überfällt mich weder Sehnsucht, noch kann ich die Sprache lesen. Die Sprache lesen? So was ähnliches hatten wir doch schon mal. Aja! Damals war es um Buchstaben und Zahlen gegangen. Ich könnte mir das entsprechende Wörterbuch mit Translator kaufen, aber ich hab keine Zeit, lehne die Anfrage ab. Ach, die Walburga ist auch on the line. Ja, kann sie. Ihre Glaskugel hat jetzt USB und WLAN. Nur drucken kann sie noch nicht. Ist aber schon in Arbeit.

Noch drei drollige Katzenbilder, dann verlasse ich die Juri wieder, verschließe das Programm und wechsle dafür in eine schlaue Suchmaschine.

kurs, wie gehe ich mit ruhm und reichtum um.

Der Suchmaschine ist es egal, ob man ein Wort klein oder GROß schreibt.

 235

Mehrere Treffer. Einer ist ganz besonders nett. Der lautet: *Sie wissen nicht, wohin mit ihrem Vermögen?*

Hä, welches Vermögen, ich wollte doch bloß wissen, ob es solche Kurse gibt. Wenn mein Krimi auf den Markt kommt und ich in Geld nur so schwimme, dann lege ich es in Aktien für die Erhaltung von Pfirsich-Maracuja-Joghurts an. Bis auf ein paar Euro. Die brauche ich dann für die Transportkosten der Insel und der Südsee. Und als Baugeld für die Ritterburg. Jetzt noch die Mails checken, dann ist aber Schluss für heute mit Computing.

Bloß zwei neue Mails. Rentiert sich gar nicht, dass ich sie lese. Morgen ist auch noch ein Tag. Ein Sonntag!

Kautsching und Buch oder Kanapee mit Flimmerkiste? Ich entscheide mich fürs Fernsehen. Da verdaue ich das leckere Abendessen besser. *Hawaii-Toast alla Frederico.* Steht jetzt auch in meinem Kochbuch für Küchenprofis. Das Rezept ist nicht einfach. Man nehme vier Scheiben Toast, ebenso viele Scheiben Hinterschinken und acht einzeln verpackte Scheiben Schmelzkäse. Ach ja, den grünen Salat und die Ananas nicht vergessen. Nur gut, dass ich heute Früh noch Einkaufen war, sonst hätte es am Abend vier Hawaii-Toasts ohne allem und mit nix drauf gegeben. Ananas, Schinken und Salat und Käse hab ich eingekauft. Toast hatte ich noch daheim.

Die Nachrichten waren wieder wie gewohnt. Politik, etwas Vermischtes, Sport, Lottozahlen, mit denen ich wieder nicht gewonnen habe, weil ich nicht spiele. Das einzige, mit was ich oft spiele, sind royal-blaue Kugelschreiber. Die kann ich blind durch dir Finger drehen, sie auf der Nasenspitze tanzen lassen oder mich damit hinter dem Ohr kratzen. Immer dann, wenn ich nervös bin, weil ich bei einer Szene eines Romans nicht weiterkomme. Das ist aber dann kein Börnaut. Einfach nur Scheiße ist das. Nach Lotto kommt – das Wetter. Es wird eins geben, hat der Nachrichtensprecher gesagt. Wie es wird, das stehe aber noch in den Sternen.

Ich warte, bis es dunkel wird, geh ans Wohnzimmerfenster und schaue gen Nachthimmel. Sterne sehe ich viele, aber es ist keiner dabei, auf dem die morgige Wetterkarte hängt. Ich mach den nur dreiviertel gepafften Glimmstängel platt, mach mein Fenster wieder zu und überlege, ob ich jetzt schon ins Bett gehe oder mir noch einen Spielfilm reinziehen solle. Ist doch Wochenende, kann morgen pennen bis in die Puppen. Theoretisch. Wenn da nur nicht der innere Wecker wäre. Der erinnert mich so gegen drei Uhr nachts daran, dass ich heute gar nicht aufstehen müsse, weil ich doch frei hätte und daher weiterschlafen könne. Ich freue mich so riesig, dass ich nicht mehr weiterschlafen kann und unausgeschlafen aufstehe.

Der Film nach den Nachrichten war echt spannend. Weiß aber nicht mehr, um was es gegangen ist. Ich glaube aber, es war ein Kriminaler. Oder eine Komödie? Ein Drama? Es war keine Kochsendung. Die hatte ich ja heute selber, live und in Farbe, als ich die Toasts mit Ananassen gemacht hatte. Vor allem in Farbe. Erst war der Käse sonnengelb, dann dunkel-gelb geworden. Bald hat er einen hellen Braunstich gekriegt, was ihm aber scheinbar auch nicht zugesagt hatte, denn aus dem hell- war bald dunkelbraun geworden. War genau dann passiert, als ich die Wohnzimmeresstafel gedeckt hatte. Und ich mir rasch die Hände gewaschen hatte. Im Bad hatte ich gedacht, das Nachbarhaus würde gerade abbrennen. Es hatte nach verkohltem Holz, nach Holzkohlegrill geduftet. Lecker geschmeckt hatten die Toasts trotzdem. Beim Grillen sagt man doch auch, man müsse die Holzkohle rausschmecken, sonst sei es kein Grillen, sondern nur lauwarm aufwärmen.

Gute Nacht, Wecker. Gute Nacht, Wetterbericht.

21

Heute ist Montag und der Tag wird sicher wieder wie der gestrige Sonntag. Aufstehen, waschen, danach frühstücken, den Laptop an, Manuskript in den Arbeitsspeicher rein und korrigieren, nachdenken, korrigieren, grübeln und so weiter. Dazwischen was essen. Die Thermoskanne mit Kaffee steht auf dem Wohnzimmertisch, der Becher, das Haferl, ist stets in Griffnähe. Ich sitze am Schreibtisch und schmunzle vor mich hin und her. Die Szene, als die Gerber Marie an der Isar steht und schreit wie am Spieß. Herrlich! Schon beim noch mal lesen krieg ich Gänsehaut. Die Szene ist mir in den Sinn geschossen, als ich an meine erste Begegnung mit Walburgas Kauz gedacht hatte. Ich hatte mir dasselbe bei Marie vorgestellt. Die Augen ganz weit aufgerissen, kreidebleich und dann der markerschütternde Schrei. Da gibt es doch das Bild. Edvard Munch hatte es gemalt. „*Der Schrei*" heißt es, wenn ich mich noch recht entsinne. Ob er damals auch eine Person auf einer Brücke stehend gesehen hat, die geschrien hat, als habe sie eben den Satan höchstpersönlich gesehen? Oder war dieser Person gar der Toast Hawaii angebrannt?

Drüben in der Küche steht das Fenster auf, das Wetter war bereits am frühen Morgen gekommen. Die Aurora hatte ihr Bestes gegeben. Sonne pur. Maiglöckchenduft. Das sind die Blumenbilder, die ich am Samstag gemeint hatte, als ich den putzigen Katzenbabys keine Wertung hab zukommen lassen.

Sonne, Maiglöckchen und strahlendblauer Himmel. Ich habe das Gefühl, als sei schon Frühling.

Es ist Frühling!

Ich korrigiere weiter, sag den Buchstaben, wie und wo ich sie gerne hätte. Erst dann, wenn ich vollends zufrieden bin, kommt der nächste Satz an die Reihe. Es sind aber auch viele Sätze dabei, dem Himmel sei Dank, die lasse ich so, wie sie schon niedergeschrieben sind. Eigentlich tippen wir Autoren und *innen nur. Schreiben war gestern. Aber dann müsste es doch jetzt Tippsteller nicht mehr Schriftsteller heißen. Da ich aber nebenbei auch mal was auf einen gelben Schmierzettel schreibe, bleibe ich auch beim Schriftsteller.

Plötzlich höre ich drüben ein komisches Rattern, das sich anhört, als würde der Postbote kommen. Bei uns kommt zurzeit ein junger Mann, also Postbote. Ich stürme in die Küche. Mein Kopf ist schneller beim Fenster draußen, als der Postler in die Pedale treten kann. Nanu, was macht er? Fährt einfach vorbei. Dabei war ich mir sicher, er würde mir was bringen. Und wäre es nur eine klitzekleine Werbung gewesen, die ich, nachdem ich sie vielleicht gelesen hätte, ins Altpapier gelegt hätte.

Apropos Post. Demnächst werde ich einen Nachsendeauftrag für meine künftige Fanpost beantragen. Die lasse ich mir aber nicht zu mir nach Hause, sondern gleich auf meine Insel in der Südsee schicken. Ist zwar ein kleiner Umweg für den Postboten, aber wenn Insel samt Südsee dann erst einmal bei mir im Garten steht, tut er sich wieder leichter. Doch solange die noch nicht hier sind. Tja, da muss er wohl durch. Hat eh ein Glück, dass die Südsee unten liegt, da geht es nur bergab. Würde ich nach Grönland ziehen …

Apropos Grönland. Habe vorhin eine E-Mail losgeschickt. Nach Kleintümpelshausen. Und da sie nicht als unzustellbar markiert zurückgekommen ist, müsste dort das Internetz nun wieder funktionieren.

Wetten, dass die Türglocke gleich geht? Die Huber-Meier-Weber …, das neugierige Ratschkathl. Sie hat gesehen, dass der Briefträger gerade an meinem Haus vorbeigefahren war. Sie hat aber nicht gesehen, dass er mir nix gebracht hat.

Kling. Kling. Dong! Dong! Dong! Dong!

Was sage ich? Wenn die anklingelt, da meinst du echt, alle Kirchenglocken von ganz München und Bayern schlagen auf einmal Alarm.

»Grüß Gott, Herr Autor … oder ist Ihnen der Schriftsteller lieber? Hat Ihnen der Postler, den ich eben ganz zufällig hab vorbeifahren sehen. Hat er Ihnen den Probedruck vom Buch angeliefert? Ich bin ja überhaupt gar nie nicht neugierig. Der Himmel bewahre mich. Aber … hat er? Ja?«

»Klar. Aber nicht bloß einen Probedruck. 5000 Exemplare hat er mir in die Hände gedrückt.« Sie macht ein Gesicht, da fällt mir gleich wieder Munchs Bild ein. »Die Bücher muss ich nun alle handsignieren … royal-blau soll das Autogramm sein. Der oberste Chef der Schriftstellergewerkschaft besteht darauf. Habe zum Glück schon drei Wochen lang geübt. Nur mit dem großen A habe ich noch ein kleines Problem.«

»50.000 hat er gebracht? Bah, jetzt weiß ich auch, warum

er so ein großes Fahrrad hat. Da bin ich schon mal gespannt, mit was der Postler ankommt, wenn Sie erst einmal Fanpost kriegen. Hammer!«

»Ach, Herrin, machen Sie sich da mal keinen Lockenkopf. Übrigens, Sie haben noch einen Lockenwickler im Haar. Die Fanpost muss dann nicht extra zu mir herkommen. Sie bauen mir in den Garten, auf der Nordseite meiner Insel, da wo die Palmen stehen, die Schatten spenden. Da bauen sie ein Postamt hin.« Nun sind es zwei Gemälde. Ihr zweites Gesicht ist noch dramatischer, filmreif. Als hätte sie „*Freddy Krueger*" aus Nightmare gesehen. Horror pur. »Tja, ich bin doch nicht blöd, und lauf mir mit der beantworteten Leser*infanpost die Hacken ab. Oder heißt es Leser*in-Fanpost? Sie kennen sich doch aus damit, Frau Siebenfach-Witwe. Waren Sie früher nicht mal Deutschlehrer-in.«

»Jaja, das schon. Aber irgendwie bin ich heilfroh, dass sie mich mit 26 in die Rente geschickt hatten. Wenn ich mir das vorstelle, nochmal unterzurichten und Diktatur kontrolingen und statt mit Kreidebleich und Unterschiefertafel, mit einem Tablett, wo andere ihr Essen darauf herumgetragen haben … Nein, nein, das würden meine Neuronen gar nicht aushalten. Meine Nachbarin hat ein Töchterchen, die kennt einen Sohn, dessen Schwester, die Anna, nicht den Zwilling, die Leonie. Die ist auf einer Uni und studiert Malerei. Und deren Professor, auch so ein helles Kahlköpfchen wie Sie, Sie Meister der Buchstaben. Der hat wiederum einen Kollegen …«

»Ich kenne den Professor, Huberin«, haue ich aufs Blech, fast hätte ich gelacht. »Der wird das Cover von dem Roman entwerfen, den ich nach dem siebten Teil des Krimis und der 26-Buchstaben-Band-Serie mit Goldeinband über das ABC geschrieben habe. 26 Bände! Jeder Buchstabe bekommt ein eigenes Buch. Das mit E wird 400 Seiten dicker als das mit Y. Aber das ist noch Zukunftsmusik … und geheim!«

Nachbarin Bild Nummer 3: „*Untergang der Titanic*"

»Waaas, komponieren tun Sie jetzt auch noch! So wie der Mozart und der Beethoven und der Dieter Bohlen? Bah, das muss ich ja gleich der Frau … sagen, dass sie Zukunftsmusik komponieren. In E und Y Moll! Genial.«

Und weg ist sie.

Äh, wo war ich vorhin gleich wieder stehengeblieben? Auf meinen Füßen, schon klar. Ah, in Grönland. Ich darf ja nicht vergessen, ich muss in Kleintümpelshausen anrufen. Dort tut sich etwas. Das haben zumindest die Mittagnachrichten verkündet. Aber erst die Arbeit, dann die Katastrophe.

Zwei Seiten noch, dann bin ich durch, habe das komplette Manuskript durch und überarbeitet. Tolle Leistung. Für den Arbeitsgeist, den ich sonst an manchen Tagen hatte, echt gut. Aber leider ist noch nicht Schluss. Ich muss noch das ganze Drumherum, die Sachen, die ein Buch erst komplett machen, um die muss ich mich auch noch kümmern. Ein paar Zeilen schreiben, die noch vor dem Roman im Buch stehen und die, die weit hinten stehen, nach dem Finale, in dem der Titelheld entweder als Held gefeiert, erschossen, erdolcht oder vergiftet wird. Was mit ihm in meinem Krimi geschehen wird, das verrate ich natürlich nicht.

Warum ich das Drumherum nicht einem/r Verlagslektor/in

machen lasse. Weil ich das Buch selbst verlege. Dazu hat mir ein guter Bekannter geraten. Da bist du der Chef und kannst alles selber bestimmen, solange du dich an die Regeln hältst. Was bei mir kein Problem ist. In meinem Buch wird nichts drin vorkommen, was Leute unter 18 nicht lesen dürften. Die Protagonisten sind alle frei erfunden und existierende Leute werden von mir nicht ins schlechte Licht gerückt.

Tata, tata! Jodeldödeldideiholdrio!

Nein, nicht der Beethoven. Das ist meine eigene Hymne. Ich bin fertig, hat der Tusch verkündet. Gerade eben habe ich auf der letzten Seite das Romans folgendes geschrieben:

E * N * D * E

Den Rest mache ich morgen. Oder übermorgen. Oder auch erst überübermorgen oder … Ach, was solls, ich hab ja Zeit, da ich noch immer im Tag Eins bin.

Am Wochenende mache ich es, dann habe ich Ruhe, kann ausschlafen bis halb vier, mit viel Dusel sogar bis vier. Zwei backfrische Bäckersemmeln, Kaffee, Wurst, Käse und zwei weichgekochte Eier. Weil das Wochenende bei mir meist nur aus dem Sonntag besteht, gibt es zur Feier des Tages Honig. Echten Millefiori aus Italien. Lecker!

Computer aus oder nicht?

Ich habe jetzt drei Möglichkeiten, um zu erfahren, was ich tun soll. Erstens: Walburga anrufen. Dazu habe ich aber jetzt null Bock. Meinen 5xgrößer Spiegel befragen. Dazu müsste ich mich aber erheben und ihn auf meinen Wohnzimmertisch stellen.

Spiegel, o Spiegel auf dem Wohnzimmertisch ...

Nö, das tue ich auch nicht. Habe keine Lust, mich von ihm wieder so saublöd anreden zu lassen, wie mit dem Pickel.

»Mach einfach ... bla, bla. Und dann auch noch in Gelb!«

Seit der Sache mit dem fetten Pickel auf der Nase, verfolgt mich dieser dumme Spruch.

Ich drücke aber nicht auf die Zahnpastatube. Auf den Aus-Knopf am Laptop drücke ich. Ach nein, das war beim halb-alten PC. Der Laptop wird per Mausklick abgewürgt.

Erledigt. Ich schnippe mit den Fingern, aber es tut sich nix. *Hatte auch schon mal besser geklappt. Na gut, dann erhebe ich mich eben und hole das Festnetztelefon per Füße.*

Ich drücke erst auf die „1", danach auf den kleinen grünen Telefonhörer. Dadurch wählt das Telefon die dort hinterlegte Nummer alleine. Bald ertönt in regelmäßigen Abständen ein Signalton.

Tuuut ... tuuut ... tuuut.

»*Ja?«,* meldet sich eine sympathische Stimme. Es ist aber nicht die Dame, mit der ich jetzt gern gesprochen hätte.

»Servus, ich bin's, der Fredy aus Bayern.«

»Hä? Äh. Könnten Sie vielleicht später noch mal anrufen, wir haben nämlich gerade keinen Dolmetscher im Haus. Und der Bürgermeister*in kommt erst heute Nachmittag um 3 aus der Sitzung raus. Um diese Uhrzeit muss sie immer pinkeln. Behauptet sie zumindest. Stimmt aber nicht. Letzten hab ich gesehen, dass sie in ihr Büro geschlichen ist, um einen Herrn in München anzurufen. Ich glaub, die blöde Kuh hat extra so leise geflüstert, damit ich nicht alles mitkriege. Dem hat sie brühwarm erzählt, dass wir eine Stadtmauer und Wehrtürme bauen. Das ist eigentlich streng geheim! Ich habe mir bereits eine Laubsäge zugelegt. Mit der werde ich so lange an ihrem Stuhl sägen, bis ich darauf sitze.«

»Schön! Haben Sie auch ans Schleifpapier gedacht?« frage ich diese nette Stimme, deren Namen ich jedoch nicht kenne. »Um drei hatten Sie gesagt? Fünfzehn Uhr?«

»Ja, um 3. Soll ich dem Bürgermeister*in was ausrichten, solange sie hier in Kleintümpelshausen noch etwas zu sagen hat. Das mit diesem *in und /innen, das müssen wir immer sagen, damit unsere Quote stimmt. Da kanns auch schon mal vorkommen, dass ich den Stadtrat Knöpf mit Herr Stadträtin Knöpf anrede. Ein andermal …«

»Sagen sie dem Frau Bürgermeister, ich rufe morgen noch mal an. Um fünfzehn Uhr.«

»3 ist gut, da geht sie immer pinkeln. Hihi.«

Würde mich gar nicht wundern, wenn die Bürgermeisterin sich bald Oberbürgermeister nennt. In den Nachrichten wird schon seit Wochen sein Name nicht mehr erwähnt. Da ist nur immer von einer Frau Bürgermeister die Rede.

Und schon geht das lange Wochenende zu Ende.

22

Ganze drei Mal war ich letzte Nacht aufgewacht! Das erste Mal war, als ich mir den Fuß in der Bettdecke fast gebrochen hätte. Zumindest hatte es sich genauso angefühlt. Das zweite Mal, als mich die Blase gedrückt hat. Beim dritten Mal habe ich geträumt, ich stünde in einer riesigen Bibliothek, größer als die des Vatikans und Louvre zusammen. Tausende, nein, Abermillionen Bücher und Schriftrollen waren da drin. Viele Bücher und Pergamentrollen waren von Hand geschrieben, von Mönchen mühevoll kopiert. Aber alle hatten sie, egal ob uralt oder brandneu, eins gemeinsam. Den Einband. Bei den Schriftrollen stand der Titel auf einer breiten Banderole. Die war sozusagen das Cover. Das Beste war aber, auf all diesen Einbänden und Banderolen war derselbe Name und derselbe Titel gestanden. Es war mein Name, mein Krimi! Der Krimi, mit dem alles beginnen wird.

Nicht schweißnass, schmunzelnd war ich aufgewacht. Ehe mich der Schlag traf. 3:30 Uhr und Dienstag. Hatte ich Dödel doch glatt vergessen gestern, mir gestern Abend den Wecker zu stellen.

Stress! Hektik! Panik!

Erst da, als ich von der Arbeit nach Hause gekommen war, hatte ich langsam wieder durchgeblickt. Da war mir nämlich aufgefallen, dass ich beim Einkaufen, was ich ja meist gleich nach der Arbeit mache, etwas eingekauft hatte, das nicht auf meinem Wunschzettel gestanden war. Nein, es geht nicht um falschen P-M-Joghurt. Einen Vollkorntoast habe ich gekauft. Ich esse nie das volle Korn. Weder Toast, Pasta noch Joghurt mit Körnern. Wenn mal Körner, dann Erd-, Wal, Paranüsse. Die Mandeln mag ich am liebsten im Weihnachtsstollen, in Lebkuchen und im Nusskranz mit gemahlenen Nüssen.

Mein täglicher Schönheitsschlaf rettet mir heute den Tag, von dem noch die Hälfte übrig ist. Voller Elan, der linke Fuß, den ich mir in der Bettdecke verdreht habe, er tut kaum noch weh. Ich gehe also voller Elan ans Werk. Der Laptop imitiert mich, er fährt so schnell hoch wie nie zuvor. Was jedoch kein Wunder ist – Router abgestürzt!

Bitte überprüfen Sie die Internetverbindung ...

»Ich prüfe gar nix! Das machst du ganz brav selber, mein Guter.«

Ich ziehe den Stecker, den Stromstecker vom Router. Eine, zwei Minuten warte ich, dann gebe ich ihm wieder Saft. Den guten. Ich hab Öko-Strom. Der ist nicht gespritzt ... hoppla, das wäre ja der Bio-Strom. Human-Strom ist, wenn Opa im Keller sitzt und in die Pedale tritt oder an der Kurbel dreht. Rad und Kurbel sind natürlich auf 230 Volt geeicht. Laptops, Handys und Energiesparlampen vertragen nicht mehr Strom. Und wenn, dann nur ein Mal.

Die kleinen bunten Lämpchen am Router blinken, ich habe das Gefühl, ich bin in der Disco. Es dauert einige Zeit, doch dann hört das Blinken auf. Jetzt brennt ein weißes Licht. Der Router sagt: Telefon und Internet funktionieren wieder. Der Laptop bestätigt dieses, indem er keine Fehlermeldung mehr anzeigt. Das Telefon muss ich selber, von Hand, prüfen. Das geht aber ganz fix. Ich drücke auf die „1", danach auf Grün. Ich warte und zähle rückwärts bis zur Eins. »sniE.«

Tut, tut… »Hallo?«

Das ging aber flott. Was so ein Neustart des Routers doch so alles bewirken kann. Ich bin so überrascht, dass ich nicht weiß, wer am anderen Ende dran ist.

»Bist du's?«, frage ich daher vorsichtig.

»Wenn du's bist, Fredy, dann ja.«

»Und wenn ich's nicht bin?«

»Hallo, Hello. Sie sind mit Grönland verbunden. Wie kann ich help you? Speak you Grönlandy?«

»Du weißt doch ganz genau, dass ich kein Englisch kann, Brunhilde, du dumme Nuss. Ich bin dran, der Fredy.«

»Kannst du dich ausweisen?«

»Ja. Codewort Stadtmauer!«

»Sag doch gleich, dass du's bist, Fredy! Was geht ab?«

»Genau das wollte ich dich fragen. Muss ich dich jetzt mit Herr Oberbürgermeisterin anreden. Hast du ihn schon …«

»Klar, meine Sekretärin hat mir ihre Laubsäge geborgt. Du willst wissen, wie es um die Verhandlungen steht, oder? Gut, ich verrate es dir aber nicht.«

»Halt! Warte! Hast du einen Spion im Rathaus?«

»Sie! Sie ist eine Spionin. Sie hat mir schon berichtet, dass du angerufen hattest. Dass sie an meinem Stuhl sägt, um sich selber draufzusetzten, war nur ein Ablenkungsmanöver. Ich habe gerade, als ihr zwei telefoniert hattet, meine Leitung auf Wanzen und Schaben überprüft. Ist aber nix drin. Nur etwas Staub. Und eine Nordseegarnele hab ich gefunden. Also, wo fange ich jetzt nur an? Äh. … Hast du Zeit?«

»Jede Menge, Oberbürgermeisterin Brunhilde.«

»Ja, gefällt mir. Dieses Ober vor dem Bürger. Es geht los! Erstens: Wir haben uns mit den Grönländer einigen können. Sie kriegen die Feuerwehr und das Acht-Mann Schnellruder-schlauchboot zurück, dafür bauen sie keinen Ostfriesen Tee an. 2: Ich habe mit Kommissar Hansen eine Art Stiftung ins Leben gerufen. Wir werden den Spielplatz am Kleintümpels-hausner Wasserfall umbauen und vergrößern und mit neuen Spielgeräten ausstatten.«

Um Himmels willen!

»Finanziert wird das Ganze mit dem Geld, das die Verstei-gerung von Nataschas Fluchtwagen gebracht hat. Sie sitzt im Knast und das Autohaus Krawuttke braucht den Wagen nicht mehr. Der TÜV läuft bei der Karre auch bald ab. Die grüne Plakette für die Innenstadt kriegt es sowieso nie. Wegen dem Koks im Katalysator. Das Zeug staubt so, und gesund ist es auch nicht. Der Wachtmeister Roland hat mal, als Natascha Nataschowitzka noch nicht im Bau gesessen war, beim Auto eine Verkehrskontrolle gemacht. Mit AU und dem Luftdruck prüfen. Wir hatten alle gedacht, als er fertig war: Nanu, hat der Roland eine Flasche Aquavit gesoffen? Dabei hat er nur die Nase etwas zu nah ans Endrohr vom Auspuff gehalten. Natascha hat Gas gegeben und er hat geschnüffelt. Hatte den weißen Staub voll in die Nase … Naja, er war dann drei Tage vom Dienst befreit. Aber zurück zum Spielplatz. Er wird toll. Ich glaube, die Alten werden dort mehr Spaß haben als unser Nachwuchs. Links, da wo jetzt der Sandkasten ist, da kommt ein trojanisches Schaukelpferd hin. In Originalgröße! Rechts eine Hüpfritterburg mit Zugbrücke, Burggraben und Schießscharten. In den Speisesaal kommt eine Pommesbude. In der Mitte vom Spielplatz. Hach, ich sehe es schon direkt vor mir. Dort kommt ein Wikingerschiff hin. Wir konnten es günstig erstehen. Ist gebraucht, aber in Topzustand. Auf und mit ihm ist einmal ein Knabe … und im Hintergrund stürzt sich unser Wasserfall todesmutig drei Meter elf in den Abgrund. Neben den trojanischen Schaukelgaul kommt eine Hundehütte. Aus Lebkuchen. Da können die Kleinen Katz und Hex' spielen.«

»So viel Zaster hat der Fluchtwagens eingebracht?«

»Nö, aber der Willi Willisen hat der Stadt ein Aktienpaket vererbt. Ich weiß nicht, mit was er die Aktien gekauft hat, so viel Kohle verdient ein einfacher Berufskiller ja auch wieder nicht. Die immensen Reisekosten. Bis Tasmanien hatte Willi einmal wegen eines Auftrags gemusst.«

»Aha. Und sonst?«

Frau Oberbürgermeisterin überlegt. »Schlechte Nachricht für die Formel 1. Das Rennen auf dem Saturn musste leider abgeblasen werden. Irgendwelche intergalaktischen Idioten haben die Milchstraße komplett zur Tempo 30-Zone erklärt. Kleintümpelshausen ist jedoch nicht mit bei, wir gehören ja zum Glück zur EU. Du, Fredy, was kochst du heute Abend. Ich überlege schon dauernd, aber mir fällt nix ein. Hast du eine blöde Idee, was ich …«

»Bei mir gibt's Essen in Rädern.«

»Du meintest wohl auf Rädern, oder?«

»Nö, in Rädern. Italienischen Wurstsalat. Lyoner in Räder schneiden, Mozzarella, italienischen Paprika, Olivenöl, auch aus Bella Italia, Balsamico aus Modena, das Salz aus Sizilien und Pfeffer aus dem italienischen Feinkostladen, einen Spritzer Zitrone von der Amalfi Küste. Basta. Schon ist das Essen in Rädern fertig.«

»Hört sich ja lecker an, Fredy. Und wo krieg ich das ganze Zeugs her?«

»Italien!«

»Das schaffe ich nie bis zum Abend. Gibs das Essen auch tiefgefroren? Ich habe ne Mikrobenwelle. Ach was, ich mach mir einfach eine Dose Ölsardinen auf. Die kommen ja auch aus Italien. Du, ich muss wieder etwas tun. Muss noch eine Verlautbarung aufsetzen. Die Bürger wollen wissen, warum der Ex-Oberbürgermeister jetzt nicht mehr meistert, sondern demnächst an der Kasse von unserem neuen Spielplatz sitzt. Ich hab ihn vor die Wahl gestellt. Entweder Kassenwart oder Krabben pulen. Tschü-hüss!«

»Servus!«

Nicht Milchstraße, sondern EU. Obwohl, über uns Bayern sagt man ja auch immer, wir wären eine eigene Galaxy.

Das Telefonat hatte mich so derart verwirrt, dass ich jetzt nicht mehr fähig bin, noch normal zu denken. Ans Schreiben brauche ich heute gar nicht mehr zu denken, dabei würde nur Mist herauskommen.

Trojanisches Schaukelpferd! Hüpfritterburg!

Klingeling.

»Ja?«

»Ich bin's noch mal, der Fredy.«

»Hast du aber ein Glück, dass du mich noch erwischt hast. Gerade wollte mich mein Chauffeur zum Kleintümpelshausner Flughafen fahren. Ich hab eben einen Rundflug gebucht. Sizilien, Amalfi, Modena ... soll ich dir was mitbringen?«

»Nein, passt schon, hab noch.«

»Ich mache einen Abstecher nach Rom, Fredy. Ich könnte dir aus dem Vati ...«

»Ein paar schöne Münzen könntest mir mitbringen. Hab in den Nachrichten gehört, der Trevi Brunnen ist voll damit.«

»Mach ich. Warum rufst du an?«

»Wegen eurem Spielplatz. Ich hab eine Idee. Wie wäre es, wenn ihr über den Spielplatz eine Gondelseilbahn baut?«

»Ui! Supi! Aber nicht nur über den Spielplatz. Wenn schon klotzen, dann richtig. Kleintümpelshausen – Grönland. Geil! Monatskarte 10.- Euro, Jahresabo 12.-. Kinder die Hälfte.«

»Und wie sieht es mit der Seniorenkarte aus?«

»Tageskarte 8.99. Die gilt aber dann nur von 9 bis 15 Uhr. Sonntags bis siebzehn Uhr. Danke, Fredy! Ich lade dich ein, sobald alles fertig ist. Kriegst eine Ehrenkarte. Damit kannst du eine Fahrradtour quer über den Südpol gewinnen. So, nun muss ich aber, mein Jumbo geht gleich.«

Ich und nicht schreiben können, das wäre doch gelacht!

 253

Ich beende die Faulenzerei des Laptops, indem ich auf die Leertaste drücke. Der Stand-by-Modus verabschiedet sich, der Laptop macht eine lange Nase.

Der schon wieder!, scheint er zu denken.

»Was ist dir lieber, Krimi oder Mittelalter?«, frage ich ihn ganz lieb. Doch er macht auf bockig. *Ist mir doch wurscht. Von mir aus kannst du mir auch die Gebrauchsanweisung für den Laserdrucker in den Speicher laden. Runtergeladen hast du sie, aber nicht ein einziges Mal reingeschaut hast du! Weißt du eigentlich, wieviel Platz eine Bedienungsanleitung braucht? Letzte Woche habe ich nur wegen dir die Festplatte umgeräumt. Wintersachen raus und eingelagert, Sommersachen rein. Dein Glück, dass meine Bits und Bytes nicht in die Waschmaschine und danach gebügelt werden müssen.*

»Fauler Hund! Schau doch mal deine Monitorscheibe an, Laptop. Schäme dich. Wenn ich darauf Fotos von Kätzchen und Blümchen anschaue, habe ich immer das Gefühl, bei dir schneit es. Tu jetzt ja nicht nachmaulen, lade mir lieber die „Gerber Marie".«

Dem hab ich's aber gegeben. Keinen Pieps macht er mehr.

Ich schreibe noch die Titelei, dann bin ich endgültig fertig. Marie auch. Morgen schicke ich Marie per E-Post an meinen Verlag. Und dann … dann können Ruhm, Reichtum und die Insel samt Schönheit und Südsee kommen. Geil!

Ich schaue auf meine Uhr. Nicht auf die Wohnzimmeruhr, auf meine innere Uhr. Fünf vor vierundzwanzig Stunden. Ich habe es tatsächlich geschafft! Genial! Wenn ich den Roman in drei Minuten an den Verlag schicke, hab ich an nur einem

Tag ein Buch geschrieben, das der Verlag in einer Sekunde an die Druckerei dann weiterleitet und weltweit im Internet, den Nachrichten und in Radiosendern bewirbt. Zur Werbung gehören Riesenposter, Litfaßsäulen und der Münchner Fernsehturm. Überbreite Werbebanner mit meinem Bild und dem Buchcover ziehen eine Staffel Propellerflugzeuge hinter sich her – Tag und Nacht. Nachts sind sie natürlich beleuchtet – in royal-blau.

Fast hätte ich jetzt in meiner Euphorie zum Telefonapparat gegriffen, aber das kleine Männlein … sieht lustig aus, wenn es den Kopf schüttelt. Es hat eine grüne Zipfelmütze auf, an der ein winziges, süß klingendes Glöckchen hängt.

Dong, dong, dong! Bamm, bamm! Wehe dir, lass bloß die Griffel vom Telefon, Fredy!

Das kleine Männchen schimpft nicht zu Unrecht. Noch ist es nicht eine Sekunde vor vierundzwanzig Stunden. Braucht nur was dazwischenkommen, Walburga zum Beispiel, schon kann ich meinen Plan, an nur einem Tag ein berühmter Autor zu werden, an den Nagel hängen, dann lande ich im zweiten Tag meines Autorendaseins. Und das geht nicht, mein erstes Buch muss heute auf den Buchmarkt kommen. Eine Sekunde vor Mitternacht muss es überall verfügbar sein. In Süd- und Nordamerika, Australien, GB, Asien, Afrika, Grönland und Straßlach-Dingharting, überall da müssen es die Leser/innen den Buchhändlern aus der Hand reißen können. Druckfrisch. Aber wenn ich jetzt ans Telefon gehe und die Walburga ist dran, wird sie mir stundenlang die Ohren vollquatschen. Was kochst du heute, Fredy? Ist es bei dir auch schon Frühling?

Hast du die Nachrichten gesehen? Was meinst du, soll man die Zeitumstellung abschaffen oder sollte man die Uhren im Sommer um drei, vier Stunden vorstellen? In Paris bauen sie einen zweiten Eifelturm. Er soll jedoch in Brüssel aufgestellt werden. Neben dem Ding mit den Kugeln, dem Atomium. Es soll das Freundschaftsband zwischen der EU und Nicht-EU festigen. Du kennst doch diese Freundschaftsbänder, die du im Urlaub an jeder Ecke kaufen kannst. So ungefähr. Äh, ich habe gehört, dass man in Grönland … So würde das die ganze Zeit gehen.

Ich muss raus an die frische Luft. Und so verlasse ich mein trautes Heim. Zurück bleibt mein Geist, der nun allein durch die Halle meines genialen künstlerischen Schaffens schwebt. Ich spaziere, nein, erst schiele ich vorsichtig bei der Tür raus und vergewissere mich, dass draußen keine Gefahr droht. Es würde mich nicht wundern, stünde Madame Huber-Meier … vor der Tür. »Oje, das tut mir aber jetzt wahnsinnig leid, das ist ja gar nicht mein Haus!« So in etwa. Aber ich habe Glück, sie ist nirgends zu sehen. Ich nehme trotzdem den Schleichweg. Dieser führt überall hin, nur nicht direkt am Fenster der neugierigen Nachbarin vorbei. Ich zünde mir einen von den laktosefreien Glimmstängeln an … Bah, ich habe mir früher, als mein Motto noch hieß: Keine Macht den Stirnfalten! Da hatte ich mir, einfach so zum Ausprobieren, Lungentorpedos gekauft, da war mir echt voll der Hut weggeflogen. Ich weiß nicht, was sie da mit reingemischt haben. Chili, Tabasco und Wasabi waren aber das Mindeste. Meine Lunge hat nicht nur gepfiffen, regelrecht explodiert ist sie. Die Zigaretten hatte ich dann entsorgt. Tagelang war mir schlecht gewesen. Man gewöhnt sich an viel, aber was zu viel ist, ist zu viel.

Ungesehen kehre ich wieder um, die Haustür ist noch nicht einmal richtig auf, da spüre ich, dass mein Geist wie neu ist. Da ich wieder komplett bin, mache ich mich auch umgehend ans Werk. Nicht schreiben. Kautsching.

Zwanzig Uhr, die Nachrichten fangen gerade an. Heute ist meine Lieblingssprecherin vor der Kamera.

Ringdingeding. An der Nordseeküste ...

Der Klingelton ertönt, wenn eine bestimmte Person anruft. Ich lasse das Festnetz aber so lang weiterklingeln, bis es sich im AB verheddert. Meinen Anrufbeantworter, kurz AB, hab ich auf mithören und mitschneiden programmiert. Ich horche mit halbem Ohr mit, der Rest ist bei den Nachrichten.

Der AB zeichnet auf: »Hallo, Fredy, ich bin es.«

Nanu, schon wieder zurück?

»Stell dir vor, was diese Idioten gemacht haben. Ich komm am Flughafen an, und was steht dort? Ein Jumbo. Mit Rüssel und Stoßzähnen! Meine Sekretärin, die meine Italien-Reise gebucht hat, hat gemeint, ich wolle wie die Alpen mit einem Jumbo überqueren. Jumbo, so heißt der Elefant von unserem Zoo! Und genau den hat man ... ahhhh! In der Luft könnte ich sie! Ruf mich bitte morgen an, ist Scholle wichtig!«

Sanft lächelnd, nein, hämisch grinsend, nicke ich. *Ja, aber erst eine Minute nach vierundzwanzig Stunden!*

Der Wetterbericht sagt: trocken, ich spiele Tele-Lotto. Ich schließe die Augen, beide, dann tippe ich per Zufall auf zwei Zahlen. Links oben ist Nummer „1", die Null unter der Acht.

Volltreffer. Der Kanal, den ich blind ausgewählt habe, bringt ne Doku. Da ich den Prolog knapp verpasst habe, will ich im Teletext sehen, um was es da geht. *Kein Text!* Also lasse ich mich überraschen. Zuvor hole ich Salzstangen. Italienisches Meersalz aus Sizilien ist draufgestreut. Ich lege mich nieder. Der Filmsprecher redet von einer bestimmten Jahreszahl, die aber nicht höre, da die Tüte mit den gesalzenen Stangen beim Aufmachen so laut raschelt.

... überquerte Hannibal mit Elefanten die Alpen.

»Ah, daher weht der Wind!«, sage ich zu meinem Kuschelteddy. Der sitzt beim Fernsehen immer neben mir. Aber nur, wenn kein Krimi oder Horrorfilm läuft. »Die Doku muss die Sekretärin im Rathaus in Kleintümpelshausen auch gesehen haben, im Streaming, Fredy.« Der Teddy heißt auch Fredy.

Um 22:00 Uhr ist Schicht im Schacht, und Teddy und ich gehen ins Bett. Er hat natürlich sein eigenes. Die Zudecke ist aus 100% irischem Lammfell.

Gute Nacht, Fredys.

23

Ich habe es tatsächlich geschafft in nur einem einzigen Tag (und elf Monaten) Schriftsteller zu werden. Ich habe an nur einem „Fredy-Tag" den spannenden Mittelalter-Roman „*Die Gerber Marie und das Satansdenkmal*" geschrieben. Ich hab ihn online an meinen Buchverlag geschickt und ihn … nicht veröffentlichen können.

Aber warum, es war doch alles so gut gelaufen.

Ich Dödel hatte nicht daran gedacht, dass Romane nicht im unangebrachten Monsterformat der Größe DIN A 4 gedruckt werden, sondern, wie von mir zuvor ja eigentlich angedacht, im handlichen Taschenbuchformat 12x19 cm. Der Computer hatte die von mir online gesendeten Unterlagen zwar geprüft, sie aber dann mit dem Hinweis: *Falsches Format* wieder an mich zurückgesandt. Aber nicht per Post, sondern direkt und ohne Umweg an meinen Laptop.

Das Umformatieren war dann kein Problem gewesen. Die Schrift verkleinert und die Seitenränder neu justiert - fertig. Aber das Chaos, das durch das neue Format im Manuskript entstanden war – furchtbar. Überall Lücken, ein Kapitelende war so verrutscht, dass auf einer Seite nur ein einziges Wort gestanden war. Sieht unmöglich aus. Doch nach drei Tagen ausbessern und Löcher zustopfen, hatte es endlich geklappt. Vier, fünf Tage später klingelte es schon und der Paketbote überreichte mir ein Päckchen, das ich gerne und grinsend an mich nahm. Erst habe ich es auf den Küchentisch gelegt und gestreichelt, danach mit Samtpfoten geöffnet. Und dann kam er - der große Schock. Ich hatte die Schrift zu klein gewählt. Meine Leser*innen hätten schon ein Vergrößerungsglas zur Hand nehmen müssen, um das Buch lesen zu können.

Computer wieder anschmeißen, die Schriftgröße auf lesbar umstellen, Lücken füllen und erneut an den Verlag senden.

Heute stehen zwei Romane mit genau demselben Titel und dem gleichen Umschlag in meinem Bücherregal. Das zweite, das noch einmal korrigierte Buch ist perfekt, das andere steht als Warnung daneben. Es zur soll mich stets daran erinnern, dass Schnelligkeit nicht immer schneller zum Ziel führt.

Gut Ding will ganz viel Weile haben.

Und immer dann, wenn ich das vermurkste Buch ansehe, muss ich schmunzeln. Und ich denke dabei daran, wie einst alles begonnen hat. Mit Langeweile. Mit jenem schönen Tag, als mir die Decke auf den Kopf gefallen war und ich daher beschlossen hatte, an nur einem einzigen Tag ein berühmter Schriftsteller zu werden.

Klingelingeling. Dong! *Dong! Dong!*

So klingelt nur eine!

»Guten Tag, Herrin!«, brumme ich sie auch gleich an. »Ist wohl gerade keiner draußen, dem Sie auf den Wecker gehen können, oder?«

»Äh. Hm? Öh.«

Nanu, was ist denn mir der Huber-Meier-Weber-Schmidt-Schmied-Wepps-Kleinschmitz los. Stimme verloren?

 260

»Äh. Tag, Herr. Ich hab ... der Fischmann hat ... nein, der Mann vom Telegrafieramtsbüro hatte mir ganz aus Versehen ein Telegramm in die Hand gedrückt, das an Sie andressiert ist. Ich hab ihn auch gleich niedergemacht wie ... Aber leider habe ich es zu spät gemerkt, darum ist das Kuvert jetzt offen. Ich hab aber nicht reingeschaut. Bin ja nicht so neugierig wie diese alte Schachtel von der Hausnummer 17. Mei, die ist ja vielleicht neugierigst! Fragt die mich ... ausgerechnet mich, ob ich jetzt schon weiß, wann Ihr Weltbestbuch denn endlich auf den Markt kommen würde. Sie hat gemeint, sie ist schon auf allen Wochenmärkten von ganz München gewesen, aber nichts als Gurken, Tomaten, italienischen Zucchini. Ihr Buch jedoch habe sie nirgends gesehen und ergattern können. Ah, das Telegramm. Bitte schön! Schönen Tag, Herr. Freut mich dass die Oberbürgermeister von Kleintümpelshausen Ihnen ein Telegramm schickt und keine Elekro-Mail, oder wie das heißt. Schön unterschreiben tut sie auch, die Brunhilde«

Ich ziehe die Eildepesche aus dem Umschlag und fange an, sie zu lesen.

Hallo, Fredy, du alte Hundehütte!

Gestern konnte ich endlich mein neues Büro, das einmal dem Ex-Ober gehört hat, beziehen. Jetzt steht mein Name an der Tür. Oberbürgermeister heiße ich ab sofort. Du kannst aber ruhig weiterhin Brunhilde sagen zu mir. Bruni, Hilde, ganz wie du magst. Das Büro ist komplett renoviert worden, drum hat es auch so lange gedauert. An einer Wand hängt ein Bild von mir. Mei, ist das schön geworden. Goldrahmen! Und das Foto haben sie leicht aufgemöbelt. Per Spezialprogramm für

Fotos. Es zeigt mich, wo ich als Zwanzigjährige mit Gummi-stiefeln in der Nordsee stehe und mit einer selbstgebastelten Angelrute Krabben fische. Schade, dass grade so ein heftiger Sturm gegangen war. Meine Haare!! Der neue Schreibtisch hat ein Mischpult mit einem elektronischen Lexikon. Damit kann ich mir das Rezept vom Pina Colada heraussuchen und gleich auf dem Mischpult zusammenmischen. Geil, gell? Die Eiswürfel macht mir die Eiswürfelmaschine, die rechts unten neben dem Champagnerkühler ist. Der Kühlschrank ist dann links. Für Kaviar und anders Kleinzeug. An einer Wand habe ich acht Monitore anbringen lassen. Polizeirevier, Hospital, Postamt, die Ampel, die immer noch kaputt ist, die Nordsee, Grönland, Amalfi Küste und unseren neuen Spielplatz kann ich da Tag und Nacht beobachten. Das allertollste ist aber der neue Bürostuhl. Echt Hirschleder! Habe ihn sogar auch schon mit Räucheraal und Weißbier eingesaut. Jetzt schaut er fast aus wie eure bayrischen Lederhosen. In der Mittags-pause kann ich den Sessel per App in ein Wasserbett verwan-deln. Da habe ich dann das Gefühl, ich würde mich auf der Nordsee treiben lassen. Geil! Und die Beine sind aus Titan. Da kannst du mit der Laubsäge dran raspeln, wie du willst, keine Chance. Ich sitze also fest im Sattel. Und wenn's mal pressiert, dann muss ich nur aufs Dach gehen, da steht mein Helikopter. Habe zwar keinen Heli-Führerschein, aber wer kontrolliert mich schon, wenn ich auf 10.000 Metern Höhe bin. Was gibt's bei dir? Ah, das habe ich dir noch gar nicht geschrieben. Mein Festtelefon, das ist derzeit unerreichbar. Der Kleintümpelshausner Satellit ist noch in einer Umlauf-bahn, den muss ich erst noch richtig parken, sonst klebt ihm der Wachtmeister Roland einen Falschparker-Strafzettel an die Antenne. Weißt ja, falsch Parken, das hatte der Natascha Nataschowitzka das Genick gebrochen. Und nun, machs gut, Fredy. Ich ruf an, sobald der Satellit steht.

Oje, mein lieber Schwan … Schwänin, du hast es aber echt drauf, denke ich und stecke das Telegramm ins Poesiealbum.

Von der Zweitausgabe meines ersten Romans habe ich drei Exemplare bestellt. Eines davon signiere ich für mich selbst, die zwei anderen, auch signiert, kriegen zwei Menschen, die mir sehr am Herzen liegen.

Oh, wie nett! Jetzt wird Fredy auch noch sentimental, sagt der Laser- zum Tintenstrahldrucker.

He, so geht's aber nicht, Fredy! Wo bleibt mein signiertes Buch?, mault mich mein Laptop mürrisch an. *Ich mache hier die ganze Arbeit und die anderen kassieren den Lohn. Dann gib mir wenigstens ein neues Update, du Geizkragen!*

Ich will mir gerade einen Pfirsich-Maracuja-Joghurt holen, das schellt es schon wieder an der Tür. Ganz zaghaft.

»Guten Tag, wir kommen von der Baubehörde.«

»Macht nix, ich komme gerade vom Einkaufen«, antworte ich freundlich.

»Wir kommen wegen Ihrem Antrag.«

»Ah, wegen meiner Insel und der Südsee. Gibts Probleme? Hatte ich nicht unterschrieben? Das Datum vergessen?«

»Nein, nein, das passt alles«, sagt das junge Fräulein neben dem Herr mit dem schon etwas älteren Brillengestell. »Es ist die Wassertiefe. Die Südsee ist etwas tiefer als nur fünfzehn

Zentimeter, hat also keinen Nichtschwimmerbereich. Und da liegt auch das Problem. Sie müssen in Ihren Antrag mit reinschreiben, dass drei Rettungsringe und ein 8-Mann Schnellruderschlauchboot vorhanden sind.«

»Und Bademeister*in«, meldet sich der Herr mit der alten Aktentasche, aus der ein mit Zwiebelleberwurst bestrichenes Brot herausschaut.

»Der Bademeister ist eine -in, und sie kommt mit der Insel mit«, grinse ich verschmitzt. Apropos Insel.« Ich schaue die Dame neben dem Brot mampfenden Herrn an. »Ich habe Sie schon mal irgendwo gesehen. Das rosarote Gesicht, so zart, anmutig, atemberaubend, charmant, hinreißend, faszinierend und einzigartig. Sind Sie nebenbei Verlagsautorin?«

»Ich? Nein! Aber ich weiß, wer Sie sind. Sie sind ein weltberühmter Autor, Herr. Das sagt zumindest Ihre Nachbarin, die Witwe mit den sieben Namen. Hat Ihre Insel auch einen Namen? Zwecks dem Eintragen ins Grundbuch.«

»Ja, Island de fresh Cocomilk.«

»Na?!! Wahnsinn! Dann sind Sie der Nachbar von meiner Schwester. Pah, die hat mir ja schon Sachen erzählt über Sie, da wackelst du aber ganz schön mit den Hüften.« *O ja, ich stelle es mir auch gerade vor.* »Wissen Sie, Herr …«

»Du!«

»Weißt du, Fredy, das ist so. Meine Schwester und ich, wir sind eigentlich eine Schwester. Bis zum Schluss hat der Arzt zu unserer Mutter gesagt: Herrin, es wird eine Tochter. *Eine,* hatte er gesagt. Er hat ja nicht ahnen können, dass ich damals auch schon so schüchtern wie heute war. Ich hab mich immer hinter meiner Schwester versteckt, vor der Geburt. Aber die ist, als unsere Familie hierher nach München gezogen ist, auf der Insel neben deiner gelandet. Früher hatten wir einmal in Kleintümpelshausen gewohnt, aber da war uns zu viel Rummel gewesen. Ewig hat einer mit der Pistole herumgeballert, die Bank hat er auch X- Mal überfallen. Ich habe gehört, er ist an Blutvergiftung verreckt. Er liegt in einem Mausoleum, aus dem aber gerade eine Pyramide gemacht wird. Höher als die in Ägypten, oder wo die spitzigen Dinger im Wüstensand rumstehen. Keinen Cent Grundsteuer zahlen die!«

Da soll einer sagen, die Welt ist nicht klein.

»Das ist aber auch …«

»Anna heiße ich. Meine heißt Schwester Leonie. Das hatte sich nach der Geburt so ergeben. Die Eltern hatten das Kind, von einem war die Rede, Anna-Leonie hätte es heißen sollen. Und so haben wir uns den einen Doppelnamen dann geteilt. Ausgelost, mit rosa Haargummis. Wir hatten damals schon langes Haar. Gelockt, bis an die Windel! Schön, gell?«

»Das heißt nicht mehr gell, man sagt jetzt geil, Anna. Bald heißt es nicht mehr: Mein lieber Herr Gesangsverein. Meine lieben Herren Gesangsverein muss man dann dazu sagen. Es sind mehrere Männer, aber nur ein Verein. Wenn aber deren Dirigent eine Frau ist, dann …«

»Hör auf, Fredy, mir ist jetzt schon schwindlig! Kann ich mich irgendwo hinsetzten. Ein Schluck Prosecco wäre auch nicht schlecht. Italienischen wenn du hast.«

Ich will Anna soeben erklären, dass hinsetzten gerade jetzt

 265

verkehrt wäre. Beine hoch, Blut ins Hirn und so.

»Sie, Herr Kreusel …«

»Sie haben Leberwurst an der Backe!«

»Zwiebelleberwurst! So viel Zeit muss laut Paragraph 89/p sein. Äh. Ich habe soeben festgestellt, dass ich Ihren Antrag scheinbar dummerweise im Büro hab liegenlassen. Ich muss also morgen noch einmal kommen. Allein, Anna!!«

»Gut. Wenn ich nicht hier bin, bin ich im Garten. Ich muss Platz machen – für meine Insel. Ich muss Tannen und Bäume abholzen. Äh, brauchen Sie etwas Küchenkrepp? Wegen der Zwiebelleber … linke Backe.«

»Nein, ich hab mein Duschzeug in der Aktenmappe.«

Ich schieße die Tür und schnaufe tief und lange durch. Ich hätte nämlich gar keinen Prosecco im Haus. Steht aber schon so gut wie auf der Einkaufsliste.

Ich schenke mir ein Haferl Kaffee ein, der seit gestern in der Thermoskanne ruht, gehe mit ihm hinüber an das offene Wohnzimmerfenster und grüble nach. Irgendwie passen die Bäume besser den Garten als eine Insel und die Südsee. Und eine Ritterburg passt auch nicht richtig ins Landschaftsbild. Würde im Garten ein hoher Berg stehen, ja, aber so.

Ich habe gerade Meeresrauschen im linken Ohr, da klingelt es schon wieder. Ich spioniere durch das kleine Loch in der Tür, da sehe ich ihn stehen. Einen Mann in Uniform! Da er weder eine Waffe noch Handschellen am Gürtel hat, mache ich ihm erleichtert die Tür auf.

»Tag, Herr Autor. Ich komme vom Expressdienst.«

»Geil. Ich komme gerade aus meiner Diamantenmine.«

»Bah, noch geiler!«

»Ah, Sie sprechen auch geilisch. Haben Sie schon das neue Wörterbuch, in dem jedes zweite Wort mit *, /, %, $, (, &, ?, #,", gekennzeichnet ist?«

»Hä?«

»Na. Der Baum. Die Bäum*in oder die Bäume/in.«

»Ach, der Schmarrn! Baum ist Baum! Hier! Ich habe eine Flaschenpost dabei. Riecht nach Kokosmilch. Ist von Island de fresh Cocomilk. Wenn Sie mir bitte den Quittierungsauslieferungsbestätigungsbeleg quittieren, dann gehört die geile Pulle Ihnen.«

Ich unterschreibe mit: FK.

»Ha, das ist ja wie in China. Die haben auch alle so kurze Familiennamen. Wu oder Ya …«

»Die Huber-Meier-Weber-Schmidt-Schmid-Wepps …«

»Die Oma wohnt jetzt in Indien – an der Westküste«, sagt der Flaschenpostler.

»Da ist der Sonnenuntergang schöner« erwidere ich. »Ich gehe auch immer morgens ans Küchenfenster, Ostseite. Und abends geh ich ans Wohnzimmerfenster …«

»Lassen Sie mich raten. Westseite?«

»Bah! Hellseher?«

»Nein, Eilbote für Flaschenpost. Schönen Abend noch.«

Ich mime meine neugierige Nachbarin nach, wenn sie eine Post liest, die nicht ihr selbst gehört. Die Flasche ist zwar für mich, ich habe aber trotzdem Augen wie ein Frosch.

Mein lieber Fredy, mein Stern am Südseenachthimmel.

Gestern waren zwei Leute vom Bauamt bei mir und haben den Wasserstand der Südsee gemessen. Zum Glück bei Ebbe, sonst wäre der Kerl mit der altbackenen Brille ertrunken. Er hat dabei ständig in ein Leberwurstbrot gebissen. Sie, Anna, ist die Schwester von unserer Nachbarin - Leonie. Ich habe der Anna einen von meinen Bikinis geliehen, sie hatte keinen dabeigehabt. Wir sind ein paar Runden geschwommen. Nur gut, dass Inseln nicht viereckig sind, sonst hätten wir ja nur ein paar Ecken schwimmen können. Wir haben auch, wie wir beide es gern machen, mit den Haien fangen gespielt. Es war toll. Und vor lauter Freude hat die Anna deinen Antrag für die Insel und die Südsee Umsiedlung vergessen. Er liegt jetzt auf unserer Hollywood-Schaukel. Holst du ihn selber? Oder soll ich ihn unserem Fischer mitgeben? Er schippert morgen nach München. Er hat übrigens gehört, dein Roman sei auf dem Markt. Echt? Dann hast du ja jetzt Zeit.

Mein Herzblatt, wann kommst du zu mir?

Bah, wie soll ich ihr jetzt beibringen, dass ich mir das mit dem Umbau meines Gartens wieder anders überlegt hab. Ah, ich schreibe ihr einen Brief, einen Abschiedsbrief. Aber mit der Hand, nicht mit Laptop und Drucker. Ich schicke ihn per Luft- nicht Flaschenpost. Das kleinkarierte Papier, mit royalblauem Kugelschreiber beschrieben. Es wird mit unzähligen Tränen des Abschieds getränkt sein. Und danach ertränke ich mich in einem Pfirsich-Maracuja-Joghurt. Oder beame mich auf den Saturn. Dort ist es ja dank der neuen Tempo 30-Zone angenehm ruhig. Wohnzimmer und Kühlschrank nehme ich mit. Ich weiß ja nicht, ob ich da oben etwas einkaufen kann. Ups, da brauch ich aber noch Toner, Tintenpatronen schwarz und bunt, Druckerpapier, Fünffachsteckdosen. Das Ladegerät für mein Handy darf ich nicht vergessen. Der Flachbild muss wegen der Nachrichten mit. Brauche ich eine Sonnencreme? Einpacken kann ich sie ja mal. Zahnputzzeug. Was, wenn es da kein Wasser gibt. Muss googlen, ob es einen Heimservice gibt, der den Saturn auf der Lieferstrecke hat.

Puh, ob ich das alles in den Joghurtbecher bringe, mit dem ich mich auf den Saturn beamen werde?

Die Huber-Meier-Weber … werde ich vermissen. Und den Busfahrer und, und, und … Die Fanpost? Der Postler würde sich freuen. Jeden Tag Saturn und wieder zurück.

Und was wird dann aus meinem Krimi, mit ihm hatte doch der Tag Ein einst angefangen. Mit jenem Tag, als ich in nur einem Tag ein berühmter Schriftsteller werden wollte. Nein, ich bleibe hier! Einen alten Baum verpflanzt man nicht.

*

Ich erwache und bin irgendwie irritiert. O Mann/Frau, was war das nur für ein seltsamer Traum. Doch er war gut. So gut sogar, dass ich umgehend beschließe:

Fredy, noch heute wirst du Schriftsteller und schreibst in nur einem Tag einen Bestseller, mit dem du berühmt wirst!

Bitte umblättern → Wichtig!

 269

Es ist vollbracht. Mein Buch, es erscheint nicht nur bei uns. Auch in USA, Kanada, GB, Australien und ein paar anderen Ländern ist es in deutscher Sprache erhältlich. Jetzt sitze ich vor dem Roman »Die Gerber Marie und das Satansdenkmal« und schmunzle, denke dabei, was der berühmte Autor zu mir gesagt hatte. Hau nicht zu sehr auf den Putz, übertreibe nicht maßlos, Fredy. Verschieße dein ganzes Pulver nicht schon in deinem ersten Buch. Du wirst es noch brauchen, denn wenn du erst einmal angefangen hast mit dem Schreiben, wirst du deinen Laptop gar nicht mehr aus der Hand legen. Während du an einem Manuskript schreibst, kommen dir schon Ideen für das nächste Buch in den Sinn. Der Kopf wird oft rauchen wie ein Schornstein. Und ehe du dich versiehst, schreibst du Dinge, die gar nicht zu der eigentlichen Geschichte gehören. Kommst vom Hundertsten ins Tausendste. Mal schreibst du vom Mittelalter, mal von heute, und das alles in einem Buch.

Man plant ein romantisches Wochenende zu zweit in Paris, fährt aber gen Wien. Blöd? Nein, man hat nur nicht auf das Navi gehört. Und dann muss man viele Umwege fahren, um doch irgendwann in Paris anzukommen. Genau das habe ich gemacht. Bei mir war es jedoch nicht das Navi, sondern der Plot, den ich außer Acht gelassen hatte, um zu meinem ersten Buch zu gelangen. Da möchte ich meinen Leser/innen sagen, wie das geht, an nur einem Tag ein berühmter Schriftsteller oder Autorin zu werden, und was ist passiert? Mal lande ich im Mittelalter, in anderen Kapiteln wiederum schreib ich von einem Berufskiller Namens Willi oder von der Wahrsagerin

Walburga. Meine neugierige Nachbarin kommt in dem Buch öfter vor als mein Wecker klingelt. Über das wichtige Thema Recherchearbeit habe ich gar nichts geschrieben.

Ich hatte einfach nur so drauflosgeschrieben. Und doch hat es mir unglaublich viel Spaß gemacht und Freude bereitet, vom Regen in die Traufe zu kommen. Über PC und Drucker schreiben, im selben Atemzug über einen Berufskiller. Was man in dem Buch jetzt nicht mehr sieht, ich habe die Kapitel zwar nummeriert, aber im Rohentwurf hatte es zweimal das Kapitel 6 gegeben, dafür hatte die 19 gefehlt. Peinlich, wäre mein erstes Buch so erschienen.

*E * N * D * E*

Vom Autor Alfred Kreusel erschienen bei BoD.de:

„Die Gerber Marie und das Satansdenkmal"
ISBN: 9 783 749 419 715

„Die Gerber Marie und der Bierkrieg"
ISBN: 9 783 751 921 954

„Die Gerber Marie und die Nonne mit dem Engelshaar"
ISBN: 9 783 748 109 358

„Königreich Eichenschön –
Das Geheimnis von Eichenschön"
ISBN: 9 783 753 402 949

„Un Tartaruga, bitte! – Sonne, Meer und Emelie"
ISBN: 9 783 738 608 533

Alle Bücher sind als E-Book (epub) erhältlich.

Mein Facebook-Briefkasten wird fast täglich geleert, in den
könnt ihr mir gerne eure Meinungen werfen.